KB266518

먹는 기쁨에 대하여

먹는 기쁨에 대하여

먹는 기쁨에 대하여

한은형 에세이

INFLUENTIAL
인플루엔셜

먹는다는 일

나는 먹는 것도, 먹는 것에 대해 말하는 것도 좋아하는 사람. 그런 내가 생각하기에 먹는 일에 관련된 가장 큰 기쁨이란 뭐니 뭐니 해도 먹는 일에 대해 쓰는 기쁨이다.

왜냐하면……

먹는 일이란 단순하지 않기 때문이다. 먹는 일에는 온갖 것들이 딸려 온다. 나라는 사람을 만든 음식들에는 온갖 것들이 포진해 있기에. 내가 태어나서 처음으로 먹은 음식, 내가 나고 자란 문화권, 내 가족의 식습관, 또 내게 영향을 준 사람들의 음식, 책이나 영화에서 본 음식 등등이. 그러니 나의 전 생애라고 해도 되겠다.

일단 내가 동북아 사람이라는 것이 내 음식 이야기의 울타리를 형성했다. 빵이 아닌 밥을 먹는 문화권에서, 장립미도 중립미도 아닌 단립미를 먹고 자랐다는 게 나의 출발인 셈이다. 그리고 동북아의 한국이라는 나라에서, 먹는 데 대단히 몰입하는 가정에서 자랐다는 것이 나의 기둥이다. 나의 가계가 미곡상을 한 적도 있고, 정미소를 한 적도 있다는 사실은 내가 한국 사람치고도 유난히 쌀에 집착하는 것에 대한 이유가 될지도 모르겠다. 그래서일까? 나는 쌀을 씻다가 한 톨이라도 흘리면 소스라치게 놀란다.

나라는 사람을 만든 것은 음식이다. 살과 피와 머리카락은 물론 내가 지금 쓰려고 하는 이야기들도 내가 먹은 것들로부터 왔기에. 그래서 나는 종종 놀라곤 하는데, 음식은 대단히 육체적인 것 같지만 놀랍도록 정신적이기 때문이다. "대지에서 초목이, 초목에서 음식이, 음식에서 인간이 생겨난다. 이 인간은 실로 음식의 정수로 만들어진 것이다"라고 우파니샤드에서 말하듯, 음식의 어마어마한 권능을 느낄 때가 많다.

이 많은 이야기를 해야겠기에, 한 권의 책을 꾸리는 게 쉽지 않았다. 이 책을 '시간'이라는 키워드로 네 개의 장을 나누어 구성했는데, 결국 음식이란 시간과 내가 주고받는 이 야기이기도 하기 때문이다. 여기에 내 식대로 나태하면서도 상상이란 물질을 듬뿍 묻혀서 이야기하고 싶었다. 영원이라 는 것을 잠시 꿈꾸기도 하면서.

이 책에도 여러 시기의 시간이 녹아들어 있다. 신인 작가 시절, 음식에 대해 써보는 게 어떻겠냐는 제안을 받아 '상상 식당'이라는 이름으로 《조선일보》에 격주 연재를 하게 된 게 출발점이 되어주었다. "음식 좋아하잖아요?"라는 청탁 전 화를 받고 나는 되물었을 것이다. "음식 안 좋아하는 사람도 있나요?" 이렇게 말하면서 속으로 생각했다. '제가 특히 더 좋 아하긴 하죠'라고. 상상식당을 보강해서 책으로 낸 게 《우리 는 가끔 외롭지만 따뜻한 수프로도 행복해지니까》(2021)다. 그 책의 원고 일부가 지금 이 책에도 실려 있다. 그 외에 그동 안 여러 지면에 써온 글을 더하고, 상당 부분을 새로 썼다.

그렇게 1장은 시즌 푸드, 2장은 소울푸드, 3장은 슬로푸 드, 4장은 푸드 스토리가 되었다. 'Season, Soul, Slow, Story' 라고 두운을 맞춘 건 처음에는 단순히 쓰는 재미를 위해서 였다. 사민 노스랏의 《소금 지방 산 열》을 인상적으로 읽어 서 이 책처럼 4대 요소를 만든 건지도 모르겠다는 생각을,

새로운 글들로 네 장을 채우며 비로소 하게 되었지만. 그리고 하나 더. 이 책의 '서프라이즈 국수' 편에서 나는 인도인 파인다이닝 셰프의 말을 빌려 '5S'에 대해 썼다. Sweet, Salty, Sour, Spicy 그리고 Surprise. 서프라이즈까지 있어야 파인다이닝이라고, 서프라이즈가 없다면 파인다이닝이 아니라고 셰프는 말했다. 나는 이 이야기를 듣고 몹시 동감했다. 나도 여기에 편승해 요청하기로 한다. 이 책의 4S에 나머지 'S'를 더해주시기를. Sense도 좋고, Sensibility도 좋을 것 같고요. 읽는 분의 감각과 감성이 더해진다면 이 책이 비로소 5S를 갖춘 완전체가 되리라는 예감!

원고를 여러 번 읽다가 나는 이 이야기가 결국 '먹는 기쁨'에 대한 것임을 알게 되었다. 우러나온 시간의 즙을 누리며 느꼈던 기쁨에 대한 이야기. 먹는 기쁨에 대해 쓰면서 당연히 쓰는 기쁨을 누렸다는 것도 말해야겠지.

읽으시는 분들께서, 읽는 기쁨과 먹는 기쁨을 함께 누리신다면 정말 기쁠 것이다. '읽는 기쁨'과 '먹는 기쁨'은 '살아가는 기쁨'의 다른 말이기도 하기에. 그 사소한 기쁨이 여기에 있다.

지금 아니면 안 되는

SLOW

아주 천천히 완성되는 중

STORY

한 그릇으로 멀리까지 갈 수 있다면

SEASON

지금 아니면 안 되는

복을 위한 복

'새해는 새해에 시작되지 않는다'는 것을 연말이면 새삼 깨닫곤 한다. 교보문고나 영풍문고 같은 데 진열되어 있는 신년 다이이리니 일력을 보면서. 언젠가 일력을 만든 적이 있는 편집자에게서 들었는데, 일력은 9월에 마감해야 한다고 했던가? 나도 11월인 오늘 '신년 음주 계획'이라는 주제로 잡지의 신년 호 원고 청탁을 받았다. 에디터의 기획 의도는 이렇다. "보통은 새해에 금주를 결심하기 마련이지만 내년 한 해 좋은 술에 좋은 것들을 곁들일 계획을 세워보면 어떨까? 희망찬 새해, 원대한 음주 계획에 대하여."

그러고 보니 신년을 맞이하는 특별한 의식 같은 걸 해본 적이 별로 없다. 제야의 종을 치는 타종 의식을 10분쯤 보는 것 정도가 다다. 평소처럼 하던 일을 하다 밤 11시 50분에 텔레비전을 켜고 댕댕댕 종 치는 걸 보다가 곧이어 "○○○○년 새해가 밝았습니다!" 하는 소리를 듣기. 신년 해가 뜨는 걸 보겠다고 정동진이나 설악산에 간 적도 있는데, 해를 봤는지 못 봤는지는 기억나지 않는다. 오히려 기억나는 것은, 새해를 맞이하겠다며 특별한 장소에 가기로 해놓고 가지 못한 일들이다. 성산일출봉에 올라 신년 해를 보겠다며 새벽에 일어났지만 폭우가 너무 거세서 포기했다던가 하는.

'참으로 무덤덤한 삶이군'이라고 생각하던 중 언젠가 재미있는 신년맞이를 제안받았던 일이 떠올랐다. 우연히 만난 그분은, 내게 복을 먹자고 했다. 듣는 순간 '아하!' 했다. '복어를 먹으면서 새해 복을 받자'라는 뜻임을 알아차렸으니까. 또 나는 복어를 무척 좋아하니까 흔쾌히 좋다고 했다.

우리는 그해의 마지막 날 우연히 만났다. 과천 국립현대미술관에서였다. 그날 끝나는 전시가 있어서. 놓치면 무척 후회할 듯한 전시였다. 그래서 시간을 내서 갔던 것인데 Y도 마찬가지였던 것이다. 우리가 마주친 시간은 오후 5시. 미술관은 6시에 폐장이니 5시에 거기 있었다는 것은 매우 분주

하게 전시를 봤다는 말이다. 볼 게 너무 많은데 곧 폐장이라 마음이 무척 바빴고, 나만 그런 게 아니라 Y도 그래 보였다. 그날 관람한 전시는 과천 국립현대미술관이 퐁피두센터와 공동 주최한 '비디오 빈티지: 1963-1983'이었다. 혹시라도 전시를 보신 분이 있다면 반갑겠어서 써둔다.

한 해의 마지막 날 이렇게 본 것도 인연인데, 같이 복을 먹는 게 어떻겠냐고 Y가 말했다. 새해의 시작점에 복을 먹으며 복을 빌어보자면서. 내게 이런 제안은 '거절할 수 없는 제안'이어서 단박에 '좋아요'라고 했다. 하지만 약간의 문제가 있었으니, 한밤중에 복을 먹어야 했다는 거. 그래서 우리는 헤어졌다 다시 만나야 했다. Y와 내가 복을 먹을 때까지 남아 있는 시간을 함께 보낼 정도의 사이는 아니긴 했지만 그래도 "일곱 시간 후에 만나요"라는 말은 좀 당혹스러웠다. 지금부터 거의 일곱 시간을 기다려야 한다는 것도. 내가 그 시간을 어떻게 보냈는지는 기억나지 않는다. 기억나는 것은 정말 복을 먹었다는 거.

밤 11시 45분 무렵부터 복을 먹기 시작했다. 복지리가 끓기를 기다리며 먼저 나온 복튀김을. 자정을 넘기면서 먹었으니 1박 2일 동안 복을 먹은 것이다. 그게 다가 아니었다.

그날은 12월 31일이니 이틀인 동시에 두 해에 걸쳐 복을 먹은 셈이었다. 우리는 복집 주인이 틀어놓은 텔레비전에서 나오는 보신각 종소리를 들으면서 복을 먹었다. 식당에 들어갈 때는 12월 31일이었는데 나올 때는 1월 1일이 되어 있었다.

Y를 만난 게 그날이 세 번짼가 그랬지만, 그리고 딱히 끈끈한 유대가 있는 것도 아니었지만, 나는 왜 함께 복을 먹자는 그의 제안을 바로 수락했는가? Y라는 분이 흥미로운 사람이라 그랬다. 딱히 할 일이 없기도 했었고. Y와 나는 북토크에서 만난 사이였다. 어느 미술관에서 개최한 북토크의 연사가 나였는데, 범상치 않아 보이는 분이 손을 들더니 역시나 범상치 않은 질문을 했다. 그게 Y였다. 낯선 사람들과 자정에 복을 먹으며, 서로의 복을 기원하며 새해를 맞는 건 다시 못할 기이한 경험이었다.

복, 그러니까 복어다. "복어 먹자"라고 하기보다 "복 먹자"라고들 한다. 민어, 청어, 병어, 잉어, 장어 등등의 다른 '어'자 돌림 생선들은 그런 식으로 안 부른다는 걸 그날 복을 먹으며 생각했다. "민 먹자"라거나 "청 먹자"라고 하는 사람을 본 적은 없으니까. 기묘하다. 복어의 '복'을 복福으로 여겨 약칭하는 걸까. 그러면서 기대하는 걸까. 복을 먹으면 복을 받는다고.

애석하게도 복어의 '복'은 그 복이 아니다. 그렇다고 해도 "이 복이 그 복은 아니랍니다"라고 말하지는 말자. 같이 밥 먹기 싫은 사람이 되고 싶은 게 아니라면. 복어를 좋아하는 나이므로 복이 무슨 뜻인지 찾아본 적이 있는데, 전복의 그 복이라고 한다. 이 복은 떡조개라는 뜻인데…… 아무래도 와닿지 않는다. 복어의 어디가 조개 같다는 걸까?

하지만 복사꽃 얘기만큼은 달랐다. 누군가가 말해줬다. 복사꽃이 채 지기 전에 복을 먹는 거라고. 시기상으로는 음력으로 3월에서 4월이 적기라는데, 복사꽃이 기억하기 어렵다면 벚꽃을 살피기로 하자. 복사꽃은 벚꽃과 배꽃의 사이에 핀다고 하니, 벚꽃이 지면 복을 먹을 때라고 말이다. 좀 그윽하지 아니한가요? 하지만 12월 31일과 1월 1일에 걸쳐 복을 먹으면서 이것도 꽤나 복을 위한 적기가 아닐까 생각했다.

봄나물의 공격

봄에는 무척이나 어지럽다. 매일같이 다른 봄나물들이 나오는데 그걸 보고 있자니 견딜 수 없어서. 마음 같아서는 한 아름 안고 돌아와 봄나물 요리에 매진하고 싶지만 나는 요리 연구가가 아니라 소설가다. 머릿속에서는 써야 할 것과 쓰고 있는 것과 쓰지 못해서 괴로운 것들이 요동치고 있기에 봄나물이 들어오면 괴롭다. 이건 거의 봄나물의 공격이라고 해도 과장이 아니다. 그래서 봄나물을 외면하고 싶지만 잘 안 된다. 나는 먹는 걸 좋아하고, 야채를 좋아하고, 야채 중에서도 향이 있는 걸 좋아하고, 새봄에 난 거라면 거의 미치니까.

그래서 다년간의 갈등 끝에 내가 택한 방식은 이러하다. 하나씩 지우는 것이다. 소거법이랄까. 지난해에 먹었던 것은 패스, 조리법이 까다로운 것도 패스, 너무 비싼 것도 패스, 구하기 어려운 것도 패스. 이렇게 하나씩 지워나가다가 딱 맞춤인 것을 먹는다. 예외는 있다. 두릅은 꼭 먹는다. 참두릅도 먹고 땅두릅도 먹는다. 두릅숙회를 가장 좋아하지만 두릅장아찌를 담그기도 하고 두릅김밥을 싸기도 한다. 개두릅이라고도 하는 엄나무순은 아직 못 먹어봤다. 말했다시피, 모든 걸 먹을 수는 없어서.

올해는 좀 문제가 있었다. 그동안 까다로워서 피했던 것들을 들이고 말았으니. 죽순과 제피순이다. 쓰고 보니 다 순이네. 가장 여리면서도 동시에 가장 튼튼한 것이 순이다. 온 힘을 다해 뭔가를 뚫고 나왔기 때문이다. 일단, 죽순에 대해 먼저 이야기해보기로.

죽순은 내게 너무 어려운 음식이다. 일단, 나의 집에서는 거의 죽순을 먹지 않는다. 내가 맛있다고 느낀 것은 살짝 데치기만 한 죽순 아니면 중국집의 전가복이나 팔보채, 유산슬에(셋 다 무척 좋아합니다!) 들어 있는 죽순이었다. 그러니 죽순을 산다고 해도 어떻게 요리해야 할지 감이 잡히지 않

았다. 데쳐서만 먹자니 너무 단조롭지 않나 싶고. 중국요리, 특히 말린 해물이나 야채를 볶은 중국요리를 무척 좋아하지만 내가 유이(!)하게 하지 않는 요리가 튀김과 중국요리다. 튀김은 잘 먹지 않고, 중국요리는 내가 감히 하면 안 될 것 같은 고수의 영역이라. 중국요리를 떠올리면 영화 〈음식남녀〉의 오프닝이 화악 하고 떠오르면서 나는…… 작아진다.

이게 다가 아니다. 분죽은 뭐고 맹죽은 또 뭐란 말인가? 내가 분죽을 좋아할지 맹죽을 좋아할지 판매자의 설명만으로는 절대 감을 잡을 수 없었다. 짤막하고 아랫부분이 짧으며 원추형으로 오동통하게 생긴 게 맹죽인데, 아삭한 맛이 일품이라고. 그렇다면 분죽은? 길쭉하고 호리호리하게 생겼으며 쫄깃하고 담백한 맛이 또 일품이라고. 어쨌든 이런 설명만 읽다가 도저히 모르겠어서 다음 해로 주문을 미루곤 했던 것이다.

문제가 또 있다. 생죽순을 사야 할지 삶은 죽순을 사야 할지 감을 잡을 수 없었다. 나는 좀 귀찮아도 내가 직접 하는 게 좋아서 삶는 것까지 하고 싶었지만, 앞에서 말했다시피 죽순에 대한 기준점이 없어서 못 그랬다. 며느리에게도 알려주지 않는 비법으로 30년째 시어머니가 삶은 죽순을 판다는 사람도 있어서 더 기가 죽었다. 또 이 말도 무서웠다. 죽순은 대나무의 순이라는 말뜻처럼 정말 '순箏'이고, 그것도 갓 딴 새순이어서 생명력이 엄청나다고. 무슨 말인가 하면 배송 중에도 자란다는 이야기였다. 그게 내가 가장 두려워하는 지점이다. 봄에 나오는 것들은 적절한 타이밍에 먹어야 하는데 약간만 지체해버리면 커지고, 뻣뻣해지고, 질겨진다. 바로 이것이 내가 그토록 봄에 조급하고 초조해지는 이유다. 살아 있는 죽순 박스를 열었다가 울고 싶지는 않았다.

그래서 결국 삶은 죽순을 샀다. 맹죽인지 분죽인지 확실하지 않으나 수분감이 많고 아삭거렸던 것으로 보아 맹죽이었지 않나 싶다. 죽순밥과 죽순구이와 죽순샐러드와 죽순야채볶음 같은 걸 해 먹었다. 죽순이 들어간 중국요리만큼은 아니지만 나의 소박한 죽순 요리도 상당히 괜찮았다. 죽순을 제법 두툼하게 잘라 '죽순 사치'도 해보고 말이다. 해산물을 우려낸 맑은 국물에 죽순을 넣어 탕을 하면 좋겠다 싶었지만 거기까지는 못 해봤다.

올해 날 괴롭게 한 것은 제피였다. 정확히 말하자면 제피순. 나는 아직도 산초와 제피를 명확히 구분하지 못한다고 먼저 말씀드린다. 어느 지역에서는 추어탕에 산초를, 어느 지역에서는 제피를 넣으니 아마 맛이 비슷하다는 광범위한 공감대가 있는 것 같다. 나의 집에는 누군가 선물해준 제피인지 산초인지 장아찌가 있는데 어느 쪽인지를 분별하지 못했던 것이다. 분명히 주는 사람은 제피인지 산초인지를 말해주었을 텐데. 그랬는데 발효 공방에서 하는 워크숍에 갔다가 제피를 만났다. 초록색의 싱그러운 열매가 제피였다. 4월 초였다. 선생님이 권하는 대로 제피를 씹어보았는데 어찌나 향기롭던지. 산초와 제피를 잘 구분하지 못하겠다고 하니 "맛이 완전히 다른데……"라며 제피를 더 맛보라고 하셨다. 그 제피는 작년에 신선한 상태로 얼린 것을 해동한 것이었다. 그러면서 "이제 제피순이 나올 철일 텐데"라고 말씀하셨다.

이 말은 내 안에 보름 넘게 머물다 발아했다. 4월 20일쯤이었던 듯하다. 내가 날짜를 기억하는 것은 엄청나게 고민했기 때문이다. 4월 20일은 4월 중순인가, 아니면 하순인가. 제피순에 대해 찾아보니 4월 하순만 되어도 질기고 가시가 생겨 먹기가 어렵다고 했다. 이 문장을 한번 보시라. "4월 중순경 어린순만 채취하며, 시기를 놓치면 가시와 줄기가 억세져 요리에 적합하지 않습니다." 얼마나 무서운 말인지.

결국 나는 4월 22일 제피순을 받기에 이른다. 택배를 뜯은 다음에야 확실히 알게 되었다. 4월 22일은 중순이 아니라는 것을. '반드시 4월 18일 이전에 제피순을 받을지어다!'라는 즉각적인 깨달음을 얻었다. 나의 제피순은 아주 억세지는 않았으나 억센 것들이 꽤 있었고 가시가 장미 가시만큼이나 뾰족해서 쉽게 먹을 수 있을 것 같지 않았다. 하지만 또 중간중간 여린 것들도 있어서 그대로 버릴 수가 없었다. 그래서…… 결국…… 한 올 한 올 살피며 가시를 땄다. 억센 가시 말고 잔가시도 만만치 않아서 목장갑을 낀 채로 계속 가시를 딸 수밖에 없었다. 그렇게 하루를 꼬박 바쳐 제피순을 손질하자 몸이 거의 마비가 될 지경이었다.

이 과정을 거쳐 담근 제피순고추장장아찌는 정말 맛있었다. 먹을 때마다 가시를 딸 때의 고난이 떠올라 울컥하곤 하지만 맛으로는 내가 먹어본 장아찌 중 최고였다. 물론 지극히 편향적인 결과(?)일 가능성이 크다는 것도 말씀드린다. 내가 지불한 고난 비용을 이렇게라도 회수하지 않는다면 기운이 빠질 것 같아서.

살사베르데라면

이제는 먹을 수 없지만 가장 맛있게 먹은 인생 라면에 대해 말하고 싶다. 그것은 단 한 달만 먹을 수 있는 라면이기도 했다. 그래서 더 기억에 남아 있는지도. 광장시장에서만 먹을 수 있었다. 어느 타코집이 멕시코 테킬라 회사와 협업해서 광장시장에 한 달짜리 팝업 식당을 연 것이다.

나는 광장시장에 두 번 갔는데, 라면 때문이었다. 처음에 갔을 때는 라면을 먹을 수 없었다. 명륜동에 있는 안동국시집에서 수육과 문어와 안동국시를 먹고 디저트까지 먹은 후 3차로 광장시장에 간 것이었기에. 애초에 우리의 계획은 3차인 만큼 가볍게 테킬라 칵테일만 마시는 것이었지만…… 멕시코식 물회도 먹었다. 그날 함께한 우리는 모두 소설가라서 '멕시코식 물회' 같은 명명 앞에서는 배가 터져도 지나칠 수가 없었던 것이다.

그날 배가 불러 먹지 못한 멕시코식 라면이 마음에 남았다. 그렇다면 혼자 광장시장에 가야 한단 말인가? 난 딱 집어서 '광장시장의 그 라면'이 먹고 싶은 것이어서 누구에게 가자는 말도 할 수 없었다. 그래서 사람이 몰릴 것으로 예상되는 점심시간을 피해 1시 반쯤 혼자 가기로 했다. 그러나 나의 예상과 달리 1시 반의 그곳은 인산인해였다. 처음 갔던 날과는 상황이 아주 달랐다. 몇 바퀴를 둘러선 줄을 보고 잠시 생각했다. '돌아가야 하나?' 하지만 라면이 궁금했다.

아, 잠시 그 팝업의 위치에 대해 설명해야겠다. 좌우로 입점해 있는 상가들이 있고, 가운데 포장마차 형태의 가게가 늘어선 게 광장시장의 기본 구조다. 그 식당은 팝업이므로, 가운데에 있다. 그러니까 왼쪽으로도 오른쪽으로도 시장의 손님들이 지나가는 보행로다. 거기서 줄을 서려면 보행로를 막는 것이기도 해서 쾌적하지 않았다. 나의 욕망을 충족하기 위해 타인을 불편하게 하는 일은 상당히 찝찝한 것이라 꽤나 눈치가 보였고.

이 글을 쓰다가 갑자기 떠오른 한 장면. 얼마 전, 내 집에 온 아빠가 리틀사이먼사에서 나온《이상한 나라의 앨리스》 팝업북을 펼치더니 물었다. "이런 걸 뭐라고 하는 거니?" "팝업북, 튀어나오는 걸 팝업북이라고 그래. 아빠 가는 시장에 청년몰인가 그런 거 있다며. 그것도 팝업일걸?" "아, 그것도 팝업이야?" "잠깐 하고 사라지는 게 팝업이야." 나는 아빠와 짧은 대화를 하다가 이제 일상어처럼 흔해진 팝업이라는 게 팝업북에서 유래했을 수도 있겠다는 생각을 했다. 팝업(스토어)이라는 말을 처음 들었을 땐 어색했는데 팝업북을 보니 팝업(스토어)이 뭔지 확실히 알겠다 싶었고. 팝업북을 펼치면 평면 안에 숨어 있던 것들이 순식간에 '팝' 하고 튀어 오른다는 느낌이 있다. 팝업의 성지라 불리는 더현대나 성수동은 생각만 해도 피곤해서 가고 싶지 않았는데, 그날 팝업북을 열다가 생각이 바뀌었다. 무언가가 갑자기 튀어 올랐다가 책을 덮으면 조용히 사라지는 팝업북에서 팝업의 미덕을 발견했던 것이다.

어쨌든. 광장시장에서 줄을 서고 있을 때의 나는 아직 그 미덕을 발견하기 전이라 무척 피곤했다. 아마도 한 시간 넘게 줄을 선 듯하다. 그냥 돌아갈까 여러 번 생각했으나 이번에 돌아가면 영원히 먹을 수 없다는 사실이 나를 가로막았다. 제철 음식은 올해 못 먹더라도 내년을 기다리면 되는데 이건 이번 기회가 지나면 끝이라는 게……. 사람의 마음에 대해서도 생각했다. 우리가 제철 음식을 먹으려 애쓰는 것은 신선하고 계절과 맞는 음식을 먹겠다는 의욕과 함께 곧 먹을 수 없을지도 모른다는 조급함도 먹는 것이라고.

기다리면서 맛있는 라면이란 무엇인가에 대해 생각했다. 내 기준에 맛있는 라면은 일단 면발이 꼬들꼬들해야 한다. 그렇다고 설익어서는 안 된다. 그리고 라면에 첨가하는 것들은 각각의 라면에 어울리는 걸로 넣어야 한다. 너구리에는 다시마와 미역을, 안성탕면에는 건표고 슬라이스와 홍고추를, 열라면에는 순두부를, 맛있는라면에는 청경채를 넣는 식이다. 언제부터인가 모르겠지만 나는 라면을 이렇게 끓인다. 그렇기에 라면을 묶음으로 사지 않는다. 세 종류의 라면을 하나씩 사둔다. 내가 생각하기에 절대 라면에 넣지 말아야 하는 것은 양파다. 맛이 들큼해진다. 달걀을 넣는 방식도 달리해야 한다. 안성탕면에는 계란을 풀어서 원을 그리며 뿌려주고, 열라면에는 달걀 하나를 온전히 깨 넣어 소프트 에그로 익히고, 신라면이나 너구리에는 달걀을 넣지 않는다.

모든 라면에 빼지 않고 넣는 것은 대파다. 라면에 따라 파를 써는 방식도 달리하지만 여기까지만 하기로 하고……. 그래서 나는 달걀이 없다면 좀 고민하지만 파가 없다면 절대 라면을 끓이지 않는다. 내가 끓인 라면이 맛있기에 나의 라면 철학을 적용한 라면 팝업을 열고 싶다는 생각도 하지만, 생각만 하는 걸로.

라면은 납작한 양은 냄비에 나왔다. 통상적인 물 양의 반만 넣은 것으로 보였다. 꼴뚜기와 오징어, 홍합을 넣었고 고수와 대파를 올렸다. 그 위에 멕시코 고추로 만든 페이스트도 약간. 먹음직스럽게 보였다. 해물라면에 달걀을 넣지 않았다는 점에서 레시피 개발자가 나와 라면에 대한 생각이 비슷하구나 싶어서 동질감도 살짝. 나는 여기에 테이블 앞에 놓인 살사베르데를 듬뿍 올렸다. 그리고 작게 잘린 라임을 여러 개 짜 넣었다. 타코에 먹으라고 놔둔 살사베르데와 라임 같았지만 나는 태국에서 출시된 똠얌꿍 맛 신라면에 라임을 넣어서 먹기에 여기에도 좋겠다 싶어서. 이로써, 이 라면은 살사베르데라면이 되었던 것이다. 팝업 식당에서의 정식 명칭은 멕시칸 해물라면이었지만 말이다.

혹시라도 참고하실 분들을 위해 덧붙이자면, 라면은 너구리였다. 너구리 면발에 진득한 치즈가 딸려 올라왔다. 아, 그래서 물을 적게 잡은 것이었다.

앞에서도 썼듯이 그것은 나의 인생 라면이었다. 면발은 물론, 국물마저 거의 비운 것으로 라면에 대한 나의 존경심을 표했다. 종업원들은 나의 마음 따위야 모르겠으나 나는 사실 라면이 좀 느끼해서 반 개 정도만 먹을 수 있는 사람이라 그건 정말 이례적인 일이었다. 집에서는 반 개만 먹고(밥을 말아 먹더라도) 밖에서는 남기는 편이라 이날의 라면 완식은 나로서는 기록할 만한 사건이었다. 밸런스가 좋은 라면이기도 했지만 나는 라임과 살사베르데의 힘이라고 생각한다. 살사salsa는 소스요, 베르데verde는 초록이란 뜻. 그러니까 초록 소스가 만들어낸 마법의 순간이 팝업북을 열 때처럼 튀어나온 날이었다.

나의 김밥론

김밥을 자주 먹지 않는다. 김밥을 좋아하기 때문이다. 밖에서 파는 김밥은 어딘가 마음에 안 들어 잘 먹지 않는다. 뭐 이런 것이다. 우엉을 듬뿍 넣었다고 하는 김밥에서는 우엉 맛밖에 안 난다거나, 건강한 김밥이라며 야채를 듬뿍 넣은 김밥에서는 야채의 풋내가 강하다거나. 뭔가 조화롭지 못한 경우가 많다. 또 키토김밥도 썩 내키지 않는다. 밥 대신 노란색(그러니까 달걀)으로 꽉 차 있는 김밥을 보면 식욕이 일지 않는달까.

다른 분들도 그렇겠지만 내게 있어 가장 맛있는 김밥은 내가 싼 김밥이다. 그러니까 내가 좋아하는 재료를 넣고, 내가 추구하는 이상에 맞춰, 내가 생각하는 조화를 이루게 싼 김밥 말이다. 나는 좀 뭐가 많지 않은 김밥이 좋다. 후토마키처럼 화려한 김밥은 아무래도 한 줄 다 먹으려면 질리지 않나. 시금치와 단무지, 당근 그리고 간장에 슬쩍 졸인 어묵 정도만 넣은 심플한 김밥이 좋다. 소고기 부스러기라든가 박고지, 절여서 볶은 호박, 나라즈케 같은 것을 넣는다면 더 좋겠으나 이런 걸 파는 데는 잘 없으니 나의 욕심인 것 같고 (이런 건 스스로 해 먹어야). '밥은 적당히, 속은 요즘 기준에서 보면 좀 적게'가 내가 원하는 김밥인 듯하다.

어렸을 때도 그랬다. 김밥용 햄을 먹지 않아서, 김밥에 들어간 햄은 늘 빼고 먹었다. 박고지를 좋아했다는 것도 같다. 나는 예나 지금이나 야채의 섬유질이 주는 질깃한 조직감에 미치는 편인데, 박고지가 그런 유라서. 변한 것은 하나. 그때는 김밥의 시금치가 싫었다. 그래서 시금치 대신 오이를 넣어달라고 요청하곤 했었는데 지금은 둘 다 좋다. 볶은 당근을 넣은 김밥에는 시금치가 어울리고, 소고기 부스러기를 넣은 김밥에는 오이가 딱이다. 이렇게 말하고 보니 꽤나 김밥의 권위자 같은데 그럴 만한 사연이 있다. 어린 시절의 나는 김밥을 매우 자주 먹었다. 매일같이 먹을 때도 있었다.

아마 한 10년 정도는 그러지 않았을까? 그런데 한 번도 질린 적이 없다.

옆집에 '김밥집'이 있었기 때문이다. 실제로 김밥집은 아니고 도시락 공장 비슷한 곳이었는데, 나의 할머니가 사장과 친구였다. 할머니는 그곳에 자주 드나들면서 김밥을 들고 오곤 했다. 터진 김밥이었다. 써는 과정에서 발생되는 일종의 불량. 먹는 걸 좋아하는 할머니는 아마도 그걸 집어 먹어봤을 테고 꽤나 맛이 있어서 사장에게 달라고 했을 것이다. 버리기도 그렇고 남을 주기도 그랬을 그 터진 김밥은 그래서 나의 집으로 오게 되었다. 정말 맛있었다. 터졌기에 불완전했고 뭐가 많지 않았는데, 나는 그 김밥의 느슨함을 무척이나 좋아했다. 나만 그런 게 아니라 식구들 모두 그 김밥을 좋아했다. 그 김밥에서만 나던 냄새가 가끔 생각난다. 다른 김밥에서는 맡아본 적이 없는 고유한 냄새가 그 김밥에 있었다. 아마 조미료와 이런저런 게 섞여서 나는 냄새였을 텐데 그 김밥 말고는 그런 냄새를 맡아본 적이 없다.

나의 시그니처라고 할 만한 김밥은 시소김밥이다. 시소김밥은 언젠가 자세히 다룰 일이 있을지 모르겠는데, 나답지 않게 레시피까지 정리해두었다. 초대리 비율이 꽤나 중요해서. 시소김밥을 할 때 난 남들보다는 살짝 덜 달고 살짝 시고 살짝 싱겁게 하는 편인데. 이 '살짝'의 비율을 정리해둔 것이다. 야생(?) 시소는 제철이 언제인지 모르겠으나 일단 시소는 아무 때나 구할 수 있어서 다급히 먹어야 한다는 조바심은 없다. 내게 조바심을 느끼게 하는 것은 제철 재료를 넣고 한 김밥이다. 가장 먼저 떠오르는 것은 씀바귀김밥이다. 강인해 보이는 씀바귀지만 의외로(?) 봄나물인지라 겨울과 봄 사이에 난다. 뿌리를 먹는 나물인지라 봄나물이라는 게 생경하겠지만 그렇다. 흥미로운 점은, 씀바귀김밥을 직접 만들기 전까지 나는 씀바귀를 그리 좋아하지 않았다는 것이다. 머위나 고들빼기, 민들레의 쓴맛은 좋아하는 편인데 씀바귀는 써도 너무 썼다. 나의 엄마는 그 쓴 씀바귀나물을 잔뜩 해서 혼자 먹곤 했다. 혼자 먹는 이유는 너무 써서 그녀 말고는 아무도 좋아하지 않았기 때문이다.

그런데 참 이상한 일이 아닐 수 없다. 어느 날, 문득 그런 생각이 들었다. '씀바귀김밥이 먹고 싶다.' 이 말은 곧 '씀바귀김밥을 만들어야겠다'이기도 하다. 들어본 적도 없는 씀바귀김밥을 먹어보려면 내가 만들 수밖에. 엄청나게 맛있을 것 같다는 확신도 함께 들었다. 아니, 한 번도 씀바귀를 맛있게 먹어본 적이 없으면서 이런 생각을 하는 게 가능한가? 나는 가능하다. 누구도 납득할 수 없는 메커니즘(?)으로 이런 음식에 대한 계시가 내려오곤 하는데, 거역할 도리가 없다. 너무 이상한 일이지 않습니까? 어쨌거나 그걸 먹기 전까지 계속 생각이 나므로 생각이 나지 않게 하는 것이 좋다. 해법은 단 하나. 그걸 먹는 것이다.

일단 나는 씀바귀 손질법부터 공부했다. 엄마의 씀바귀가 너무 썼던 것은, 그녀가 필히 쓴맛을 제대로 제거하지 않았기 때문임이 분명하다는 생각이 들어서. '양도 많이, 맛도 진하게, 종류도 잔뜩'이 워낙 그녀의 스타일이다. 얼마나 많은 음식을 얼마나 화려하게, 또 상다리가 부러지게 차려낼 수 있는가가 그녀의 요리 스타일이고. 또 그 써도 너무 쓴 씀바귀는 '나는 쓴맛 좋아하는데?'의 사고 체계 안에서 쓴맛을 살리려고 애쓴 결과물일 수도 있겠다는 생각을 했다. 그녀가 '진하게'라면 나는 '은근히'를 추구하는 사람이므로 우리가 좋아하는 음식은 상당히 다른 편.

찬물에 두 시간 담그거나 끓는 물에 살짝 데친 뒤 쌀뜨물에 30분 담그는 방법 중에, 성격이 급한 사람인 나는 후자를 택했다. 그렇게 손질해 씀바귀의 물기를 꼭 짜주면 거의

다 된 것이다. 씀바귀와 마른오징어를 고춧가루와 액젓 조금, 간장, 참기름, 식초 약간으로 무친다. 씀바귀의 고유한 향을 살리기 위해 파와 마늘은 생략. 이렇게 해서 하루 냉장고에 두면 마른오징어가 씀바귀의 향과 맛을 흡수하면서 통통해진다. 다음 날 싸면 된다. 씀바귀김밥의 재료는 밥과 김, 그리고 어제 해둔 마른오징어를 박은 씀바귀무침이 다다. 좀 다른 스타일의 일체형 충무김밥이라고 생각해도 되겠다. 아, 김은 무조건 곱창김이다. 곱창김이 풀어지며 씀바귀, 오징어와 뒤엉키는 식감은 이루 말할 수가 없다. 곱창김을 두 장 겹쳐 싸면 더 맛있다.

씀바귀의 제철은 씀바귀꽃이 피기 전 3월에서 4월. 꼭 해보시면 좋겠습니다.

씀바귀 김밥

1.
찬물에 두 시간 담그거나 끓는 물에 데친 뒤 쌀뜨물에 30분 담가둔다.

30 min

2.
물기를 꼭 짠다.

3.
식초
마른오징어
고춧가루
간장
참기름
액젓

씀바귀와 마른 오징어를 고춧가루와 액젓 약간, 간장, 참기름, 식초 약간 넣고 무친다.
(향을 살리기 위해 파, 마늘은 생략)

4.
하루 동안 냉장고에 넣어둔다. 마른 오징어가 씀바귀향과 맛을 흡수해 통통해진다.

ONE DAY

5.
밥과 곱창김으로 김밥을 싼다.
※ 곱창김을 두 장 겹쳐서 싸면 더 맛있다.

자두와 복숭아가 흐르는 세계

　나의 엄마와 아빠는 말투나 취향, 성격 등등이 여러 가지로 판이한 사람이지만 특히나 과일의 신맛에 있어 극단적으로 갈린다. 신 것을 먹으면서 더 신 것을 요청하는 게 아빠라면, 신 것에 대해서는 말도 못 하게 하는 게 엄마다. 생각하는 것만으로도 침이 나온다며 얼굴을 찌푸리는 그녀. 신 걸 좋아하는 아빠가 특히나 '더 더 신 거'를 요구하는 게 자두다. 신 것을 못 먹는 엄마가 먹을 수 있는 대표 과일은 복숭아. 이렇게 써놓고 보니 아빠는 자두를, 엄마는 복숭아를 닮은 것 같기도.

　음, 나는 자두에도 복숭아에도 그리 집착하지 않는다. 나는 단맛과 산미가 함께 있는 과일을 좋아하는 편이라 포도 쪽이다. 포도 중에서도 특히 청포도에 집착한다. 샤인머스캣이 아닌 재래종 청포도에. 자두의 신맛은 좋지만 껍질과 과육을 함께 먹을 때 느껴지는 이물감이 유쾌하지 않다. 고무의 질감이라고 해야 할지 그런 게 느껴진달까. 복숭아는 맛있기는 하지만 좀 피곤하다. 이런 것이다. 품종은 왜 그리 많으며, 맛있는 복숭아는 농가에 예약해야 한다는데 예약은 쉽지 않고, 냉장고에 보관하지 말라는데 쉽게 짓무르고…… 이 모든 게 쉽지가 않다. 이런 필요 이상의 '고관여'가 복숭아를 먹기 전부터 지치게 한다고 해도 좋을 것이다.

그래도 복숭아 취향에 대해 이야기하자면, 나는 황도보다는 백도, 물복보다는 딱복파다. 이런저런 신품종 복숭아를 먹어본 결과 내가 좋아하는 품종을 알게 되었으니 대극천이다. 아마도 대단한 극락이라는 뜻으로 붙인 듯한 이름이 상당히 과장스러운데 맛은 좋다. 좀 청량하고 상큼하다고 해야 할까? 과즙이 줄줄 흐르는 계열의 복숭아는 아닌 것이다. 처음 먹고서 파리에서 한 달 지낼 때 내내 먹었던 납작복숭아가 떠올랐다. 나는 무엇보다 쓱쓱 씻어서 반으로 쪼개 바로 먹을 수 있다는 면에서 납작복숭아가 좋았다. 대극천은 납작복숭아처럼 납작하거나 반으로 쪼개지지는 않지만 납작복숭아 못지않게 한입에 먹기가 좋다. 대극천의 판매자들은 아삭한 대극천을 후숙하면 말랑해진다며 두 식감 모두 즐길 수 있다고 홍보하는데 나는 말랑해지기 전의 대극천이 좋다. 여름이 오면 그래도 대극천은 두 번 정도 사먹게 되는 것 같다.

그리고 어쩐 일인지 모르겠으나 몸이 좀 비실비실하다고 느낄 때 백도 통조림을 찾게 된다. 백도가 나오는 계절이라도 백도가 아니라 백도 통조림이어야 할 듯한 느낌적 느낌에 휩싸여 말이다. 펭귄표를 선호한다는 것도 말해야겠지.

이제는 자두에 대해 이야기할 차례. 자두에 대해 특별한 애정은 없지만 자두나무는 좋다. 어딘가에 갔다가 눈이 환해지는 꽃을 보고 "저게 뭐예요?"라고 한 적이 있는데 자두나무의 꽃이었다. 강원도에 머물렀을 때가 떠오른다. 당시 나는 원주에 있는 토지문학관에 있었는데, 무엇보다 사방이 초록이고 새들이 밤낮을 잊고 지저귄다는 게 좋았다. 새들에 질세라 나뭇잎들이 저마다의 방식으로 바람에 몸을 부비며 소리를 내서 나무를 더 유심히 보게 되었다. 내가 자주 앉던 자리 위로는 가로로 긴 창이 나 있고, 그 창으로 오디나무가 흔들리는 게 보였다.

자두나무가 있었으면 좋겠다고 생각했다. 자두가 먹고 싶어서는 아니었다. 노랑이거나 연두이거나 빨강이거나 아니면 그 색들이 섞인 자두가 나무에 매달린 걸 보고 싶어서였다. 아무래도 오디가 가득 열린 오디나무는 그다지 근사한 풍광은 아니라서. 오디가 잔뜩 달린 오디나무를 멀찍이서 보면 그 부숭부숭한 열매들의 집합이 단조로워 보인다. 짙은 보라색 오디 열매가 불투명하다 못해 거무죽죽해 보여 그럴 것이다. 아, 저기에 자두나무가 함께 있어준다면 오디나무도 꽤나 괜찮아 보일 텐데라고 생각했었다. 자두 향이 섞인 바람 냄새를 맡고 싶어서이기도 했다. 자두가 나오는 소설을 어쩌면 하나 쓸 수 있을까 싶어서.

'자두 소설'에 감명을 받은 적이 있기 때문이다. 마이클 온다치의 《잉글리시 페이션트》. 이 책은 1992년 부커상을 받았고, 1996년 앤서니 밍겔라에 의해 영화로 만들어졌다. 영화는 좋았고, 책은 더 더 좋았다. 몇 문장을 읽고 나서, 나는 이 소설의 냄새가 몸에 배는 것을 느꼈고, 또 그게 쉽게 날아가지 않으리라는 걸 직감했다.

채 열 장을 넘기기도 전에 자두가 나온다. "그는 검은 얼굴을 돌려 회색 눈으로 그녀를 바라본다. 그녀는 손을 주머니에 넣는다. 그녀는 이로 자두 껍질을 벗겨서 씨를 빼고 과육을 그의 입에 넣어준다." 그가 잉글리시 페이션트, 그러니까 '영국인 환자'고 그녀는 간호사다. 환자는 극심한 화상으로 몸의 대부분이 타버렸고 제대로 먹을 수 없다. 사람이라 부를 수 없는 그런 처지의 사람에게 간호사는 자두 과육을 넣어준다. 그녀의 주머니에 들어 있던 자두를 꺼내서.

'검은 얼굴'과 '회색 눈'이라는 모노톤의 세계에 자두가 들어옴으로써 환해지는 것이다. 작가는 자두의 색에 대해 묘사하지 않는다. 청자두인지 붉은 자두인지 알 수 없다. 그러니 상상할 수 있어 더 좋다. 자두의 노란 속살을 그의 입에 넣어주는 여자의 손에 대해서도.

이것만으로 내가 이 소설을 '자두 소설'이라 부르게 된 건 아니다. 내가 가지고 있는 책 표지도 자두색이다. 화상을 입은, 여자에게 자두를 받아 먹는 그 남자가 "자줏빛보다도 진한" 몸을 가졌다고 작가는 적고 있다. 나는 이 '자줏빛'을 '자둣빛'으로 생각하고 싶었다.

개불 여행과 나른한 수박

얼마 전에 만난 사람에게 개불 여행을 다녀왔다는 이야기를 들었다. 개불 여행? 개불? 꿈틀거리는 분홍색 그거? 맞다고 했다. 횟집에서 개불이 나오면 맛있게 먹지만 개불을 주제로 여행을 갈 정도인가 싶었다. 흑산도 홍어 여행이나 도다리쑥국을 먹으러 통영에 가는 도다리 여행은 들어봤어도, 개불 여행이라니.

개불 여행을 다녀온 이가 풀어준 사연은 이렇다. 강남에 있는 연스시라는 집에서 나온 개불이 너무 맛있었다고 했다. 그때까지 알던 개불과 완전히 다른 개불이었다나. 어떻게 다른지 묘사해주지 않아서 상상해보자면, 더 굵고, 더

쫄깃쫄깃하고, 더 분홍색이지 않았을까 싶다. 개불 여행자는 그 개불이 너무 맛있어서 어디 개불인지 묻기에 이른다. 실안 개불이라고 했단다. 실안? 삼천포(행정구역으로는 사천) 옆에 있으며 개불로 유명한 동네인 실안이라는 곳을 나는 그날 처음 들어보았다.

개불 여행자는 실안에 간다. 실안에 가면 개불 식당이 딱 두 군데라고. 두 군데 중에 어디인지는 묻지 않았다. 그때까지만 해도 개불 여행이란 내 인생에 없을 일이었기에. 그런데 점입가경이라고 하던가? 개불 여행에 대한 이야기가 진행될수록 나도 실안이란 곳이 궁금해졌다. 서울에서 한반도의 끝으로 개불 여행을 단행하게 한 개불의 맛이 들을수록 궁금해졌던 것이다. 개불 한 접시에 6, 7만 원이라니, 어떤 맛이길래……. 내가 의아한 표정을 지으며 "6, 7만 원?"이라고 되묻자 개불 여행자는 하나하나 낚시로 건져 올린 개불이라고 했다. "그럼, 그럴 만하지"라고 호기롭게 말하고 나니 낚싯대로 개불을 건져 올리는 장면이 무척이나 보고 싶었다. 참 이상한 일이다.

급기야는 실안과 묶어 다녀올 만한 데를 떠올려보던 나. 삼천포와 진주와 통영을 함께 가면 어떨까 싶었다. 물론 나는 개불이 아니라 통영에서 도다리와 스텔라마리스 굴을 먹거나 삼천포에서 쥐포를 위시한 건어물을 사는 게 주목적이겠지만. 여기까지 생각하다 개불에게도 제철이란 게 있겠다 싶었다. 찾아보니, 사천 일대(그러니까 실안이겠지)에서는 수온이 차가워지는 1월에 개불잡이가 한창이라고. 이럴 때 작은 깨달음을 얻는다. 모든 생물들에게는 제철이라는 게 있구나 하는. '그럼 나의 제철은 언제지?'라는 생각도 잠시.

개불로 실안이라는 곳을 난생처음 인지한 것처럼 수박을 통해 인지한 동네가 있다. 맹동이다. 맹동 수박이라 맛있다는 이야기를 처음 들었을 때 반문할 수밖에 없었다. "냉동이요?" 그만큼 맹동이란 곳은 실안처럼 전혀 들어본 적이 없었다. 그리고 나는 수박을 좋아하는 편이 아니다. 내게 수박이란 시원하고 달고 그런데 아주 상큼하지는 않은 여름 과일 정도였다. 있으면 먹지만 구태여 한 통을 사고 싶지는 않은 그런 괴일. 누가 한 통을 순다고 하면 울고 싶어지는 그런 과일. 그랬었는데, 맹동 수박을 먹고 달라졌다. 수박을 한 통씩 사는 사람이 되었던 것이다. 당연히 맹동 수박으로 말이다.

다들 아실 것이다. 한두 명이 먹자고 수박을 사는 것은 상당히 용기가 필요한 일이다. 수박을 갈라서, 깍둑썰기를 하고, 통에 넣는 절차를 거쳐야 하므로. 수박을 먹기 위해서는 할 일이 너무 많다. (한숨부터 쉬고) 일단, 냉장고부터 비워야 한다. 수박을 넣을 공간을 충분히 확보하는 것부터 쉽지 않은데, 힘들게 잘라서 넣은 수박을 끝까지 다 먹는 건 더 힘들다. 일단 양이 너무 많고, 맛도 그저 그래서 끝까지 다 먹게 되지 않았다. 그랬었다. 과육이 무르는 바람에 먹지 않게 된 건지 먹지 않아서 과육이 물러진 건지 잘 모르겠지만.

그런데 맹동 수박은 그렇게 되지 않는다. 처음 수박의 배를 가를 때부터 마지막 한 점을 먹을 때까지 아삭아삭하다. 아, '배'라니…… '한 점'이라니……. 이렇게 쓰고 나서야 나는 수박을 과일이 아닌 생물로 인식하고 있음을 깨달았다. 그러니 그렇게 선도와 생명력에 집착했던 것이다. '수박을 그리 좋아하지 않았다' 안에는 수박에 대한 집착이 있었단 것도 깨달았다. 나는 '맛이 없다'라고 느끼는 순간 조용히 손을 놓는데, 수박을 먹을 때 거의 그랬다. 그냥 수박 맛이 그런 줄 알았다. 맹동 수박을 먹어보지 않았다면 여전히 수박을 좋아하지 않는다고 할 뻔했다. 맹동 수박 이전의 수박은 내게 그저 달고 물컹한 덩어리였으니.

맹동 수박을 먹게 된 것은 개불 여행자 때문이었다. 지금 와서 밝히자면, 개불 여행자는 나의 동생. 그리고 맹동 수박은 동생과 결혼한 분이 가져온 수박이다. 충청도 사람인 동생의 아내에 따르면, 충청도 사람들은 맹동 수박밖에 안 먹는다고. 맹동은 그녀가 살던 동네 가까이에 있고, 그녀 어머니의 친구가 수박밭을 가지고 있기에 밭에 가서 마음에 드는 수박을 고르면 된다고 했다. 손가락으로 가리키는 수박을 바로 그 자리에서 따 차에 실어주는 시스템이다. 수박은 실온에서 이틀 정도 숙성하면 좋다고. 그래서 동생의 아내는 일부러 트렁크에서 수박을 꺼내지 않는다. 맹동 수박은 이렇게 나른한 트렁크 숙성을 거친 후 가정으로 올려 보내진다.

내가 먹은 수박이 이런 공정을 통해 왔다는 것을 한참 후에 알게 되었다. 나의 집에서 맹동 수박에 대한 반응이 뜨거웠으므로 맹동 수박은 자주 그녀의 차 트렁크에 실리게 되었다는 이야기. 그와 함께 수박 일반과 맹동 수박에 대한 비교라든가 전에 먹었던 맹동 수박과 지금 먹고 있는 맹동 수박에 대한 비교라든가 그런 이야기들이 여름 내내 나의 집의 이야깃거리였다. 나는 이 글에서 '나의 집'이라고 부르는 엄마와 아빠가 둘이 사는 그 집에 자주 가지 않는 편이라 맹동 수박이라는 걸 따로 사서 먹었다. 맹동 수박 철이 끝나기 전에 맹동 수박을 몇 번 더 먹을 수 있을지가 지난여름 나의 관심사 중 하나였다.

내가 만약에 제철인 무언가를 먹으러 산지에 가는 일을 벌이게 된다면, 그건 아마도 수박일 것 같다는 확신이 든다. 물론 목적지는 맹동이다. 수박이 펼쳐져 있는 수박밭을 보고 싶다. 수박 향은 또 얼마나 맹동 수박스러울지…….

호박이 넝쿨째

호박잎을 좋아한다. 특히 뭉그러지게 삶은 호박잎을. 호박잎에 밥을 올리고, 된장에 호박과 양파와 감자와 고추를 넣어 역시 뭉그러지게 지져 만든 쌈장을 얹어 먹으면 여름도 견딜 만하다고 생각된다. 호박잎에 여름 더위를 싸서 호로록 먹어버리는 느낌이랄지. 그리고 호박잎도 여린 것이 훨씬 맛이 좋다. 그러니까 처음으로 딴 호박잎이라면 최상이다. 호박잎의 생장 속도는 무시무시해서 눈 깜짝할 새 우산만큼 자라기도 한다고. 그래서 내가 호박잎을 좋아하는 걸 아는 어떤 분은 처음으로 딴 호박잎을 내게 보내주신다.

이상하게도 호박잎쌈은 꼭 야채를 넣고 뭉근하게 익혀 만든 쌈장과 먹어야 맛이 난다. 고구마줄기와 오이상추라고 부르는 노각무침도 거의 끌어안고 먹다시피 하는 여름 음식이지만 호박잎에 대한 애정에는 못 미칠 것 같다. 나만 이렇게 호박잎을 좋아하는 걸까? 호박잎에 대한 애정을 토로하는 경우는 거의 본 적이 없어서.

어릴 때 나의 집에는 늘 늙은호박이라고 부르는 커다란 호박이 있었다. 신데렐라의 호박 마차로도 변신할 수 있을 만큼 웅장하고 튼튼한 호박이. 나는 이 호박이 하도 육중해 징그럽다고도 생각했지만 이것으로 만드는 것들은 모두 좋아했다. 호박을 넣고 끓이는 김치찌개와 꽃게탕, 또 호박을 넣은 김치와 늙은호박으로 만든 호박죽과 이 호박을 말려서 만든 호박고지라는 것을. 호박고지에 대한 사랑을 이어가고 있는 나는 80퍼센트의 확률로 호박고지가 들어간 시루떡도 상비하고 있다. 생각해보니 늙은호박으로 만든 음식들이란 상당히 손이 가는 것들이다. 간단하게 뚝딱 차려낼 수 없는 종류의 음식이랄까.

문제는 이제 이 늙은호박을 잘 볼 수 없다는 거다. 그 거대한 것을 이고 지고 해서 옮기는 것도 힘들지만 처치 또한 쉽지 않아서일 것이다. 그러니 썰기 힘들기로 악명 높은 늙은호박 껍질을 굳이 썰려고도 하지 않을 테고. 먹는 데에는 수고를 아끼지 않는, 그래서 직접 고추를 말려 고춧가루를 만들고 모든 장을 담가 먹는 나의 엄마도 지금은 늙은호박이 아닌 단호박으로 죽을 하니 말 다했지. 아무리 잘 만들었다고 해도 단호박으로 만든 호박죽을 늙은호박으로 만든 호박죽보다 좋아할 수는 없을 것이다. 늙은호박으로 만든 호박죽을 먹고 나면 그렇게 된다. 단호박은 그냥 단데, 늙은호박에는 단맛만 있는 게 아니라서. 단호박의 단맛은 단순하지만 늙은호박의 단맛은 단순하지 않다.

그래서 이제는 잘 찾아볼 수 없게 된, 늙은호박을 넣은 음식을 만나면 감격하게 된다. 또 늙은호박이 들어간 음식을 하는 식당은 계속해서 찾아간다. 이런 식이다. 서초동에 있는 한 식당에서 늙은호박을 넣어준다는 이유로 나는 김치찌개만 시키고, 또 제주에서 파는 갈칫국에 늙은호박이 들어간다는 걸 알고 나서는 제주에 가면 반드시 갈칫국을 먹는다. 서초동의 그 식당은 이북식 만둣국으로 유명한 집이어서 거의 모두가 만둣국을 먹지만 늙은호박이 최우선인 나는 호박김치찌개를 먹는 것이다.

애호박과 또 돼지호박이라고도 부르는 주키니 호박도 좋

아한다. 여름에는 애호박과 새우젓, 두부와 명란을 넣고 맑게 끓이는 호박젓국을, 겨울에는 고추장을 풀어 돼지고기와 새우젓, 두부와 홍고추를 넣어 끓이는 호박고추장찌개를 해 먹는다. 주키니 호박으로는 새우와 함께 파스타를 해 먹으면 좋다. 호박을 넓적한 채칼로 파파르델레 면처럼 넓고 길게 썰어 파파르델레 면과 파스타를 해 먹으면 상당히 호사롭다. 면 반 호박 반이기도 하거니와 넓적하고 길게 썬 호박의 단면에서 나온 채즙이 파스타에 엉겨붙기에…… 이건 먹어보지 않으면 손해랄까. 애호박이든 주키니든 구워서 샐러드나 샌드위치를 해 먹어도 좋다.

최근에는 호박의 넝쿨 맛도 알게 되었다. 가끔 호박잎을 보내주시던 분께서 넝쿨까지 주셔서 맛을 보게 되었던 거다. 호박잎을 찌면서 호박의 줄기인 넝쿨을 같이 쪄서 먹었는데, 호박잎보다 못하지 않았다. 솜털이 부숭부숭하게 난 굵은 줄기에 조촐히 달려 있는 덩굴손이 무척 귀여웠다는 말도 해야겠지. '돼지 꼬리'라고 부르는 교정부호를 닮은 넝쿨손을 보니 나도 모르게 경쾌해지는 느낌을 받았다. 호박이 매달려 있었던 튼튼한 줄기가 이렇게 연해질 수 있다는 것에도 놀라워하며 나는 덩굴손과 호박 줄기가 달린 호박잎쌈을 먹었다. 그렇게 온갖 것들이 딸려 온 호박잎을 먹고 있자니 열매와 잎사귀와 줄기와 씨앗까지 모두 먹을 수 있는 호박에 대해 경외감이 들었다. 이러니 "호박이 넝쿨째 굴러 들어왔다"라는 말이 생긴 거라고도 생각했고.

이게 다가 아니다. 호박은 꽃도 먹는다. 이탈리아에서 한 달 지낸 적이 있었는데 동네 슈퍼마다 호박꽃을 팔았다. 길쭉한 엔다이브처럼 가지런히 정렬해 포장되어 있었다. 식당에서는 호박꽃튀김을 팔았다. 호박꽃 안에 치즈를 넣고 튀겨낸 음식이었다. 그때는 호박꽃튀김을 먹겠다는 생각을 해보지 못했다. 어쩐지 예상이 되는 맛이었고, 먹어야 할 것들이 너무 많았기에.

일주일 전, 갑자기 호박꽃이 먹고 싶어졌다. 당시에 먹지는 않았어도 그 이미지가 상당히 강렬했던 모양이다. 한국의 마트에서는 호박꽃을 팔지 않으므로 구하는 것부터가 난관이었다. 어찌어찌해서 얻긴 했는데…… 힘들게 구한 호박꽃을 손질하다가 지쳐버렸다. 씻어도 씻어도 벌레가 나왔고, 어떤 호박꽃에는 벌이 들어 있기도 했기에. 리코타치즈와 필라델피아 크림치즈, 잣과 소금과 애플민트를 섞어 만든 속을 호박꽃에 넣었다. 튀기는 대신 오븐에 굽기로 하고 구워냈는데, 세상에…… 여전히 벌레가 있었다. 호박과 함께 구워졌던 것이다. 나는 그걸 입에 넣지 못하고 주춤거렸다. 벌레인 밀웜이라는 걸 먹기도 한다지만 나는 아직 그 단계에는 이르지 못했으므로.

벌레가 그렇게나 많은 걸 보며 이런저런 생각을 했다. 그러니까 식물을 먹는다는 것에 대하여 말이다. 약을 거의 안 친 유기농 호박이라 이렇게나 많은 벌레가 있는 것일 텐데 호박꽃을 먹을 수 없는 아이러니에 대하여. 또 약을 치지 않고 농사를 짓는다는 게 가능한 일인가 싶었다. 껍질까지 먹겠다며 유기농이나 무농약이라고 표시된 야채를 사는 편인데, 정말 그게 가능한 재배 방식인지. 벌레가 수정해주니 꽃

이 피고 열매를 맺는 것인데, 끊임없이 벌레를 죽일 수밖에
없는 농사라는 일에 대해서도 생각했다.

그리고 이탈리아 호박꽃에 대한 의문이 남았다. 이탈리아
에서는 호박꽃의 벌레를 없애는 특별한 기술이 있나? 아니
면 호박꽃의 벌레만 제거하는 특수한 약이라도 있나? 혹시
아는 분이 있다면 알려주시면 좋겠습니다.

가을이 오면 꽁치가

일본 '문과 남자'가 쓴 책 특유의 분위기를 좋아한다. 소설보다는 에세이, 에세이보다는 만화를. 그들의 것은 뭔가 다르다. 오타쿠 정신이라고 해야 할지 아니면 '덕력'이라 해야 할지 모르겠는데, 유미주의와 집요함, 변태스러움과 쩨쩨함, 소심함과 기묘한 호방함이 크로스오버되며 뭐라 말할 수 없이 귀여운 결과물이 탄생하기도 한다. 남자아이가 포충망을 마구 휘둘러대며 나비를 잡으려는데 태반은 놓치고, 나비를 잡으려던 건 잊고 어느새 버섯에 심취해 있는 그런 기묘한 에너지가 흐른달까.

이런 계열 중에 내가 한 손에 꼽는 분이 라즈웰 호소키다. 그분의 만화《술 한잔 인생 한입》이 그러하다. 라즈웰 호소키라는 이름부터 어째 이상하지 않은가? 라프카디오 헌처럼 귀화한 건가? 좀처럼 입에 붙지 않아 '디카프리오 헌은 아니고 무슨 헌이었지?'라며 고심하게 되는 라프카디오 헌과 달리 라즈웰 호소키라는 이름은 입에 착 붙는다. 일본어를 모르는 내게도 호소력이 있달까.

일본 사람답지 않은 필명의 정체는 이러하다. 유명한 트롬본 연주자 라즈웰 러드와 아르바이트했던 출판사에서 도움을 줬던 호소키 선배로부터 이름을 따왔다고 한다. 라즈웰 러드도 모르고, 호소키 선배도 모르지만 이런 걸 밝히는 게 좋다. 피와 뼈만이 아니라 내가 만났던 사람과 내가 본 것들이 오늘의 나를 만들었다고 생각하기 때문에. 내가 먹은 것도 물론. 먹은 것늘은 피와 뼈를 만들 뿐 아니라 마음과 정신까지 만들기 때문에 내가 음식을 좋아한다.

나는 가을이 되면 꽁치가 생각나는데, 라즈웰 호소키 님의 기여도가 51퍼센트는 된다. 원래 꽁치를 좋아했다. 그래서 전어보다 꽁치가 맛있다고 생각해왔다. 전어는 회보다 구이인 듯한데, 전어구이보다는 꽁치구이가 맛있어서. 참고로 나는 흰 살 부분보다 갈색 부분이 좋고, 갈색 부분에 어려(?) 있는 내장이 가장 좋다. 누군가는 '똥'이라고도 하는 그 부분을 난 좋아한다. 생선의 내장을 좋아하는 편인데 꽁치의 내장은 특히나 더 좋아한다. 전어의 내장은 딱히 별맛이 없다. '얕은맛'이라고 해야 할까. 꽁치는 '깊은 맛'이다.

그래서 가을이 되었다며 전어나 대하를 먹어야 한다는 이야기를 들으면 속으로 이렇게 생각하곤 한다. '가을엔 꽁친데……' 하지만 입 밖에 낸 적은 없다. 좀 지나치게 소수의견이 아닐까 싶어서. '흔하게 먹는 꽁치 따위가 뭐라고?' 이런 타박을 들을 수 있다. 하지만 모르는 말씀이다. 프라이팬이 아니라 석쇠에 구운 꽁치를 드셔본 적이 있는가? 그 꽁치의 맛을 기억하고 있다. 어릴 적 '곤로'라고 하는 석유난로 위 석쇠에서 구워냈던 꽁치의 맛을 잊지 못한다. 마당이 있는 집에서 살았기에 가능했던 일이다.

그 꽁치의 맛을 알기에 나는 절대 집에서 꽁치를 먹지 않는다. 프라이팬에 구운 꽁치는 그다지 먹고 싶지 않다. 석쇠나 그와 유사한 데 구워주는 꽁치가 있을 때만 먹는다. 횟집에서 서비스로 주시는 가스 브로일러에 구운 꽁치도 꽤나 좋다. 꽁치는 최하 그릴에 구워야 한다. 이렇게 힘주어 말할 수 있는 것은 그렇게 구운 꽁치와 그렇게 굽지 않은 꽁치는 완전히 다른 음식이기 때문이다. 살이 통통히 오른 꽁치는 매우 기름진데 팬에 구우면 기름 떡이 지면서 살의 맛이 반감되어버린다. 하지만 석쇠에 구우면 꽁치의 기름이 아래로 떨어지면서 껍질은 더 바삭해지고, 그렇게 구워진 꽁치의 날렵하면서도 단단한 몸은 보는 것만으로도 좋다.

원래도 이 정도였던 꽁치에 대한 마음이 라즈웰 호소키 님 덕에 더 커졌다. 《술 한잔 인생 한입》의 주인공인 이와마의 꽁치 먹는 법을 보고 말이다. 꽁치에 스다치(일본 초귤)를 살짝 뿌리고, 간 무에 간장을 뿌린다. 그걸 꽁치 살에 얹어 먹는다. 맥주와 함께. 다음엔 내장이다. 내장을 먹고 곧바로 사케를 꿀꺽. 사케가 반쯤 남으면 꽁치 뼈를 들어 올린다(뒤집으면 절대 안 된다고 강조하는데 내가 쓴 줄 알았다). 껍질과 뱃기름을 내장에 문질러 먹는다. 이 부분에서 호소키 님은 '먹는다!'라고 세 번 적고, 꽁치를 먹는 이와마의 황홀한 표정을 세 번 그린다.

나는 꽁치 내장의 맛을 아는 사람이기에 이 부분을 읽고는 무릎을 쳤다. 내장을 즐길 방법이 늘었으니까. 호소키 님은 후기에서 내장이랑 껍질을 남기는 사람이랑은 같이 술을 안 마신다고 적고 있는데, 나는 오히려 대환영이다. 내가 먹을 수 있는 부분이 늘어나니까. 게다가 살은 맥주와 함께, 내장은 사케와 함께라니…… 얼마나 절묘한가. 이걸 보고 나서 살에 맥주를 마시고, 연달아 껍질과 뱃기름(내가 '갈색 부분'이라고 지칭한 부위인 듯)을 내장에 찍어 먹어야겠다고 생각했다. 또 하나 배운 것이, 무에 간장을 떨어뜨린 뒤 얹는 방식이다. 무를 꽁치에 올리고 나서 간장을 찍는 것보다 이쪽이 더 효율적이고 더 우아하지 않나?

여기에 한 가지 더. 일본어로 꽁치가 '가을 생선'이라는 걸 나는 이분 덕에 알았다. 꽁치가 '秋刀魚(가을의 칼 생선이라는 뜻)'라니! 문학적 표현이 아니라 실제로 그렇게 쓰고 있었다. 단어 그 자체로 '가을 생선＝꽁치'라고 명명해두었다니 꽤나 심오하지 않나. 참고로, 오즈 야스지로의 가을 영화 〈꽁치의 맛〉의 원제는 '秋刀魚の味'다. 영어 제목은 'An Autumn Afternoon'. '가을이 되면 꽁치'라는 내 사고에, 〈꽁치의 맛〉의 기여도가 49퍼센트임도 밝혀둔다.

51퍼센트와 49퍼센트는 얼마 차이가 나지 않는 것 같지만 그래도 차이는 차이다. 2퍼센트 차이가 얼마나 대단한지는 선거 개표 방송을 보면 알 수 있지 않나. 어쨌거나 나는 오즈 야스지로도 좋지만, 역시 점잖은 오즈 야스지로보다는

장난스러운 라즈웰 호소키 쪽이 더 좋다. 꽁치의 맛에 대한
마음을 나눌 수 있던 최초의 인물이기도 하고.

토란국을 끓이다

　　나의 인생은 토란국을 먹기 전과 먹은 후로 나뉜다. 토란을 먹고 나서 깜짝 놀랐다. '세상에, 이런 음식이 있어요!'라고 외치고 싶었을 정도로. 이것은 그때 외치지 못해 쓰는 글이다. 그러니까 토란이 얼마나 독보적인 음식인지에 대한 외침이랄까. 이런 음식은 먹어본 적이 없다. 따뜻하고, 구수하고, 정겨우면서, 몰캉몰캉한데, 흐물흐물하지는 않은 이런 요물 덩어리…….

　　'늘 그리워했다'까지는 아니어도 토란을 그리워했다. 이 말에는 어폐가 있다. 나는 토란을 먹어본 적이 한 번도 없었기에. 경험한 적이 없는 무언가를 그리워하는 게 가능한가?

그래서 '토란이 궁금했다' 정도여야겠지만 토란에 대한 나의 마음은 (먹기 전부터) 그 이상이었다. 그래서 '나는 토란을 그리워했다'라고 할 수밖에 없다. 애석하게도 오랫동안 토란을 먹지 못했기에 더 커질 수밖에 없는 그리움에 대해서 아실는지.

그리워했으나 먹어보지 못한 이유는 이러하다. 나의 집에서는 토란을 먹지 않는다. 우리는 토란국 안 먹느냐고 물으면 나의 엄마는 이렇게 말했다. "들큼하고 뭉글뭉글한 게 나는 싫더라." 자기는 토란이 싫고, 고로 만지고 싶지도 않다는 말이었다. 게다가 토란은 밖에서 파는 음식이 아니다. 가자미식해라든가 갈치김치 파는 데를 찾으려면 찾겠지만 토란을 파는 곳은 본 적이 없다. 한정식집에 토라국이나 토란을 이용한 무언가가 나올 수 있겠으나 메뉴판에 '토란국'이나 '토란탕' 같은 걸 명시해두진 않는 것이다. 여기에 하나 더, 토란이란 식재료도 쉽게 볼 수 없다. 양파나 감자처럼 언제 어디서나 살 수 있는 게 아니다. 토란국이라는 음식이 있다는 걸 알고, 나는 그걸 좋아할 것 같은데, 토란국이나 토란을 볼 수가 없었던 것이다.

어딜 가면 토란을 먹을 수 있을까? 어느 지역으로 여행을 가야 백반에 토란국이 나오지? 이런 걸 궁금해하다 결국 알게 되었다. 토란을 먹으려면 내가 해 먹는 수밖에 없다는 걸. 하지만 먹어보지 못한 음식을 어떻게 한단 말인가? 그리고 팔지도 않는 토란을 어디서 산단 말인가? 껍질을 벗겨 냉동해서 파는 것은 사기 싫었다. 어쩐지 껍질째로 사서 그 까다롭다는 작업을 손수 해야 할 것 같았다. 내가 원하는 것은 온전하고 맛있는 토란국이기에 마구 토란 살을 깎아낸 냉동 토란으로는 하고 싶지 않아서. 그러던 어느 날, 뭇국 끓이듯이 토란국을 끓이면 된다는 이야기를 들었다. 대신 토란 손질만 잘하면 된다고.

이 말은 내 안에 잠복해 있다가 어느 날 발아했다. 추석을 앞두고 긴 연휴에 먹을 것을 사러 한살림에 갔다가 토란을 만났던 것이다. 제철이 추석 무렵이었다는 깨달음과 함께 '아, 토란이다!'라고 속으로 외치며 일단 토란을 들어 올렸다. 그리고 냉장고에서 묵힌 지 일주일 정도 되었을 때 드디어 결심이 섰다. 토란은 열대작물이라 냉장고가 아닌 실온에 보관해야 한다는 걸 이제는 알지만 몰랐던 그때, 토란국을 끓이기까지 마음의 준비가 필요했던 거다. 토란탕이라고 해야 할지 토란국이라고 해야 할지, 뭐가 맞는 건지 모르겠지만 어쨌든.

토란을 다루는 법에 대해 하는 말은 모두들 달랐지만 일치하는 게 하나 있었다. 전 처리를 꼭 해야 하며, 절대로 맨손으로 토란 껍질을 만져서는 안 된다고. 맨손으로 토란을 만지면 극심한 가려움에 시달리거나 맨살이 부풀어 오를 수 있다는 경고가 많았다. 껍질을 까서 데치기, 껍질째 데치기, 쌀뜨물에 데치기, 식초를 떨어뜨려 데치기 등등 여러 방법이 있었는데, 내가 택한 방법은 이러하다. 끓는 물에 껍질째 10분간 삶기. 그냥 물은 아니고 쌀뜨물에 삶았다. 그러고는 니트릴 장갑을 끼고 갓 데쳐낸 뜨거운 토란을 깠다. 식으면 잘 까질 것 같지 않았기 때문이다. 끓는 물에 10분간 삶아낸 토란은 손으로 스윽 하고 밀면 저절로 껍질이 벗겨졌다. 토란의 뽀얀 살을 하나도 손실시키지 않고 껍질을 분리할 때의 쾌감이란!

토란국을 끓이다 알게 되었는데, 이건 나의 집에서 하는 명절 음식과 비슷했다. 나의 집에서는 추석과 설에 '탕국'이라는 걸 끓였다. 무와 북어와 다시마와 결대로 찢은 양지와 두부가 들어간다. 엄청나게 큰 솥으로 끓여 며칠 내내 탕국을 먹었다. 나는 탕국을 좋아하면서도 좋아하지 않았는데 북어와 두부가 들어가는 게 마음에 들지 않았다. 북어찜은 좋아하지만 국에 들어간 북어는 그다지라서. 또 두부 역시 좋아하지만 두부가 들어간 국은 별로라서. 그런데, 어머! 토란국은 내가 싫어하는 두부와 북어를 빼고 토란을 더한 것이었다. 좋아하지 않는 걸 빼고 좋아할 것 같은 걸 더한다는 기쁨으로 토란국을 끓였다. 그리고 아직 한 입도 먹지 않았음에도 추석 무렵의 내가 토란국을 끓이고 있으리라는 미래가 보였다.

몽글몽글한 유백색의 토란이 냄비 안에서 끓여질 때의 기분이란. 어디 경치 좋은 노천탕에 가서 몸을 담그고 있는 것 같았다. 내가 익어가는 것처럼 기분 좋게 노곤해졌던 것이다. 토란이 나, 내가 토란, 뭐 이런 물아일체의 시간을 가지며 익어가는 토란을 보았다. 무와 다시마와 양지가 있었지만 무엇보다 이 냄비의 주인공은 토란이었기에.

고아하다! 내가 처음으로 끓인 토란국의 맛은 그랬다. 고상하고도 우아했다. 그러면서 소박하고도 명랑했다. 그래서 작게 한숨이 나왔다. 몽글몽글하되 절대 뭉글뭉글해지지 않는 그 잔잔한 절도라니. 아아(작게 탄식). 과하지 않은 점성은 보일 듯 안 보일 듯 멋을 부린 멋쟁이 같았고. 오래도

록 토란을 그리워했던 영향도 있겠으나 토란국의 맛이란 하
아…… 글을 쓰고 있는 나를 잔잔히 미소 짓게 한다. 누군
가 보면 지금 무슨 생각해, 하고 물을 만한 그런 표정으로.
"토란 생각해"라고 말할 수 없으므로 나는 이렇게 말하겠
지. "응?"

고구마의 죽음

나의 군고구마 집착은 어느 날 읽게 된 인쇄물에서 비롯되었다. 해남에서 꿀고구마라는 것을 샀는데, 판매자가 이런 말을 적어 보냈던 것이다. "그러면 고구마가 죽어요." 이 고구마 판매자의 MBTI는 '극F'가 분명하다 싶어 웃음이 터졌다. 고구마가 어떻게 죽어요? 고구마가 상하겠죠, 하며 나는 고구마 판매자의 글을 여러 번 읽었다.

고구마는 어떻게 죽나? 그분의 말을 들어보기로 하자. 일단, 질식해 죽는다. 질식해 죽이지 않으려면 고구마를 받은 즉시 택배를 뜯으라고. 또, 얼어 죽는다. 고구마는 아열대작물이라 추위에 매우 약하다고. 그리고 또, 멍들어 죽는다.

고구마끼리 부딪히는 게 원인이라고. 아, 이렇게 정리해놓고 보니 이분은 진정한 F가 분명하다. 당사자는 의인화라고 생각하지도 않을 듯한 이토록 완벽한 의인화라니. 이분의 사고 체계에서 고구마란 죽는 게 분명했다. 질식해 죽고, 얼어 죽고, 멍들어 죽고…… 사람이 죽는 원인과 다를 것도 없다.

이 글을 읽은 덕에 알게 된 것이 있다. 나는 고구마를 보관하면 큰일 나는 줄 알았다. 그래서 고구마를 받는 즉시 오븐에 구워 냉동했다. 이분의 말에 따르면, 내가 고구마를 다루는 방식에 오해가 있었다. 추운 겨울이 아니라면 굳이 그렇게 빨리 고구마를 처리(?)하지 않아도 되었다. 심지어 열흘 넘게 실온에 보관하면 후숙이 되면서 맛이 올라오기도 한다니. 상당한 맛의 손해를 보고 있었던 셈. 귤도 토마토도 레드키위도 후숙해서 먹는 시점에 따라 맛이 치고 올라오는데, 고구마도 그렇다니.

어쨌거나 이분에 따르면 고구마는 냉해를 입기 전에 먹어야 한다. 그러니까 겨울이 오기 전에. 고구마의 제철은 한겨울이라고 생각해왔는데, 그건 고구마의 관점이 아니었던 것이다. 가을에 수확한 고구마는 생명력이 강하다고도 하셨다. 나는 이 말도 이상했다. 이미 수확한 작물에 생명력 운운하는 것이. 보통 생명력이란 말은 아직 원줄기나 뿌리에 매달려 있는 것들에 대해 하는 소리 아니던가. 그러니까 땅에 심긴 것들 말이다. 아니면 갓 잡아 올린 한치 같은 데에. 이분은 시인인가?

그런데 말이란 참 이상하다. 묘하게 설득이 되었다. 이분의 글을 읽고 있자니 고구마가 생물이라고 느껴졌던 것이다. 그것도 아주 생생하게 생명의 기운으로 넘쳐나는 살아 있는 무엇. '살아 있다는 것은 무엇인가?'라고 자문을 해보다 이런 답을 얻었다. '살아 있다는 것은 숨을 쉰다는 것이다.' 맞다. 이분은 분명히 고구마가 숨을 쉰다고 생각하실 게 분명했다.

이분의 관점에서 생각해보기로 했다. 고구마의 생명을 연장하려면 어떻게 해야 하나? 숨을 잘 쉬게 해주면 된다. 그리고 죽게 하면 안 된다. 이렇게 생각하고 있자니 고구마에 대해 애정이 생겼다. 그래서 오자마자 박스를 뜯은 뒤 질식하지 않게 잘 돌보아주기로 했다. 숨을 쉬기 편하게 환기를 자주 해준다든가 자기네끼리 뒤엉키지 않게 물리적 간격을 준다든가 하면서. 아, 심리적 간격일지도. 나도 심리적으로 밀착되는 게 버거운 사람인지라 이 '간격'의 중요성을 잘 알고 있어 고구마의 마음을 살피는 데 도움이 되었다.

나는 고구마를 그리 좋아하지 않았다. 고구마보다는 감자 파였다. 그래서 물고구마와 밤고구마만 있던 시절의 분류 체계가 익숙하다. 요즘 고구마의 세계는 너무도 복잡해졌다. 호박고구마, 꿀고구마, 달수고구마, 햇밤고구마 등등. 이 정도만도 어지러운데 고구마의 죽음 운운하시는 분은 풍원미고구마와 호풍미고구마라는 것을 팔고 계셨다. 풍원미는 밤호박과 당근(이제 당근까지!) 맛이 섞인 주황 고구마고, 호풍미는 풍원미를 개량한 고구마라는데, 어떻게 다른지는 알 수 없었다. 하나 확실한 것은, 내가 이 품종들을 다 탐사할 거라는 거. 고구마가 나에게 들어왔고, 들어왔으니 이해하려 할 것이고, 그렇다면 먹어봐야 할 테니.

그러니 나는 고구마를 잘 구울 필요가 있었다. 내가 고구마에 대해 지켜왔던 수칙은 이 정도다. 물보다는 오븐에, 고온보다는 저온에. 오븐에 120도로 40분 정도 굽다가 200도로 온도를 올려 20분 정도 굽는 게 내가 군고구마 굽는 법이다. 고구마의 단맛이 저온에 오래 구웠을 때 끌어 올려진다는 것을 알고 나서부터 그렇게 하고 있다. 아주 완벽한 조리법이라고는 생각하지 않았으나 난 고구마를 그리 자주 먹는 사람이 아니었으므로 이 정도로만 했다.

그러던 어느 날. 대전환이 일어났다. 신세계백화점 식품관에서 유리 상자에 넣은 군고구마를 저울에 달아 그램 수대로 팔고 있는 게 아닌가? 군고구마 아저씨에게 한 봉지씩만 사봐서 이런 방식이 신선했다. 일부러 껍질을 벌려둔(그것도 열십자로 살포시 벌려) 고구마와 껍질을 까지 않은 고구마가 1 대 2의 비율로 진열되어 있었다. 잘 구워진 갈색의 껍질 사이로 보이는 황금색은 눈이 시릴 정도로 빛났다. 그래서 사지 않을 수 없었다. 고구마에서 나온 꿀이 뚝뚝 떨어지다 못해 말라붙어 있는 그 광경에, 나는 현혹되지 않을 수 없었던 것이다. 고심 끝에 가장 나의 눈길을 잡아끄는 고구마 군과 고구마 양을 지목했다. 아주 맛있게 그을린 껍질을 열지 않은 고구마 한 개와 얼마나 황금색인지를 과시하기 위해 일부러 껍질을 벌려둔 고구마, 이렇게 하나씩을 샀다.

"무슨 고구마예요?"라고 물었다. 어디에 구웠는지, 몇 분을 구웠는지를 더 묻고 싶었지만 영업 비밀 같아서 감히 묻지 못하고 이렇게만. 아직 먹어보지 못했지만 이렇게 황홀한 경지로 구워진 고구마는 처음이었던 것이다. 판매하는 분은 해남 고구마라고 했다. 내가 산 것도 해남 고구마였다. 고구마의 죽음 운운하시는 분으로부터 산 그 고구마 말이다.

백화점에서 산 고구마는 신세계였다. 군고구마이면서 고구마말랭이의 느낌도 있으면서 치즈처럼 농후하게 늘어지는, 그런 형질의 고구마에 나는 놀랐다. 고구마를 이렇게 구울 수도 있다니! 그 고구마를 하나에 4,000원 정도를 주고 샀는데, 전혀 돈이 아깝지 않은 맛이었다. 이런 맛을 구현하기 위해 판매자가 기울였을 정성과 노력이 느껴져서 존경심도 들었고.

그리고 승부욕이랄지 도전 정신이랄지가 일었다. 대체 고구마를 이렇게까지 격상시키려면 어떻게 구워야 하는지. 그래서 고구마를 사고 있다. 해남의 그분이 파는 그 고구마를 말이다. 덕분에 고구마의 생로병사에 대해 귀 기울이고 있는 가을.

호빵과 찐빵

　팥으로 된 무언가가 절실하게 먹고 싶다면 가을이 온 것이다. 쑥으로 된 무언가를 절실하게 먹고 싶다면 봄이 온 것처럼. 물론 여름에 팥빙수를 먹기도 하지만 절실한 느낌은 아니지 않나? 팥빙수를 먹는 일은 내게 여름을 감각하기 위한 관습적인 행위다. 가을의 팥은 다르다. 가을이 오면 본격적으로 팥이 먹고 싶어지기 때문이다. 정말이지 절실하게. 팥으로 만들어진 무언가를 절실하게 떠올리다가 '아, 가을이 되었군'이라고 자각하는 것이다. 그렇다. 내게 가을은 팥으로 온다.

　내게 팥으로 된 음식의 맛을 처음으로 일깨워준 것은 시루떡이었다. 그냥 시루떡은 아니고 호박고지시루떡. 꼬득꼬 득하게 말린 늙은호박을 두둑이 넣은 호박고지시루떡 말이 다. 단호박이 아니라 반드시 늙은호박이어야 한다. 팥에 대 해 말할 것 같으면, 통팥의 원형을 간직한 거의 으깨지 않은 팥이어야 하고⋯⋯ 더 말하고 싶지만 너무 길어질 것 같으 니 일단 여기까지 하기로 한다.

11월에 들어섰건만 작년 겨울에 맛있게 먹은 전라도 화 순에 있는 떡집은 호박고지시루떡을 개시하지 않았고, 나는 찐빵을 주문했다. 안흥찐빵이다. 왜 호박고지시루떡을 사려 다가 안흥찐빵을 샀는가? 다른 호박고지시루떡이 마땅치 않았기 때문이다. 화면상의 이미지만으로도 마땅치 않음이 느껴졌다. 늙은호박이 아니라 단호박이라든가, 팥을 너무 으 깨놓았다든가, 찹쌀에 호박고지를 얹지 않고 찹쌀과 호박고 지를 함께 갈았다든가 등등 내가 원하는 호박고지시루떡이 아니었다.

안흥찐빵을 좋아한다. 얼마나 좋아하느냐 하면, 안흥찐빵 을 사겠다고 몇십 킬로미터를 달려간 적도 있다. 집에서부터 횡성까지 달린 것은 아니고 횡성과 좀 떨어진 동네에 있다 가 횡성 안흥찐빵 거리에 일부러 갔었다. 지금처럼 택배가 활성화되어 있지 않은 시절의 이야기니, 꽤 지난 일이다. 안흥찐빵을 사는 것 말고는 횡성에서 한 게 없다. 내게 횡성이란 곧 안흥찐빵을 파는 곳이기 때문이다.

어릴 때부터 안흥찐빵을 좋아했다. 내 작은 손으로도 쥘 만한 조금 큰 조약돌 같은 그 빵을. 햇볕에 많이 달궈진 조약돌을 만지는 느낌으로 안흥찐빵을 쥐었다. 조약돌에 안흥찐빵을 비유하는 것은 이 빵이 살짝 단단하기 때문이다. 습기를 적당히 날려서 표피를 단단하게 만든 이 빵은 그래서 조약돌처럼 반질반질하다. 하지만 속은 결이 조밀한 게 아주 촉촉하다. '겉단속촉'이랄지.

어린 시절, 가족이 강원도에 갔다 오며 횡성에서 사 온 안흥찐빵에 난 사로잡혔던 것 같다. 마치 요술 가방처럼 가족의 보스턴백에서 끝도 없이 나오던 농수산물 특산품 중에 안흥찐빵이 가장 좋았다. 배로 잡았다는 속초 배오징어보다 더 좋았으니 말 다했지. 쫄쫄이라고도, 피데기라고도 하는 애칭까지 있는 배오징어도 좋아하지만, 안흥찐빵은 이런 애칭은커녕 별거 없는 이름뿐인데도 좋으니 지극한 애정이 아닌가 싶다.

별거 없는 이름이라고 했는데, 사실이 그렇다. 찐빵이란 이름은 좀 그렇다. '찐빵'은 아무래도 '호빵'보다 맛의 격이 떨어질 것 같은 이름 아닌가? 표준어가 찐빵이라는 걸 알지만, 호빵이라고 해야 진짜 호빵 같다. 윤성희 소설 〈다정한 편잔〉에서도 찐빵이 아니라 굳이 호빵으로 쓰고 있다. "손바닥을 동그랗게 말아 호빵을 감싸보았다. 따뜻했다"라고. '찐빵'이 아니라 '호빵'이어서 더 몸이 녹는다. 이 호빵을 호호 불며 먹어야 할 것 같고. "나는 들고 있던 호빵을 반으로 잘랐다. 팥 냄새가 코에서 느껴지지 않고 배꼽 어딘가에서 느껴졌다"라는 부분을 읽다가 내 배꼽 언저리를 만져본다든가.

이 찐빵이란 이름의 태생적 열세에도 불구하고, 안흥찐빵이라는 말은 입에 붙는다. 찐빵이라고 하면 호빵보다는 못한 느낌이나, 안흥찐빵이라고 하면 해볼 만하다. 찐빵이라는 다소 짠내 나는 이름에 안흥이라는 고유성이 붙어서 찐빵을 구제해준달까. 그리고 나는 안흥찐빵의 맛을 아는 사람이므로 안흥찐빵이라는 단어를 떠올리는 순간 배꼽 언저리가 따뜻해진다. 어린 시절에 먹던 음식이라서일까.

나의 입맛은 신기할 정도로 어린 시절과 달라지지 않았다. 이를테면, 그때도 바밤바가 제일 좋았고 지금도 바밤바가 제일 좋다. 빵빠레나 월드콘은 너무 크기도 하고 또 너무 달아서 그때나 지금이나 하나를 다 못 먹지만 바밤바는 가뿐하다. 아주 만족스럽게 하나를 다 먹는다. 그때 몸서리치게 좋아했던 것들을 여전히 몸서리치게 좋아한다. 그리고 음식을 '몸서리치게' 좋아한다는 열정의 농도도 여전하고.

오늘의 안흥찐빵은 횡성에서 모셔 온 것이 아니라 우체국 쇼핑몰에서 주문한 것이다. '안흥찐빵'으로 검색하니 몇 개가 나왔는데, 내가 고른 것은 "횡성 군수가 품질을 인증한 제품입니다"라는 문구가 있던 집의 안흥찐빵. 물론, 의구심은 남는다. 횡성 군수가 품질을 인증한 것이 안흥찐빵이라는 횡성의 찐빵 일반인지 아니면 내가 산 집의 안흥찐빵인지 말이다. 하지만 심각하게 따지고 들지 않기로 한다.

내가 좋아하는 안흥찐빵의 맛이었다. 아니다, 더 맛있게 느껴진다. 간절히 먹고 싶던 것을 결국 먹게 되는 순간의 합치감 때문일지도 모르겠지만. 나는 어떤 이유로 안흥찐빵을 찬양하고 있는가? 일단 팥이 달지 않아 좋다. 물론 설탕을 넣어서 달기는 하지만 필요 이상으로 달지 않다. 통팥 그대로의 식감이 살아 있는 소도 잔뜩 담겼다. 그리고 빵 부분은 팥소를 지탱하기 위해서만 존재한다고 할 수 있을 만큼 얇다. 만두피만큼 얇다. 왕만두를 그리 좋아하지 않는 것은 둔탁한 피 때문인데 안흥찐빵의 피는 얇고 맛있다. 심지어 피가 줄어드는 게 아쉽게 느껴질 정도. 그냥 얇기만 한 게 아니라 쫀득쫀득한 느낌이라 어째서 이런 식감이 나는 거지, 궁금해진다.

안흥찐빵을 먹으며 쓰는 글이다. 한 개로는 부족해 이미 두 개째.

귤 쪼개는 순간

귤은 오렌지색이 아니다. 귤색이다. 이렇게 껍질을 닮은 동시에 껍질보다 더 진한 색의 열매를 가진 과일이 또 있나 궁금하다. 그리고 껍질을 까기만 하면 되니 이토록 쉽게 먹을 수 있는 과일이 또 있는지도. 지금이야 이토록 쉽게 먹을 수 있지만 절대 쉽게 먹을 수 없는 게 귤이었던 시절이 있다.

그래서 귤이 귀한 대접을 받았던 시절에 대해 생각하게 된다. 조선 시대의 제주 목사가 임금에게 진상하는 특상품이었다는 이야기나 귤을 상으로 내걸고 성균관 유생들에게 시험을 친 이야기를. 귤은 북한에서도 무척 귀하다고 한다. 북한에서는 귤이 나지 않으니까 당연한 일인지도. 어쨌거나 당 간부가 아니라면 몇 번 먹어보기 힘든 과일이라고. 그러니 조선 시대 한양에서 먹던 귤이나 평양에서 먹는 귤은 내가 먹는 귤보다 맛있을 게 분명하다. 그들은 한 알 한 알 음미하며 먹었을 테니.

귤을 한 알 한 알 먹다가 그들을 떠올렸다. 한양과 평양에서 귤 먹는 이들을. 원래 나는 귤을 한 알씩 먹지 않았다. 작은 귤은 반 갈라서 먹고, 큰 귤은 4등분해서 네 번에 나눠 먹었다. 작은 귤은 한입에 먹기도. 이런 나를 보고 Q가 어쩌면 그렇게 무자비하게 귤을 먹을 수 있느냐고 했다. 무자비? "그러면 어떻게 먹어?" 했더니 한 알씩 떼어 먹어야 한다는 Q. 그래야 귤 맛이 더 잘 느껴진다고 했다.

무심코 귤을 까서 한입에 넣으려다 Q의 말이 떠올랐다, 그래서 작은 귤을 하나씩 떼는데 어찌나 감질나던지. 아, 나는 성격이 급한 사람. 마음을 다스리며 귤을 한 알씩 떼는데 귤 덩어리에서 떨어져 나온 귤 알맹이가 어찌나 귀엽던지요. 귤 한 알을 입에 넣는다. 그리고 한 알. 또 한 알…… 어, 근데, 정말 그러네? Q의 말이 맞다는 걸 귤을 씹으며 인정할 수밖에 없었다. 한 알씩 먹는 귤이 더 맛있었다! 귤 알갱이가 더 잘 느껴졌기에. 그리고 귤을 한 알씩 떼는 과정에서 귤의 속껍질이 분리되며 귤 알갱이가 드러난다는 것도 좋았다. 귤의 속껍질을 귤락이라고 하는데, 누군가의 제보에 따르면 이 '귤락'이란 단어가 꽤 대중화되었다고 한다. "그거 아세요/귤에 붙어 있는 하얀 거 이름은 귤락입니다"라는 가사 때문이라고. 참고로 이 노래의 제목은 〈그거 아세요?〉. 귤 알갱이는 귤육이라고 한다. 어린 시절의 나는 귤락 없이 알맹이만 먹는 게 좋아서 귤보다 귤 통조림을 좋아했다. 하지만 귤육으로 가득한 귤 통조림에 없는 게 있으니, 냄새다. 귤 냄새.

언젠가, 귤밭을 본 적이 있다. 겨울 제주에서였다. 쇠소깍이었나 하는 동네에서 카페를 찾다가 길을 잘못 들었던 날이었다. 내가 헤맸던 길은 낮은 산자락의 어딘가였는데, 울창한 나무 사이로 바다가 보였다. 나무를 뚫고 들어오는 바다와 하늘과, 바다와 하늘이 튕겨내는 빛에 홀려 걷고 있는데 공중에서 화사한 빛이 쏟아져 내리는 게 아닌가? 귤나무였다. 반질반질한 초록색 잎사귀가 빽빽이 달린 나무에 귤이 열려 있었다. 내가 살아가며 본 것 중에 몇 손가락 안에 꼽을 만한 아름다운 장면이었다.

귤 통조림에는 이런 화사함이라든가 아름다움은 없는 것

이다. 당연히 귤 냄새도 없다. 설탕에 절인 귤 냄새와 귤껍질을 갓 까는 순간 터져 나오는 귤 냄새는 완전히 다르다. 나는 귤 냄새를 좋아하는 사람. 귤 통조림에는 귤을 쪼개는 순간도 없다.

귤을 쪼개는 순간의 느낌을 뭐라고 말할 수 있을까. 향기 입자가 공기로 퍼지고, 갈라진 귤껍질 안에서 나온 귤껍질과 닮았지만 귤껍질보다 묘하게 깊은 색의 귤 알갱이를 볼 때의 기분을 말이다. 절대로 한마디로 말할 수 없다. 좋다, 놀랍다, 기쁘다, 경이롭다…… 모두 부적절하다. 내가 확실하게 말할 수 있는 것은 이 한 가지다. 귤을 쪼개는 순간 이 세상이 달라진다는 거. 귤 냄새는 세상을 조금은 상큼하게 만들기 때문이다.

그래서! 전철에서 귤을 쪼개는 사람을 좋아한다. 자신이 먹으려는 음식의 냄새를 굳이 공공장소에서 타인과 공유할 필요가 있을까라고 생각하는 편이지만 귤에 대해서는 다르다. 귤 냄새는 이타적이니까. 세상을 잠시나마 괜찮아 보이게 해주니까. 귤을 가르는 사람의 얼굴을 보는 것도 좋다. 곧 공기 중으로 퍼질 산뜻한 냄새를 알고 있는, 지금 좋은 일을 하려 한다는 긍지가 어린 표정을 말이다. 그래서일까. 귤이 잔뜩 실린 트럭을 보면 지나치지 못한다. 귤의 색채와 심상에 저항하지 못하고 거의 사버리고 말지만, 그렇지 못하더라도 '귤 떼'에서 눈을 떼지 못한다.

이제는 세상에 없는 어느 시인의 산문집을 읽다가 귤을 쪼개는 부분에서 멈췄다. 오랜만에 돌아온 집에 귤이 하나 있다. 베란다 창틀에. 귤에서는 당연히 귤 향이 나고, 귤은 싱싱하다. 그녀는 귤을 쪼갠다. 온전히 귤 향을 맡기 위해서. 왜냐하면, 그녀는 귤을 먹을 수 없다. 위암에 걸려 위를 도려냈고, 더 이상 음식을 마실 수도 먹을 수도 없으므로. 오로지 냄새만 맡을 수 있고, 냄새에 의지해 귤을 먹는 상상만 할 수 있다.

먹을 수는 없는데 냄새를 맡을 수 있다는 건 어떤 의미일까? 다행일까, 아니면 불행일까? 삶의 순간들이 단순히 '좋다'와 '나쁘다'로 나뉠 수 없다는 걸 알지만 그래도 말이다. 먹을 수 없다면 냄새를 맡지 못하는 편이 나을까? 아니면 먹지 못하니 냄새라도 맡는 편이 나을까?

아름답고, 따뜻하고, 비리고, 차갑고, 쓰고, 차다고 했다. 시인이 귤에게서 느낀 감정들이다. 이 구절을 읽다가 새삼 깨달았다. 내가 귤을 좋아하는 진짜 이유를. 잊고 있었다. 귤 비린내였다! 귤을 까고 난 손에서는 달콤하지만은 않은 냄새가 났다. 뭔가를 겪고 난, 뭔가가 지나간 상태가 되어버린 노란 손끝을 보면서 나는 생각했었다. 이게 뭐지? 이건 무슨 냄새지? 그건 비릿함이었다. 귤 비린내. 나는 그 냄새가 이상해서 자꾸 손끝을 코에 가져다 대곤 했었다. 오렌지에서도 자몽에서도 비린내가 나지만, 어쩐 일인지 귤 비린내만 맡게 되는 것이다.

귤 철이 아닐 때도 나는 귤 냄새를 맡는다. 귤껍질을 말려두었기 때문이다. 반신욕을 할 때 귤껍질을 띄우면 좋다. 그보다 자주 쓰는 건 생선을 구울 때다. 굴비를 가스 오븐에 구울 때, 굴비 비린내를 덜 나게 하려고 석쇠를 올리는 트레이에 물을 붓고 귤껍질 조각 서너 개를 띄운다. 그러면 감쪽같이라고는 말할 수 없지만 굴비 비린내가 많이 가신다. 어떤 원리로 귤껍질이 생선 비린내를 해결하는지 궁금했는데, 이 글을 쓰다 깨달음이 왔다. 비린내로 비린내를 잡는 게 아닐까 하는. 그러니까 아마도 이이제이以夷制夷랄까?

둥지에 하는 일

　텔레비전도 없고, 드라마도 보지 않을 때가 있었다. 당시의 내가 종종 보는 유튜브 채널이 있었으니, 요리 영상이었다. 어쩌다 보게 됐는데 유튜브 제작자의 목소리가 듣기 좋았다. 유튜브의 제작자이자 출연자인 그분은 자신의 얼굴을 등장시키지 않았다. 오로지 목소리와 과하지 않은 자막이 있었다. 나는 뭐가 많지 않다는 게 좋았다. 그리고 그분의 목소리가 좋았다. 모데라토의 속도, 칸타빌레의 말투, 적확한 어휘, 악센트를 주는 방식, 머뭇거림을 나타내는 추임새…… 다 좋았다. 시종일관 부드럽게 말하다 자기가 보통 깐깐하고 괴팍한 사람이 아니라는 걸 가끔 드러낼 때가 있는데 난 그때마다 웃음을 터뜨렸다. 이렇게 적어놓고 보니 그 채널을 좋아했던 이유를 알겠다. 인간적인 매력!

요시나가 후미의 《어제 뭐 먹었어?》도 그런 만화다. 에피소드를 타고 음식들의 조리법이 이어진다. 그런데 인물들이 그렇게 매력적일 수 없다. 일단 주인공인 카케이 시로부터. '30대 후반(으로 보이는) 미남 미혼 변호사'이자 '찔러도 바늘 하나 안 들어갈 것 같은 인상'이지만, 알고 보면 50이 넘었고 미모는 스스로 해 먹는 채소 위주의 저칼로리 식단으로 처절히 관리한 결과며, 같이 사는 남자가 있다. 그러니까 게이. 공개적으로 커밍아웃하지 않은 게이다. 그의 파트너는 미용사인 다정한 야부키 켄지. 켄지만 커밍아웃했다. 켄지는 시로의 손을 잡고 다른 연인들처럼 외출하고 싶은데, 남의 시선을 신경 쓰는 시로는 함께 나가길 꺼린다. 그래서 켄지는 자주 억울하고 자주 울컥한다. 이게 갈등의 기본 축이다. 회차가 넘어가며 이 커플이 카페와 온천에, 또 벚꽃놀이에 가는 걸 보는 소회가 각별하다. 그들의 관계도 익어가고 있는 것이다. 이게 이 만화의 매력이다.

응용할 만한 간편 요리가 많아서 태그를 촘촘히 붙여놓지만 따라해본 적은 없다. 하지만 또 '먹을 만한 게 뭐 있을까?'라는 생각이 들면 이 책을 집어 들고, 또 빠지게 되는 것이다. 맛있어 보이는 걸 먹기도 하거니와 아시아 문화권의 음식인지라 반쯤은 알고 반쯤은 모르겠는 것도 흥미로워서. 이번에는 4권에 나오는 튀김국수에 빠졌다. 나는 튀김덮밥이든 튀김국수든 평생 열 번도 먹어본 적이 없다. 내 안의 뭔가가 '튀김'이라는 단어를 거부하는 게 아닐까 싶을 정도로 튀김과 친하지 않다. 그러나 시로가 '연말 하면 섣달그믐날 밤에 먹는 국수지'라고 하는 순간 튀김국수가 먹고 싶어졌다. 나는 책이나 영화 속 이런 순간에 꽤나 잘 넘어가는 편. '우리의 동지팥죽처럼 일본의 섣달그믐 밤에는 튀김국수를 먹나?'라는 호기심이 몽글몽글 피어올랐다는 말도 덧붙인다.

그랬다. 일본의 섣달그믐(12월 31일)을 오미소카(大晦日)라 하는데, 이날 밤 메밀국수를 먹는 게 풍습이라고 한다. 오미소카는 '큰 그믐날'이라는 뜻이라고. 튀김을 얹어 먹는 메밀국수가 도시코시소바다. 일명 '해넘이 국수'라고 하는. 연말의 시로는 그래서 튀김을 한다. 시로가 전화로 어머니에게 "튀김은 어떻게?"라고 묻자 어머니는 "마음 가는 대로 하는 거란다!"라고 한다. 이 '마음 가는 대로'를 시로는 '의외로 여유 있게'로 받아들인다. 그리고 이어지는 "봐~ 역시 맛있잖아"라는 켄지의 환호. 이런 엄마가 있고, 이런 파트너와 사는 복이라니 시로 씨, 대체 전생에 무슨 복을 지었나요?

12월 31일에 도시코시소바를 먹는다는 걸 알고 나도 한번 마지막 날 메밀국수를 먹어보리라 별러 왔는데, 막상 실천한 적은 없다. 그 순간에는 진심이지만 챙기지 못하는 편이라. 갑자기 궁금해졌다. 일본에도 동지에 먹는 음식이 있는지. 찾아보니 일본에도 동짓날 음식이 있었다. 일본에서는 무엇을 먹는가? 단호박이다. 왜 일본은 단호박을 먹고 우리나라는 팥을 먹게 되었는지 무척 궁금해졌다. 그래서 중국도 찾아보았다. 중국도 동지를 쇤다. 중국에서는 팥죽도 아니요, 단호박도 아닌 만두를 먹는다! 어느 동지에는 단호박과 만두와 팥죽을 모두 조금씩 먹어보는 것도 좋겠다 싶다. 하아, 생각만 해도 좋군요.

이번 동지에는 팥죽을 쑤고 싶다. 팥밥을 한 적도 있고, 이런저런 죽을 쑨 적도 있지만 팥죽을 쑤어본 적은 없다. 잠깐. 왜 죽은 '한다'보다 '쑨다'가 자연스럽지? 그래서 '쑤다'를 사전에서 찾아보니 '곡식의 알이나 가루를 물에 끓여 익혀서 죽이나 메주 따위를 만들다'라는 뜻이다. 죽이나 메주가 아니라면 '쑤다'라는 말은 하지 않는 것이다. 짐작해보건 대, 이 '쑤다'라는 단어에는 '만만치 않음'이란 뜻이 내포되어 있는 것 같다. 곡식의 알갱이라는 것은 우리에게는 식량이 지만 곡식의 입장에서는 씨앗이다. 씨앗이란 자기들의 유전 자 정보가 들어 있는 후대와의 연결고리고. 동물들에게 쉽 게 먹혀버리면 그들은 절멸하고 마는 것이다. 씨앗이 땅에 심겨 자라나는 게 씨앗 입장에서의 바람이고. '쑤다'라는 건 이런 씨앗의 입장에 반하는 행위일 수 있다.

내가 팥죽을 쑤고 싶다고 생각한 건 색 때문이었다. 보라 색과 자주색 사이의 그 오묘한 색 말이다. 가지나 팥의 보 라색이 싫다며, 어떻게 그런 색을 먹을 수 있는지 모르겠다 는 사람도 있지만 나는 완전히 반대다. 그 색 때문에 가지와 팥이 좋다. 풍뎅이의 외피처럼 은은하게 형광빛을 발산하는 가지의 색과 색 온도를 좋아한다. 써놓고 보니 상당히 멋지 다. 은은한 형광이라니!

팥은, 좋아한다라고 말하기에는 좀 민망하다. 그리 자주 해보지 않아서. 하지만 팥죽을 끓이며 보라색과 자주색 사 이의 고체가 액체화되는 과정을 지켜보고 싶다는 마음을 오래도록 품어왔다. 뭉글뭉글한 팥죽이 끓고 있는 모습을

보고 있으면 긴 겨울을 따뜻한 마음으로 보낼 수 있을 것
같다는 생각.

팥에서 우러나온 연한 보라색 물을 갈고, 끓는 물에 팥을
데쳐내고, 그다음에는 물과 팥을 함께 넣고 죽을 쑤면 되는
거겠지? 시로 씨 어머니의 가르침처럼 '마음 가는 대로' 말
이다.

이제는 없는 시루떡

　어떻게 시루떡이 내 인생에 등장한 건지 똑똑히 기억나지 않는다. 첫 만남 자체가 강렬하지는 않았다. 그도 그럴 것이 나의 집에는 행사가 많았고, 굴러다니는 음식이 많았고, 굴러다니는 음식은 맛있다고 느끼기 힘들다. 시루떡도 그러지 않았을까 싶다. 시루떡은 일종의 행사용 떡인지라 흔하게 있었다. 그렇게 굴러다니다 굳은 채로 냉동실로 들어가버린 떡은 여간해서는 회생하기 힘들다. 우리 집의 시루떡은 주로 그런 운명이었다.

　그랬었는데…… 추운 겨울, 어딘가에 갔다가 시루떡을 받은 적이 있다. 모락모락 김이 나는 시루떡을 바로 그 자리에서 먹고 싶었지만 그럴 수 없었다. 잠시 시루떡의 온기를 쥐고 있고 싶은 마음이었기 때문이다. 그래서 비닐에 든 시루떡을 주머니에 넣고, 손도 주머니에 넣은 채 걸은 적이 있다. 버스를 탔으면 춥지 않았겠으나 나는 시루떡의 따스함을 온전히 느끼기 위해 걷는 것을 택했다. 심지어 일행이 시루떡을 먹으려는 것도 제지했다. 나는 "이렇게 꼭 쥐고 걷다가 코트를 벗고서 먹는 시루떡이 얼마나 맛있겠어?"라고 했던가. 시루떡의 온기와 마침내 시루떡을 먹게 될 순간의 기쁨(지연되었기에 더 커질 기쁨)을 나처럼 누리길 바랐다. 하지만 그게 다가 아니다. 엄청 맛있어 보이는 시루떡을 그가 미리 먹는다면 나중에 나의 시루떡을 나누어 주어야 할지도 모른다는 불안감이 있었다. 나는 그 시루떡 한 쪽을 온전하게 누리고 싶었다.

위에서 말한 '어딘가'란 남산에 있는 국립극장이다. 그리고 그 떡은 그냥 시루떡이 아니다. 한 해의 마지막 날에 하던 송년 판소리에서 받은 시루떡이었다. 예전에는 정말 자정이 되어 마쳤다. 카운트다운을 듣기 위해 잠시 멈췄다 다시 판소리를 한 적도 있었다. 그렇게 명창은 소리로 두 해를 연결하고 싶었던 것 같다. 물론 그 자리에 온 사람 또한 그렇게 한 해를 보내고 또 한 해를 맞이하고 싶었을 테고. 〈적벽가〉나 〈수궁가〉를 듣고 로비로 나가면 공연 끝나는 시간에 맞춰 떡이 도착해 있었다.

시루떡이었다. 갓 시루에서 꺼낸 시루떡이 실시간으로 생성해내는 김들은 정말이지 요란하고도 황홀했다. 안 그래도 좁은 로비가 옹색하게 느껴질 만큼 김이 로비를 꽉 채웠던 것이다. 갓 나온 떡을 자정 무렵의 관객들이 손에 쥘 수 있게 떡집에 특별히 부탁해 야밤에 완성 및 배달 한 떡이었다. 로비가 안개 사우나로 바뀐 것 같은 그 엄청난 김으로 미루어보건대 시루에서 꺼낸 지 한 시간이 안 된 떡이었다. 엄청나게 뜨거운 떡을 소분해 비닐봉지에 재빠르게 넣었을 것이고, 또 엄청나게 빨리 달려와주어 이렇게 있게 된 떡이었디. 이 떡을 이렇게 나눠준 분은 안숙선 명창이다. 안숙선 명창의 소리를 듣고 울고 웃다 코가 막혔다 뚫렸다 하며 로비로 나왔을 때 이 떡을 보고 먹먹해진 나는 다시 코가 막혔다.

호박고지시루떡이었다. 늙은호박을 아낌없이 넣었고, 통팥이 그득히 들어 있다. 시루떡을 양손으로 잡아 늘리면 찹쌀에 엉긴 노란 호박고지가 함께 늘어나고, 꿀이 뚝뚝 떨어진다. 실제로 꿀을 넣지는 않았겠지만 내가 알 수 없는 뭔가의 당화 과정으로 생성된 그 꿀은 정말 꿀 같다. 야밤에 그 떡을 쫘악 늘려가면서 먹는 맛은 각별했다. 생각해보면 집에 굴러다니던 시루떡 중에 호박고지시루떡도 있던 듯한데, 말했다시피 그때의 시루떡은 외면받는 존재였기에 나에게 각별한 대상이 될 수 없었다.

그동안 안숙선 명창의 시루떡을 네 번 먹었던가. 매해 가지는 못했던 것이다. 티켓을 구하지 못한 적도 있고 정신이 없던 적도 많다. 하지만 늘 마음속으로는 송년 판소리를 가야지라고 생각하곤 했다. 명창의 소리를 들을 수 있는 날이 얼마 남지 않은 것 같았고, 어쩌면 올해가 마지막일지도 모른다고 생각했기 때문이다. 물론 명창의 시루떡도 마지막이다. 명창의 제자가 이 아름다운 전통을 이어받아 시루떡을 나누어 주는 일을 하실지도 모르겠으나 그건 안숙선 시루떡이 아닐 테니 말이다.

안숙선 시루떡은 특별하다. 안숙선 명창이 주신 떡이기 때문이다. 무슨 말이냐 하면, 무대에서 선 안숙선 명창을 보다 보면 흠칫 놀라게 된다. 소리를 하지 않을 때도 소리를 하고 있다. 목덜미나 손끝의 기울기로. 그렇게 절묘할 수가 없어 숨이 멎을 것 같다. 뒷모습으로 표정을 짓는 것을 물론 손끝으로도 소리도 낼 줄 아는 분이다. 무대에 있는 그분의 모습을 보면 결국 감동하게 된다. 온갖 군데에 마음을 쓰면서 소리를 한다는 게 느껴져 여러 번 찌르르하며 말이다. 뭐 하나 허투루 하지 않는 그런 분이 마음을 담아 주신 시루떡이 어떠했겠는가.

결국 마지막이란 게 오고 말았다. 건강이 많이 안 좋으시다는 명창은 무대에 홀로그램으로 등장했다. 홀로그램을 판소리 무대에서 보니 상당히 생경했다. 홀로그램으로 등장한 명창은 당연히 실제 명창의 존재감을 10분의 1도 재현하지 못했다. 그러다 제자의 부축을 받으며 등장한 명창이 무대에 섰다. 아마도 마지막 무대일 그 자리에서 명창의 제자만큼이나 나도 울었다. 공연을 보다가 그렇게 울 일은 앞으로도 없을 것이다. 그날도 로비에 시루떡이 있었다. 마지막 안숙선 시루떡이었다. 나는 그 마지막 시루떡을 손에 꼭 쥐고 남산 길을 걸어 내려왔다.

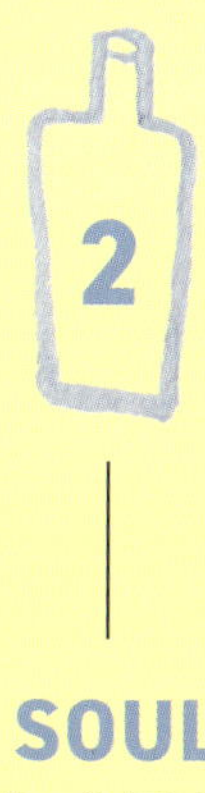

2

SOUL
내 영혼에 좋은 음식

계란밥의 세계

한때 친구가 한옥을 빌려 운영하던 예약제 식당이 있었다. 피를 뽑고 보건증을 받는다든가 공식적으로 요식업회에 등록한다든가 했던 것 같지는 않다. 그러니 행정 용어로 치자면 무허가 식당이라고 해야 하나. 사간동에 있던 그 한옥은 꽤나 운치가 있었다. 처음에 월세가 얼만지 듣고 생각보다 비싸서 깜짝 놀랐는데, 몇 번 드나들다 보니 비싸지 않은 것 같았다. '그 정도는 내야겠네'라고 내심 납득했달까. 사간동의 그 한옥이 좋았다는 말이다.

'예약제 식당'이라는 것에는 여러 가지 의미가 포함되어 있다. 첫째, 매일같이 장사를 하고 싶지는 않다. 둘째, 아는 사람과 아는 사람의 아는 사람만 오면 좋겠다. 셋째, 식당보다는 삶이 우선이다 등등. 한옥에 살아보고 싶어서 친구 둘과 함께 한옥을 빌렸는데 월세가 만만치 않아 낸 묘안이라고 했다. 식당이라기보다는 술집에 가까웠던, 또한 세 여인의 살림집이기도 했던 그곳에서 내가 가장 좋아했던 메뉴는 버터계란밥이었다.

가격은 2,000원인가 3,000원이었는데, 손으로 쓴 메뉴판에는 이렇게 쓰여 있었다. "야무지게 비벼드립니다." 꽤 오래전 일이라서 내 기억이 잘못되었을 수도 있다. 그냥 친구의 말버릇이었는지도 모르겠다. 워낙 말을 웃기게 하는 '똘끼' 가득한 아이니까. "꼭 야무지게 비벼줘야 돼?"라며 버터계란밥을 시켰던 것은 똑똑하게 기억하고 있다.

고슬고슬한 흰밥에 버터를 한 조각 얹고, 계란프라이를 올린 후 간장을 뿌린 게 버터계란밥이었다. 간단하기 그지없는데 또 그렇게 맛있을 수가 없었다. 야무지게 비벼주어 그랬겠지만. 이상하게도 이런 음식은 집에서는 해 먹지 않게 된다. 이렇게 귀여운 식당에 있으면 꼭 시키게 되면서 말이다.

내게 익숙한 계란밥은 따로 있다. 날달걀을 넣고 간장을 살짝 뿌려 불균질하게 비벼 먹는 밥이다. 이때 가장 중요한 것은 밥의 상태다. 갓 지은 밥이어야 하고, 아주 잘된 밥이어야 한다. 이상하게도 나의 집은 다른 음식은 맛있는 편이었지만 밥은 그저 그랬다. 늘 물이 지나치게 많아 상당히 질척한 상태가 되기 일쑤였고, 밥을 좋아하는 나는 계량컵을 써보라고 탄원하기도 했지만 주방의 책임자는 계량컵 쓰는 걸 수치로 여기는 것 같았다. 그러니 밥이 잘된 날은 운이 좋은 날이었다.

이 운수 좋은 날, 아빠는 날계란을 숟가락으로 톡톡 깨뜨려 밥에 올렸다. 여기에 밥숟가락으로 진간장 하나. 아빠의 질척한 계란밥을 한 숟갈 맛보고는 나도 달걀을 깨뜨리곤 했다. 숟가락으로 깨뜨리는 건 자신이 없어서 식탁 모서리에 깨뜨렸나. 그러고는 눈을 꼭 감고 먹었다. 그러면 비린내가 나지 않을 것 같아서 그랬다. 비린내를 감수하면서도 먹고 싶을 정도로 유혹적인 음식이었던 것이다, 계란밥은. 자주 먹고 싶었지만 자주 먹을 수가 없어서(밥이 잘되는 날은 그리 자주 돌아오지 않았다) 더 먹고 싶었다. 그래서일까. 소울푸드 하면 생각나는 음식 중 하나가 바로 계란밥이다.

나의 날계란밥 사례와 비슷한 이야기를 들었다. 그러니까

지극히 소박한데 엄청나게 입맛이 당기는 그런 계란 이야기. Q의 아빠는 아침마다 날계란을 드셨다고 한다. 유리컵에 담긴 간장과 참기름 뿌린 날계란 두 개를 아침마다 먹고 출근하는 아빠를 보고, 나도 저거랑 똑같은 걸로 아침을 먹겠다며 그의 엄마에게 요청했다고 한다. 나였어도 그랬을 것이다. 100퍼센트의 확률이다.

그래서일까. 계란프라이를 올린 계란밥보다는 날계란을 얹은 계란밥이 더 당긴다. 그러니까 날계란파다. 어린 시절 먹었던 정통의 계란밥은 아니고, 지라시스시에 날계란을 얹는다든가 날계란을 찍어 먹는다는 이유로 샤브샤브보다 스키야키를 좋아한다든가.

어린 시절 먹던 날계란과는 다르게, 요즘에는 노른자만 먹는다. 스키야키를 먹을 때야 흰자와 노른자를 함께 휘젓지만 평소에는 분리한다. 분리한 노른자를, 여유가 있을 때는 알끈까지 제거한 노른자를 밥에 올려 먹는다. 연어나 연어알을 올리고 노른자를 가운데 두는 것이다. 연어와 어울리는 허브인 딜이나 처빌을 듬뿍 넣고 간장을 약간. 우메보시가 있으면 그것도 넣는다. 날계란을 좋아하고, 연어(또는 연어알)를 좋아하신다면 이렇게 허브를 넣고 꼭 드셔보시라고 권하고 싶다.

계란볶음밥을 할 때도 있다. 대파를 잔뜩 넣고 하는 계란파볶음밥이다. 백화점 푸드코트에 있는 훠궈집에서 먹어보고 반해서 하게 되었다. 그 집의 이름은 '단단'으로, 아마 국내 최초의 회전 훠궈집이 아니었을까 싶은데 지금은 애석하게도 사라졌다. 처치해야 할 대파가 잔뜩 있거나 찬밥이 있을 때 하게 된다. 잘해보겠다고 페페론치노를 넣어본 적도 있는데 다시는 넣지 않는다. 페페론치노를 넣은 계란파볶음밥을 먹다가 이 계란파볶음밥의 본질은 '밍밍하고 순한 맛'이라는 걸 깨달았기 때문이다.

사실, '계란'보다는 '달걀'을 좋아한다. 왜 계란밥이라고 하지 달걀밥이라고는 하지 않는 걸까라고 생각해왔다. '계란밥' 이야기로 시작해서 '달걀'을 쓰지 못했다는 슬픈 사연……. 날계란보다 날달걀이 더 맛있게 느껴지지 않나요? 그리고 또 저는 날계란파보다는 날달걀파를 하고 싶습니다.

소금빵과 기스면

내게는 다섯 살짜리 쌍둥이 조카가 있다. 쌍둥이 중 한 명은 미식가로, 나는 음식을 좋아하는 이 애를 무척 귀여워하고 있다. 음식에 대한 자기주장과 고집에 끌린달까.

이를테면 이런 장면에 나는 넋이 나간다. 쌍둥이들이 발레 수업을 듣는 백화점 문화센터에 따라간 적이 있다. 문화센터는 몇 발짝만 옮기면 백화점 식품관과 연결되는 구조로, 발레를 마치고 각자가 고른 빵을 하나씩 사는 게 쌍둥이들의 주말 루틴이라고 쌍둥이 엄마가 말했다. 먹음직스럽게 꾸며놓은 빵집 쇼케이스 앞에서 다른 쌍둥이가 가장 크고 화려한 빵이 뭔지 가늠하고 있는데 미식가 쌍둥이는 말했던 것이다.

"엄마, 나 소금빵!"

심지어 빵은 보지도 않고. 나는 애가 너무 귀여워서 '큭' 하고 웃었다. '나, 소, 금, 빵', 이 네 음절을 발음할 때 '나는 소금빵을 좋아하며, 그래서 소금빵을 먹을 것이며, 그렇기에 다른 빵에는 전혀 관심이 없습니다'라는 자기주장을 세상에 대고 똑똑히 선포했던 것이다. 그리고 마침내 손에 쥔 소금빵을 보고서 짓던 회심의 미소…… 내가 그 진귀한 장면의 목격자라서 얼마나 다행인지.

이날 이후 나도 소금빵에 관심이 생겼다. 뭘 좀 아는 애가 좋아하는 데는 이유가 있을 거라는 생각이 들었던 것이다. 다른 쌍둥이가 거대하게 설계된 크림빵의 돌출된 크림을 탐욕스럽게 핥고 있을 때 오이나 블루베리를 간식용 그릇에 담아 한 알 한 알 음미하며 먹는 이 애가 좋아하는 빵이라면야. 그래서 나도 한번 소금빵에 관심을 가져보기로 했다. 그전까지만 해도 좀 단순한 크루아상이 아닌가라고 생각했던 것이다. 물론, 내가 제빵에 대해서 전혀 모르기에 할 수 있는 소리겠지만. 그래서 저 투박한 밀가루 덩어리가 삼사천 원씩 한다는 걸 납득하지 못했다. '크루아상처럼 섬세한

레이어들이 있는 것도 아니면서 무슨'이라고도 생각했던 건 내가 크루아상을 좋아하는 사람이기 때문이겠지.

먹는 걸 좋아한다는 이유로 나를 그렇게 귀여워해준 사람이 있었는지는 모르겠으나 어릴 적 내게도 미식가 쌍둥이의 소금빵 같은 그런 음식이 있었다. 그러니까 메뉴판을 볼 것도 없으며, 그게 있다면 그걸 시킬 수밖에 없는 절대적인 음식 말이다. 그런 걸 소울푸드라고 부르는 사람도 있을 것이다. 내게는 기스면이었다.

기스면은 소금빵만큼이나 단순한 음식이다. 소금빵은 몰라도 기스면에 대해 하나 확실히 말할 수 있는 것은, 기스면은 단순하지만은 않다는 것이다. 하지만 지극히 단순해 보인다는 것에 기스면의 묘미가 있다. 기스면이 보일 때마다 탐식했던 어린이 출신으로서 드리는 말씀이다.

약간 제반 설명이 필요한데, 기스면은 단순한 기술로 할 수 있는 음식이 아니다. 이걸 첫입 먹자마자 느꼈다. '이 하늘하늘한 면발……은 무엇인가요?' 그 정도의 충격이었다. 부드럽게 입술에 닿았다 식도로 스르륵 사라지는 면발은, 씹는다는 자각도 없이 씹혔다. 지금 내가 상당히 귀한 음식을 먹고 있다는 걸 분명히 알 수 있었다. 그때 난 비록 아이였지만, 아이도 알 건 다 안다. 어른처럼 언어가 유려하지 않을 뿐 아이에게도 감각과 느낌이라는 게 있으니까. 1초에도 수십 번 변하는 조카의 눈동자를 보면서 확실히 알게 되었다.

아무 중국집에나 다 있지는 않았다. 어디 어디에 있던 조리장이 옮겨 와서 주방을 책임지고 있다고 소문이 난 그런 유의 중국 식당에 가야 기스면이 있었다. 몇 군데에서 기스면을 먹고 감탄했는데 지금 이름이 생각나는 곳은 한 군데다. 서래마을에 있던 만리장성 정도. 가장 맛있어서 기억하는 게 아니라 식당 이름이 너무 과시적이어서 기억하고 있다. 나는 이런 적나라한 이름에는 좀 주춤하는 편이라. 하지만 만리장성의 기스면은 내게 강렬하게 남아 있다.

그리고 기스면은 아름다웠다. 따뜻한 흰색의 국물을 배경으로 다른 톤의 노란색이 슬쩍 보이며 조화를 이룬 가운데 올린 듯 만 듯 올린 쪽파 몇 점이라니. '다른 톤의 노란색'을 이뤘던 것은 달걀과 죽순이다. 여기에 아주 얇게 썬 표고버섯이 역시나 있는 듯 마는 듯 있던 것도 같고. 매우 자제한 그 색감으로부터도 이 음식이 추구하는 바를 알 수 있었다. 이것은 매우 단순하고도 섬세하며 은근한 음식이라는 것을.

이제는 기스면의 '기'가 닭이라는 뜻임을 알지만, 몰랐던 그때는 이 받침이 없는 이름도 기스면의 하늘하늘한 인상을 강화시켰다.

무엇보다 기스면을 완성한 것은 면발이었다. 어떤 기술이 들어가는지 알 수 없으나 상당히 여러 번 주무르고 두들긴 밀가루 반죽을 가능한 한 얇게 썰어서 이런 식감을 냈다는데 어린 나는 경이로움을 느꼈다. 아, 세상에는 이런 음식이 있구나! 호르르 날아갈 것 같은 하늘하늘한 면발은 정말이지 호사롭다고 생각했다. 호사롭다는 단어를 아마 그때는 몰랐을 테지만.

경상도식 뭇국

경상도 음식이 맛이 없다는 편견은 누가 만들어낸 걸까?

'남남북녀'라는 말만큼이나 터무니없다고 생각한다. '남쪽은 남자, 북쪽은 여자가 빼어나다'는 말 말이다. 남한 남자도 남한 남자 나름이다. 남한의 여성분들께 묻습니다. 그렇지 않습니까? 남한 남자가 별로라는 이야기는 결코 아닙니다. 어떤 남자가 괜찮은가라는 화제는 복잡하고도 오묘하므로 생략하기로 하고……. 그러니까, 경상도도 경상도 나름이라는 말이다.

얼마 전에 '떡국 맛있게 끓이는 법'을 검색하다가 흥미로운 논쟁을 목격했다. 경상도에서는 맹물에 떡국을 끓인다는

'경상도며느리' 닉네임을 쓰는 사람의 글에 비경상도인들이 '역시 경상도!'라며 놀라워하고 있었다. 경상도 음식을 깎아 내린다고 자기네 지역 음식의 평판이 올라가는 것도 아니지 않나? 경상도 출신 중 상당수는 정말 경상도는 그렇다며 공감하기도 했다. 하지만 몇몇 경상도인들은 '님 집에서만 그런 것'이라고 반박했다. 결국 떡국을 업그레이드할 만한 팁은 얻지 못했다. 그냥 나의 집에서 먹던 대로(그러니까 경기도식) 양지로 맑은 국물을 내고, 건져낸 양지를 실고추와 대파의 흰 부분과 함께 꾸미를 만들어 얹어 먹었다.

음식을 둘러싼 지역감정이 궁금해졌다. 이를테면, 음식에 관해서는 세계적으로 저평가(?)되고 있는 독일이지만, 그 안에서도 우위가 있고 비하가 있는지 말이다. '작센 음식은 별로야. 역시 우리 바이에른이 최고지!' 뭐 이런 식으로 출신 지방의 음식에 대한 우월감을 다락같이 내보이며 다른 지방 음식에 대해서 평가 절하를 할까? 그런 사람이 있기야 있겠지만, 한국에서처럼 일종의 집단무의식 정도는 아니지 않을까? (하지만 역시 자신이 없군요.) 나는 그런 집단무의식에 젖어 있는 몇 사람을 알고 있다. 자신의 고향을 탓하며 '그러니 미각이 발달할 리 없지'라거나 '그래서 나는 천식가'라고 말하는 사람들을 말이다.

나는 그들과는 상당히 다른 의견을 가지고 있다. 그렇다면, 콩잎장아찌나 담북장이나 고추장에 버무린 가죽나물장아찌는 뭐란 말인가? 또 안동국시는 뭐란 말인가? 칼국수를 그리 좋아하는 편이 아닌 나는 안동국시를 처음 먹고 상당히 놀랐다. 반투명한 하얀 국물에 음전하게 담긴 세발낙지처럼 얇은 면과 애호박의 연둣빛 속살의 조화부터 충격이었다. 그리고 알게 되었다. 칼국수를 좋아한다며 서민적인 이미지를 각인시킨, 한 경상도 출신 전직 대통령의 칼국수는 칼국수가 아니었음을. 그것은 안동국시였다. 나는 안동국시는 칼국수가 아니라고 생각한다. 안동국시를 처음 먹고서 얼마나 놀랐던지. 경상도 음식 문화권에서 살지 못해 이 진미를 스무 살 넘어서야 먹어봤다는 게 원통했을 정도였다. 칼국수를 거의 먹지 않는 나지만 안동국시는 예외다. 안동국시로 유명한 집들을 하나씩 순례하고 싶은 마음이 있을 정도다. 나는 늘 이런 생각을 하다가 잊고 마는 편인데 이 안동국시 순례자가 되겠다는 소망은 아직 잊히지 않고 있다.

안동국시를 알게 된 후 경상도 음식에 대한 존앙이 자리

잡았을 때쯤, 또 다른 경상도 음식이 내 인생에 등장했다. 경상도식 뭇국이었다. 경상도에서는 그냥 '뭇국'이겠지만. 나는 이 음식을 서울에 있는 한 백화점의 푸드코트에서 처음 먹었다. 동행인이 '따로국밥'이라는 이름의 음식을 시켰던 것이다. 난 이 이름을 듣고 살짝 눈살을 찌푸렸는데, 밥을 국에 말아 내지 않고 따로 내는 것 말고는 내세울 게 없어서 이름을 이렇게 지은 거라는 생각이 들었기 때문이다.

그랬던 내가 따로국밥의 국물을 한 번 먹어보고는 이렇게 말했던 것이다. "바꿔 먹을래?" 나는 당당했다. 그럴 만한 이유가 있었다. 무엇이었는지 기억나지 않는 내가 시킨 음식이, 그가 시킨 따로국밥보다 그의 마음에 들었던 것이다. 그리고 그는 자기가 시킨 음식에 거의 절망하고 있었다. "이게 뭐야? 뭇국이잖아"라며 집에서 매일 먹는다고 했다. 문제의 따로국밥이, 경상도에서 태어난 자칭 '천식가'인 그가 집에서 매일 먹는 음식이라고 했다. '아니, 이렇게 절묘한 맛을 어떻게 싫어할 수 있지?'라는 탄식과 함께 실소가 나왔지만 참았다.

서울의 한 푸드코트에서 '따로국밥'이란 이름을 붙여 팔았던 '뭇국'에 대해 묘사해보기로 한다. 내게는 '경상도식 뭇국'으로 불리는 그 국에 대하여. 토란대가 있었나? 그건 확실히 기억나지 않는다. 고사리는 확실히 없었다. 나머지는 육개장에 들어가는 건더기와 상당히 비슷했다. 콩나물과 파, 쇠고기, 그리고 무가 빨간 국물에 담겨 있었으니까. 아, 육개장에는 숙주가 들어가지만 여기에는 콩나물만 들어간다는 것도 특색이 있었다. 노랑 대가리를 모두 딴 콩나물이 경상도식 뭇국에는 가득 들어 있었다. 그리고 청량하게 떠 있는 붉은 기름…… 한 숟가락 뜬 밥 위로 무를 나붓이 올리자 쌀알과 쌀알 사이로 붉은 기운이 스며들었다.

"맛있어?" 동행인은 물었다. 그리고 덧붙였다. 자기 엄마가 더 잘한다고. 참고로 나는, 자기 엄마만 한 미인은 없다거나 자기 엄마의 음식이 세상에서 최고다 하는 유의 말은 신뢰하지 않는다. 게다가 그는 맛에 대한 분별력과 포용력이 상당히 떨어지는 편이었다. 하긴 그는 맛뿐만이 아니라 이런저런 것들을 구분하지 못하는 사람이었다. SM3와 아반떼를 구분하지 못하고, 석류와 자몽을 분간하지 못하는 그를 보며 나는 세상에 저런 사람도 있구나 하며 기이하게 바라보곤 했다.

이 음식을 처음 먹던 순간을 또렷이 기억하고 있다. 백화

점이 '고메 스트리트'를 만든다며 리모델링하면서 '따로국밥'
이라는 이름으로 빨간 뭇국을 팔던 그 식당은 없어졌다. 그
사람과도 볼 일이 없어졌다. 하지만 경상도식 뭇국은 강렬하
게 내게로 들어와 한자리를 차지하고 있다. 감기가 걸렸거
나 감기에 걸릴 것 같은 느낌이 들 때 나는 경상도식 뭇국
을 끓이는 사람이 되었으니까.

감자칩 연구원이라면

연말에 특별한 감자칩을 선물로 받았다. 네 가지 맛이 네 가지씩 들어 있는 무려 '감자칩 패키지'. 영국에 살 때 먹었던 감자칩 맛을 그리워하던 H가 '직구'를 해서 받은 감자칩을 나눠주었다. 나 역시 훠궈를 먹겠다고 중국 직구를 해본 사람으로서 얼마나 그리웠으면 감자칩을 직구했을까 싶었다.

'솔트 앤드 비네거' 맛을 제일 먼저 먹었다. 식초를 넣은 감자칩은 어떤 맛일지 궁금해 견딜 수 없었으니까. 아찔하게 시었다. 신맛을 좋아하는 나로서도 몸을 움츠릴 정도였는데, 이렇게 또 쓰고 있자니 이 소금과 식초 맛 감자칩이 몹시도 당긴다. 맥주의 완벽한 짝꿍이라는 생각.

다음에 먹은 것은 '레디 솔티드ready salted'였다. 레디 솔티드? 레디 솔티드라는 단어가 궁금했다. 그런데 맛을 보는 것만으로는 알 수 없었다. 그저 많이 짰다. '소금을 왕창 뿌렸다는 뜻인가? 아니면 소금에 절였다는 뜻인가?'를 궁금해하며 사전을 찾았다. 윅셔너리에 따르면, '다른 양념은 하지 않고 소금만 친'이라는 뜻이란다. 영국에서 감자칩 전용으로 쓰는 단어인 것 같았다. 감자칩 맛을 표현하기 위한 전용 단어가 있다니…… 역시 감자칩의 종주국답다. 레디 솔티드라는 단어 하나로 영국에서 감자칩이라는 존재의 위상을 알 수 있었달까. 하긴, 영국에 가서 가장 맛있게 먹은 음식이 패스트푸드점의 프렌치프라이라는 말을 들은 적이 있다. 맥도날드인지 버거킹인지에서 프렌치프라이를 먹고서 프렌치프라이를 '서브'가 아닌 '메인'으로 인정하게 되었다고 했었나? 그는 이 말을 덧붙였다. 영국의 대표 음식은 피시앤드칩스가 아니라 감자튀김 같은 감자 요리라고. 지겹도록 감자튀김을 만들다 수준 있는 감자칩을 만들게 된 게 아닌가 싶다. 그래서 급기야는 대표 요리가 된 건지도.

비네거 맛 감자칩을 경험하고, 레디 솔티드라는 단어를

인지하자 전 세계의 감자칩이 궁금해졌다. 내친김에 할라페뇨와 딜을 조합한 감자칩과 타임과 로즈메리를 넣은 감자칩을 발견하고는 쇼핑 리스트에 넣어두었다.

알고 싶었다. 소금과 양파와 치즈 같은, 감자칩의 고전적이고 기본적인 시즈닝 말고 어떤 조합이 있을지 말이다. 이를테면, 타코의 나라 멕시코에는 각양각색의 타코를 특화한 감자칩이 있을지, 소금에 절인 대구 요리인 바칼랴우가 발달한 포르투갈에는 바칼랴우 감자칩이 있을지, 훈제 청어를 먹는 아이슬란드에는 훈제 청어 감자칩이 있을지 말이다. 탐험해보지 않았으나 세계에는 각양각색의 감자칩이 있을 걸로 확신한다. 한국만 해도 치킨에 온갖 것을 뿌리고 온갖 양념을 쓰지 않나? 최근에 마라치킨을 보고는 너무도 납득이 가는 조합이라고 생각했는데, 코코뱅 맛 양념치킨을 보고는 좀 벙쪘다. 코코뱅은 프랑스의 닭 요리고 치킨은 한국 닭 요리니 경계를 넘나들 수도 있겠지만 코코뱅과 양념치킨은 어쩐지 그럴듯한 조합이라는 생각이 들지 않았던 것이다. 한국 치킨의 역사보다 영국 감자칩의 역사가 길 테고, 영국뿐만 아니라 세계 각지에서 감자칩을 먹어온 세월이 길 테니 정말 야릇한 것이 있을 것 같다.

RUFFLES
ORIGINAL

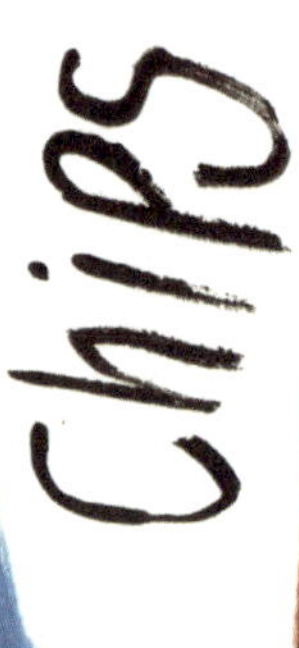

Chips

Lay's
Spicy Mala

TORRES
SABOR A
CAVIAR
POTATO CHIPS

포카칩
생 Original
100%
햇감자

Chips

Chips

La Abuela Nieves
Artesanales
potato chips

내게 신제품 감자칩을 개발하라는 특명이 주어지는 상황을 상상해보았다. 그럴 리는 없겠지만 감자칩 연구원이 된 나를. 신제품 라면이나 과자가 나올 때마다 종종 이런 망상에 젖곤 한다. 나라면 어떤 제품을 개발했을까 하는. 감자칩 연구원이 된 나는 흰 가운을 입고 손에는 파란색 라텍스 장갑을 끼고 있다. 무화과나 건자두를 넣은 감자칩을 구상 중이다. 무화과와 건자두의 비율이 얼마나 되어야 감자맛과 조화를 이루면서 무화과나 건자두의 맛을 느낄 수 있는지 실험해야 한다. 다음으로 구상하고 있는 것은 안초비 감자칩과 살라미 감자칩이다. 감자칩 연구원이 된 나는 본인이 구상한 이 네 가지 감자칩들이 실패할 수 없는 조합이라고 생각한다. '단짠'의 법칙을 충실히 따르는 재료들이니까. 하시만 대중들의 기호에 얼마나 적합할지, 수지타산이 맞을지도 걱정해야 한다. 너무 실험적인 조합은 시장으로부터 외면받을 수 있으니까. 그런데 어쩐지 다 있을 것 같은 조합이지?

다시 현실로 돌아와서. 감자칩의 종주국인 영국에서는 어떻게 감자칩에 식초를 넣을 생각을 했을까? 한치를 튀겨 레몬을 뿌려 먹는 요리인 칼라마리를 즐기는 이탈리아인들이라면 이해가 가지만 영국인들이 이런 기지를 발휘했다는 게 잘 믿기지 않는다. 인도에 닿으려다 실수로 미 대륙에 도착한 콜럼버스 같은 건가 싶기도(너무했다!).

나는 산미를 좋아하는 사람으로서 식초를 잘 쓰면 놀라운 맛이 난다는 걸 알고 있다. 이를테면, 점도가 있는 죽이나 수프에 뿌리면 맛이 상당히 좋아진다. 이탈리아 음식에는 석류식초를, 스페인 음식에는 셰리식초를, 한국 음식에는 감식초나 토마토식초를 뿌려보라고 권하고 싶다. 가장 쉽게 식초의 위엄을 느낄 수 있는 것은 만두를 찍어 먹을 식초 베이스의 소스를 만드는 것이다. 나는 거의 식초 5 간장 1 정도의 비율로 일단 간을 맞춘 후, 기분에 따라 후추를 더하거나 제피를 더하거나 한다. 여기에 만두를 찍어 먹으면 상당히 잘하는 만둣집의 만두를 먹는 기분이 난다. 냉동 만두라도 말이다.

실컷 다른 감자칩 이야기를 하긴 했지만 내가 늘 먹는 건 파란색 봉지의 기본 감자칩이다. 감자칩 중에 나는 가장 얇고 가장 기본적인 맛의 감자칩이 좋다. 햇감자 시즌에는 좀 더 먹는 것 같다. 모르시는 분들을 위해 짧게 말하면, 감자 수확 시즌에는 이 감자칩 봉지에 '햇감자'라고 쓰여 있다. 감자 철이 끝나면 다시 '생감자'로 돌아간다. 감자칩 회사의 관점에서 볼 때, 햇감자 시즌은 6월부터 10월까지인 것 같다. 6월부터 10월까지 햇감자를 사용한다는 감자칩 회사의 판촉용 기사를 읽은 적이 있어서다. '햇감자로 만든 감자칩'은 나의 소울푸드가 아닌가 싶다. 저항할 수 없이 끌려 들어간다는 점에서 그렇다. 과자를 잘 먹지 않지만 감자칩 앞에서는 약해지는 사람의 말이었습니다.

우아한 여자의 오리우동, 그리고

나이가 들어가면서 알게 되는 사실 중의 하나는 나이가 든다고 해서 크게 달라지지 않는다는 거다. 얼굴의 탄력이라든가 장기의 신선도 같은 건 다르겠지만 근본적인 건 딱히 변하지 않는다. 인간이란 웬만해서는 변하지 않는다는 것을 나 자신을 보면서 톡톡히 깨닫고 있다. 물론 '나이가 든다'는 건 지극히 상대적인 개념이라 지금 '나이가 들었음'에 대해 이야기하는 내가 가소로우실 분도 계실 테지만.

나는 여전히 깜짝 놀랄 정도로 나다. 나이 든 나는 나이가 들기 전의 내가 좋아하던 것을 좋아하고, 관심이 없던 것엔 여전히 관심이 없다. 물론 나처럼 미숙한 사람도 사회생

활이라는 걸 하니까 예전보다는 스스로를 좀 감추긴 하는
데, 과연 잘 감춰질까 하는 의문이 있다.

어쨌거나 이런 문장을 보시라.

야옹야옹하며 다가와 몸을 비벼 대는 것은 고양이가
아니다. 그것을 올해 나이 마흔다섯의 영장류 인간과
의 수컷이다. 세상에서는 아저씨라 불리는 나이 대이지
만 나는 그렇게 생각하지 않는다. 나 자신도 나이 대가
비슷하기 때문이리라. 주위에 사람이 없을 때면 우리는
아직도 소년 소녀. 뻔뻔스럽다는 생각은 조금도 없다.
단둘이 있을 때, 우리는 세상사를 모두 떨쳐버리고 야
옹야옹하고 운다 찍찍거리며 울기도 한다.

이를테면 이런 문장은 예전에도 좋았고 지금도 좋다. 글
을 쓴 분이랑 생각하는 게 비슷해서 그럴 것이다. 가장 마음
에 드는 부분은 여기다. 뻔뻔스럽다는 생각은 조금도 없다
는 거. 남들이 나를 뻔뻔하다고 생각하거나 말거나 내가 전
혀 타격받지 않는 이유이기도 하다. 세상에서는 '아저씨라
불리는 나이 대'의 사람들에게 바라는 행동 양식이라는 게

있다는 것도 알지만 '그러거나 말거나 저는 제 식대로 살겠습니다'가 나라는 사람의 입장이라서 그럴 것이다.

이런 문장이 나오는 소설을 좋아하지 않을 사람도 있을까? (있겠지?) 야마다 에이미 소설 《돈 없어도 난 우아한 게 좋아》에 나오는 첫 단락이다. 서점에서 고양이 두 마리 얼굴이 그려져 있는 표지가 기묘해서 책장을 넘겼다가 조용히 덮었다. 그러고는 조용히 계산했다. 조용히 욕조에 들어가 읽고 싶어졌기 때문이다. 맥주 한 잔도 함께라면 더 좋겠다고 생각하면서 맥주도 샀다.

10년 만에 이 소설을 다시 폈다. 당시에는 잘 느끼지 못했는데 나이는 숫자에 불과하다, 인간은 영원히 아이, 하고 말하는 위의 시작 부분이 다르게 느껴진다. 10년 전의 나보다 지금의 내가 정신적으로 성숙해졌다거나 어른스러워졌다고 주장할 수는 없겠고, 세상 더없이 유치하게 놀고 있기 때문이다. 흠. 이런 상태로 나이를 20년, 30년 먹는다고 생각하면, 마음은 그대로인데 몸만 나이 든다고 생각하면, 기분이 이상해진다. 흠.

이 소설을 다시 펼친 이유는 '오리우동' 때문이다. 연애를 시작한 남녀, 사카에와 지우가 처음으로 먹는 음식이었다는 것만 기억하고 있다. 야마다 에이미가 오리우동에 대해 어떻게 썼는지 갑자기 궁금해졌다. 10년 전의 나는 이 소설을 읽고 참을 수 없이 오리우동이 먹고 싶어졌고, 그래서 한국에서는 잘 팔지 않는 오리우동을 찾아 헤맸다. 오리우동을 가모우동이라고 부른다는 것도 알게 되었다. 오리소바는 가모소바라고 하고.

소설에 나오는 오리우동은, 어쩜 정겹게도 냉동 우동이었다. 냉동 우동이기는 하지만 고기우동이나 카레우동보다 비싸고 심지어 '수타 우동'이기도 한 오리우동이라나? 사카에의 집에 가서 지우는 이 오리우동을 끓인다. 오리우동인 데다 수타 우동이라 일반 냉동 우동보다는 비싸다며 약간의 사치 품목이라고 허세를 부리는 지우. 이렇게 흔히 구할 수 있는 것도 많은데 구태여 미식가를 자처하는 사람들이 메스껍다는 지우. 그러면서 농장에서 온 신선한 달걀을 우동에 넣는 지우. 한국식으로 하면 난각 번호 1번인 달걀이겠지?

이 장면은 참으로 사랑스럽다. 냉동식품이지만 자신이 각별히 좋아하는 것을 골라, 또 정성을 다해 커스터마이징하는 자세가 말이다. 그래서 참을 수 없이 오리우동이 궁금해져 오리우동을 찾아다녔다. 냉동 오리우동을 구할 수 있다면 내 나름대로 심혈을 기울여 오리우동을 끓여보았겠지만…… 한국 편의점에서는 구할 수 없었다. 어쩔 수 없이 사 먹을 수밖에. 한 다섯 번쯤 먹었나? 오리우동을 파는 데가 많지 않기도 했는데, 솔직히 입에 맞는다기에는…… 오리 기름이 둥둥 뜬 맑은 국물에 잘 적응이 되지 않았다. 오리와 국물 요리가 잘 어울리지 않는다고 주장하려는 건 아니다. 강릉에서 먹었던 산채오리전골은 두고두고 기억나는 음식이니까.

잠시 오리전골 이야기를 하고 싶다. 강릉 내곡동에 있는 본터웰빙산채오리의 산채를 듬뿍 넣어주는 오리전골은 오리 요리의 신세계였다. 상호가 지나치게 길고 특색이 없어인지가 어렵지만 맛은 상당하다. 좀 썰렁한 리조트 건물 같은 데에 있어서 맛집의 기운이 느껴지지 않았지만 말이다. 오리 아래 깔린 산나물들이 전골이 끓을수록 우러나와서 한 방울도 남길 수 없다는 각오로 국물을 퍼먹게 된다. 곤드레, 곰취, 능이버섯, 석이버섯, 목이버섯, 더덕취, 삼잎국화, 나물취가 그 나물들이고, 하…… 오리 육수에 불은 이 나물들은 정말 맛있다.

10년 만에 강릉에 가서 산채오리전골을 먹었다. 여전히 영혼을 위로하는 맛이었다. 맛을 아는 사람들이라면 누구나 내 말에 동의할 거라고 확신한다. 이걸 먹기 전까지는 나도 '영혼을 위로 어쩌구' 하는 말을 내가 할 줄은 몰랐다. 이걸 먹고 감기가 뚝 떨어졌다는 이야기도 해야겠지. 여기에 메밀국수나 우동 사리를 넣어 가모우동이나 가모소바로 먹고 싶다는 생각을 했다. 언젠가는 그 산채오리를 포장해 와 가모우동으로도 먹고 가모소바로도 먹어보고 싶다는 야심이 내게는 있다. 이런 데 야심을 품는 거는 예나 지금이나…….

한국인의 소울푸드

나는 소울푸드가 '그때 그 시절, 엄마의 음식'이라거나 '영혼을 적시는' 유의 다분히 주관적인 음식이라고 생각해왔다. 또한, 패스트푸드와는 거리가 먼 '슬로푸드'일 거라고도. '세계 뒷골목의 소울푸드 견문록'이라는 부제가 붙은 우에하라 요시히로의 《차별받은 식탁》을 읽지 않았더라면 소울푸드를 영영 오해하고 말았을 것이다. 소울푸드는 미국 흑인들의 음식이다. 흑인들의 음악을 '소울뮤직'이라고 하는 것처럼 흑인들의 음식에도 '소울푸드'라는 이름을 붙였다고.

저자는 일본의 최하층 신분이 살던 '부락' 출신으로, 세계의 '부락'들을 여행하며 차별받은 사람들의 음식을 맛보고 그걸 '소울푸드'라고 명명, 한 권의 책으로 써냈다. 흑인 노예들이 많았던 미국의 멤피스와 뉴올리언스 등을 시작으로, 브라질로 건너가 카포에이라(흑인 노예들이 만든 무용과 격투기를 합쳐놓은 춤이라고)를 추는 사람들을 만나 도망 노예들의 음식인 페이조아다스튜를 맛보고, 불가리아로 가서 로마(집시)들과 함께 고슴도치 요리를 먹기도 하면서.

소울푸드 중 가장 의외였던 것은, 프라이드치킨이다. 한국 요식업계의 대들보 '프라이드치킨'이 흑인 노예들의 음식이라니! 프라이드치킨의 탄생 설화는 이렇다. 백인 농장주는 뼈가 많은 부위인 날개, 발, 목 등을 버렸고, 노예들은 이 '쓰레기'를 튀겨 먹었다. 튀기는 게 굽는 것보다 간편한 데다 배도 더 든든하게 하니까. 노예들은 뼈도 먹을 수 있도록 바짝 튀겼다.

프라이드치킨에 얽힌 이야기는 한국 사람이라면 누구나 갖고 있지 않을까 싶은데, 나에게도 있다. 그 이야기를 해보겠다. 나의 집에서는 치킨을 먹을 때면 네 마리를 시키곤 했다. 세 마리는 양념, 한 마리는 후라이드로. 식구 모두가 대식가인 데다 여덟 명이나 되었으니 그럴 만하다고 생각된다. 당시는 치킨이라는 말 대신 통닭이라고 불렀고, 나의 집에서 주문하던 닭집의 이름에도 통닭이 들어갔다. 그곳의 이름은 성도통닭.

성도통닭 아저씨를 식구들은 모두 좋아했다. 참고로 나의 집 사람들은 누군가를 쉽게 좋아하는 사람들이 아니며, 그렇게 한마음 한뜻인 적이 잘 없었다. 특히나 타인에 대해 모두 다 함께 호감을 표하는 일은 상당히 드물었던지라 나는 식구들이 보이는 따뜻한 태도가 좀 생경했다. 성도통닭 아저씨가 오토바이에 싣고 오는 통닭과 통닭을 꺼내기 전부터 풍겨오는 냄새가 먹는 걸 좋아하는 그들을 취약하게 만든 것 같지만……. 그게 다가 아니었다. 성도통닭 아저씨가 통닭을 네 봉지 건네면서 씨익 웃는 그 미소는 백만 불짜리였다고 표현해야 할 것이다. 나를 포함한 나의 집 식구들은 그런 따뜻한 느낌을 주는 사람들에게 매우 취약하다. 남들이 '좋은 사람'이라고 하는 그런 사람은 아니고 뭐랄까, 인간의 급수가 높은 사람이랄지. 그런 사람은 잘 없기도 하지만 그런 사람을 만나면 뻣뻣한 편이었던 가족들이 갑자기 목에 힘을 빼고 말한다는 느낌이었다.

우리 집 식구들이 아저씨를 얼마나 좋아했느냐면…… 아저씨는 한쪽 다리를 살짝 절었는데, 오토바이에서 내려 통닭 네 마리가 든 비닐봉지를 들고 걷는 그 잠깐의 시간을 아껴주기 위해 식구들은 아저씨에게 우르르 달려갔다. 물론, 치킨을 빨리 받아 들고 싶다는 마음도 컸겠지만.

아저씨라고 썼지만 성도통닭 아저씨의 당시 나이는 20대 후반이거나 30대 초반이었을 것이다. 아저씨가 약혼을 한다고 했었나, 약혼녀가 있다고 했었나 하는 이야기를 듣고 또 나의 집 식구들이 얼마나 기뻐했던지. 약혼녀와 계획대로 결혼해 가정을 꾸린 아저씨가 약혼녀가 있는 쪽으로 옮겨 갈 때도 기뻐했다. 아저씨 같은 좋은 사람이 좋은 여자와 좋은 가정을 꾸리게 되어 다행이라면서. 이게 내가 치킨에 대해 품고 있는 원기억이다. 따뜻하다, 정말.

어릴 때만큼은 아니지만 치킨을 먹을 때면 따뜻한 기분이 든다. 아무래도 원체험이 강렬해서겠지. 내가 좋아하는 치킨은 좀 일반적으로 인기 있는 치킨이 아니다. 둘둘과 영양센터를 좋아한다. 전기구이거나 전기구이와 유사하게 튀겨낸 후라이드라고 해야 할지. 사람들이 '옛날 통닭'이라고 하는 그것과도 비슷한데 옛날 통닭이 다 좋지는 않다. 그래서 둘둘과 비슷해 보일 수 있지만 보드람은 그냥 그렇고, 깐부도 그냥 그랬다. 그곳에 있는 전기구이와 유사한 메뉴가 내게 와닿지 않았던 것이다.

그랬었는데…… 얼마 전, 예술의전당 앞에 있는 깐부치킨에 간 적이 있다. 그 동네에서 한동안 사라졌던 깐부치킨이 새로운 장소로 옮겨간 곳에. 예술의전당 쪽에서 단체 술자리를 할 때 깐부치킨을 몇 번 가서 그런지 무척이나 반가웠다. 몇 년 만의 단체 술자리와 또 몇 년 만의 깐부치킨인가! 나는 좀 감격스러워서 바람을 넣은 깐부치킨의 거대 조형물도 사진으로 남겼다. 바람 인형은 아니고 공기 조형물이라고 해야 하나, 그걸 말이다.

한국에 온 젠슨 황이 삼성전자 회장과 현대자동차 회장과 함께 삼성동 깐부치킨에서 '깐부 회동'이라는 걸 한 지 한 달쯤 되었을 때였다. 깐부 회동을 기획한 젠슨 황의 딸이 '깐부'라는 단어에 의미 부여한 정도는 아니었어도 오랜만에 만난 이들과 깐부치킨에 간다는 행위에 의미를 부여하지 않기 어려웠다는 이야기. 그날 깐부치킨에서 나는 내 입맛에 맞는 메뉴를 처음으로 먹었다. 전기구이인 듯하지만 예전에 깐부에서 먹던 것처럼 눅눅하지 않고 살짝 크리스피함을 입힌 메뉴였다. 사람들은 주로 튀김옷이 화려한 일반적인 후라이드만 먹었기에 그 알 수 없는 이름의 치킨은 나의 독차지가 될 수 있었다.

이 글을 쓰다가 이름이 궁금해져 깐부치킨 홈페이지에 처음으로 들어가본 나. 사진만으로는 여전히 알 수가 없다. 전기구이인지 깐부통닭인지 모르겠다. 가장 앞에 있는 메뉴는 이것이었다. "회장님 입맛 그대로의 조합." 음……. 회장님이 먹는 치킨을 우리도 먹는 게 아니라 우리가 먹는 치킨을 회장님도 먹은 게 핵심이었다고 생각한다. 한때 한국의 SNS를 뒤덮은 깐부 회동과 그 이후의 소소한 이야기들이 붐업되었던 데는. 깐부 회동이라고 쓰고 깐부 소동이라고 읽는 그 사건의 핵심은 이거였다고 생각한다. '어, 이분들도 우리처럼 치맥 하네?'

한국인에게 치킨은 그저 닭을 튀긴 무엇이 아니다. 다양한 방식으로 튀기고 다양한 양념이 있으며, 날마다 새로운 조합의 메뉴가 탄생하고 있는 하나의 장르랄까. 그것도 아주 팔딱거리는 활어 같은 장르. 그리고 여기에 다양한 이야기와 기억이 섞인다. 이것이 바로 새로 나오는 치킨 브랜드와 신메뉴에 귀를 열고 있는 이유다.

우메소면과 상대성이론

한때 우메소면을 나의 소울푸드라고 생각했던 적이 있다. "제 소울푸드는 우메소면이랍니다"라고 말한 적은 없지만.

분당의 주상복합건물에 있던 나마비라는 곳에서 하던 메뉴다. 나는 나마비를 좋아했고, 나마비에서 가장 좋아하는 것은 우메소면이었다. 다해서 스무 번쯤은 먹었으려나? 이제는 먹을 수 없다. 나마비가 한참 전에 그 건물에서 사라졌기 때문이다. '뉴 재패니즈 퀴진'이라고 쓰고 미국풍의 일본 음식을 하던 곳이 나마비였다. 요즘 한국에서 성업 중인 '아메리칸 차이니즈'라는 장르처럼 '아메리칸 재패니즈'라는 장르가 유행일 때가 있었다. 아메리칸 차이니즈처럼 확산되지는 않고 소소한 유행 정도였지만.

로바타야키와도 이자카야와도 분위기가 겹치지 않았다. 가장 다른 점을 꼽자면 로바타야키나 이자카야보다는 좀 밝은 편이라는 거? 그리고 로바타야키와 이자카야의 주조색이 짙은 오크색이라면 아메리칸 재패니즈는 좀 밝고 경쾌한 물푸레나무색이랄까. 로바타야키에게는 로바타야키의 분위기가 있고 이자카야에도 이자카야의 분위기가 있듯이 아메리칸 재패니즈에도 그만의 분위기가 있었다.

우메소면이란 이름에서 짐작할 수 있듯이 우메보시로 국물을 내는 국수다. 아마도 가쓰오부시 등으로 육수를 내다 우메보시를 넣고 맛을 내는 것 같았다. '같았다'라고 말하는 것은 자신감이 없기 때문이다. 먹어보면 대강 비슷한 맛을 낼 수 있다고 생각해왔는데, 나마비의 우메소면은 잘 재현이 안 되었다. 가쓰오부시로 육수를 낸 국물에 씨를 뺀 우메보시를 넣어 끓여보았는데 상당히 달랐다. 물론 나마비의 특제 소면 같은 걸 쓰지도 않았지만 좀 많이 못 미쳤다.

내가 이 우메소면을 자주 먹던 시절, 누군가 내게 우메보시가 나오는 노래에 대해 이야기해준 적이 있다. '상대성이론'이라는 일본 밴드를 아냐고 물었던 게 먼저일 수도 있다.

아닌가? 우메보시를 이야기한 게 먼저였나? "우메보시가 나오는 노래가 있어요"라는 말을 들었던 것도 같고.

상대성이론에 대해서는 논할 처지가 못 되지만, 상대성이론이라는 이름 덕에 이 밴드를 기억하고 있다. 물론, 이 밴드의 노래에 우메보시가 나온다는 것도. 노래 제목이나 가수의 이름 같은 건 듣자마자 망각해버리는 능력을 지닌 나로서는 희귀한 일이다. 아, 혹시…… 먹는 것과 결합되어버리면 노래를(노래라도) 기억하는 건가?

다시 이야기하자면, 선후 관계는 분명하지 않다. 어쩌다 이야기가 그쪽으로 흘렀는지는. 아주 오래된 일인 것이다. 우메보시 노래를 선배와 함께 들었다고 했었나? 노래를 들은 그가 우메보시의 맛을 궁금해하자 그 선배는 우메보시를 싸 온다, 후에 그 선배는 가수가 되었다,는 흐름이었다. 이상한 흐름이지 않나? 하지만 상냥한 이야기다.

나는 이 이야기들을 머릿속에서 섞어버렸다. 그의 선배는 가수만 된 것이 아니라 우메보시도 된 것이다. 내 머릿속에서 말이다. 나는 우메보시가 된 채로 노래를 부르는 한 남자의 외양을 그만 상상해버렸다. 남자의 얼굴이 없다. 나는 그 남자의 얼굴을 모르고, 얼굴을 상상할 만한 그 어떤 단서도 없어서. 어, 그런데 비어 있던 남자의 얼굴이 내가 아는 얼굴로 바뀌었다. 나의 우메보시 맨이랄까. 가세 료.

카세 료가 나온 한 일본 영화에 이런 장면이 있기 때문인 걸까. 한쪽만 보조개가 들어가는 야무지게 생긴 여자가 카세 료의 흰밥 위에 우메보시 한 알을 올린다. 그러면서 이렇게 말한다. "오늘의 복." 뭔가 굉장한 걸 보았다는 느낌이 들었다. 카세 료가 어떤 표정을 지었는지, 우메보시를 어떤 식으로 먹었는지는 기억나지 않지만. 하지만 '우메보시는 좋은 것'이라는 이미지가 박혀버렸다. '카세 료는 우메보시 맨'이라는 것과 함께.

오랜만에 그가 알려줬던 우메보시 노래를 듣는다. 15분 50초짜리 노래. 제목은 〈론리 플래닛〉. 연약한 것 같지만 그렇다고 칭얼대는 것은 아닌 목소리의 여자가 노래한다. 그녀는 지구 밖에 있다. 어딘지 모르는 머나먼 행성에서 수·금·지·화·목·토·천·해·명을 렌즈로 들여다본다. 지구는 여전히 푸른지 물었다가 혹시 빙하기는 아닌지 또 묻는다. 문단속 잘 하라고 당부했다가 나를 깡그리 잊어버린 건 아니냐고 채근하기도 한다. 모두 지상의 연인에게 하는 말들이다. 그런데 연인은 이 말들을 들을 수 있나? 불행히도 그러지 못한다. 편지를 써도 보낼 수 없고, 문자를 찍으나 전송할 수 없다. 그녀는 우주 밖에 있으니까. 그런 그녀는 우메보시가 먹고 싶다. 아…… 지구 밖에서 우메보시를 그리워하는 사람이라니.

이 노래를 연속해서 몇 번을 들었더니 한 시간이 갔다. 지구 밖에 있는 그녀만큼은 아니겠지만, 나도 우메보시가 먹고 싶어졌다. 그녀의 간절함이 내게로 옮겨왔다고 하는 편이 좋겠다. 그리고 당연히 내가 아는 가장 맛있는 우메보시 요리가 떠올랐다. 이제는 먹을 수 없는 그 우메소면이 말이다.

나마비가 있던 시절을 떠올려본다. 자리에 앉기도 전에 "우메소면이요"라고 말하는 내가 보인다. 시간이 10분쯤 흐른다. 검은 바지 정장을 입은 웨이트리스가 또각또각 발소리를 내며 걸어온다. 검은 그릇 안은 단순하기 그지없다. 짙은 고동색 국물 위에 우메보시 한 알과 쪽파만이 올려져 있다. 일단 국물을 마신다. 나는 눈을 감는다. 눈을 감을 수밖에 없으므로. '왜 이런 걸 먹으면 눈을 감게 되는 걸까?'라고도 생각하며.

복합적인 맛이다. 달고, 시고, 부드럽고, 구수하고, 은은하다. 가다랑어와 다시마가 들어갔을 거라고 짐작할 뿐이다.
열에 들뜬 우메보시를 터뜨려 면 사이사이로 스미게 한다.
한 그릇을 비우는 데 얼마가 흘렀을까. 숫자로 환원될 수 없
는 작은 영원이다.

우메소면을 상상하면서 빙그레 웃는 나.

인민에게 복무하라

순댓국을 잘 먹지 못한다. 순댓국은 내게 너무도 농후한 음식이라 잘 넘기지 못하거나 먹고 나서도 문제가 생기곤 했기에. 기름기를 잘 소화시키지 못하는 체질이라 그렇다. 유당불내증처럼 기름불내증 같은 병명(?)이 있다면 참으로 간편할 텐데.

한국에 살면서 '순댓국을 못 먹어요'라고 말하기는 좀 껄끄러운 데가 있다. 순댓국이 국민 음식이라 그런지 그렇게 말하면 안 될 것 같다. 순댓국을 좋아하는 많은 분들과 벽을 쌓는 느낌이라서. 이 글을 읽는 당신이 만약에 정치인이고, 순댓국을 좋아한다고 말한다면 대중들의 호감을 살 수

144

있을 것이다. '소탈하다'라는 반응을 얻을 수 있을 것이다. 만약 당신이 외국인이고, 한국 사람과 친해지고 싶다면 이렇게 말하면 된다. 순댓국을 좋아한다고. 꽤나 큰 호감이 돌아올 것이다. 그래서 순댓국을 먹지 못한다고 말하지 못했다. '추어탕을 못 먹어요'라고 자신 있게 말할 수 있는 것과는 다르게. 나는 사실 가리는 음식이 거의 없다. 내가 못 먹는다고 말할 정도면 '받지 않는다'라는 의미다. '먹고 큰일이 있었어요'라는 의미다.

타고난 게 그렇다. 나를 제외한 나의 가족은 모두 순댓국 마니아('특'이 아니면 취급하지 않음)인 것으로 보아 기름불내증은 가족력이 아닌 나만의 문제다. 무지했던 시절의 나는 가족들이 먹는 음식을 그들이 먹는 양대로 먹고 나서 매일같이 체하곤 했다. 여기서 '매일같이'란 과장이 아니다. 정말 매일 그랬다. 등 두드리기, 배 쓸기, 팔다리 주무르기를 해도 결국은 피를 봐야 끝나곤 했다. 피를 봐도 끝나지 않으면, 등을 벽에 기댄 채 잤다. 이제 와 생각해보면 정말 한심하기 짝이 없는 일인데, 그때는 그랬다. 대오각성의 순간이 오기 전까진 말이다.

어쨌거나. 이런 나지만 먹을 수 있는 순댓국을 만나기도 하는데, 그건 아주 드문 일이기에 '먹지 못한다'고 말하는 게 편하다. 내가 먹을 수 있던 순댓국은 강릉에 있는 동촌 순대국밥으로 논두렁 같은 데 '띡' 하니 있다. 난데없이 나타나기에 '떡'이 아니라 정말 '띡'의 느낌이다. 나처럼 순댓국을 못 먹는 분이 여기 순댓국은 괜찮다고 해서 따라갔더니 과연 그랬다. 맛있어서 포장도 해 왔다. 순댓국 포장은 이 집에서 말고는 해본 적이 없다. 그러나 동촌에 가는 건 쉽지 않다. 일단 나는 강릉에 살지 않고, 동촌은 일요일에 하지 않는다. 게다가 매우 짧게 영업한다. 2시 반까지 한다고 써 있기는 하지만 재료가 소진되면 끝나서 토요일 12시 반에 가서도 못 먹은 적이 있다.

동촌에서가 아니라면 순댓국을 먹지 않는다. '조심하면 괜찮겠지'라며 먹다가 탈이 난 적이 너무 많아서. 그런데…… 그동안 순댓국에 대한 이야기가 많이도 쌓였다. 약수순대국의 순댓국은 어떤 순댓국과도 다르다거나 약수순대국보다 해남순대국이 더 낫다거나 인생 마지막으로 먹고 싶은 음식이 청담동의 순도리순대국이라거나 하는 이야기들이 말이다. 순댓국에 대해 애정을 표했던 분들 중에는 고급 음식점을 열 개 넘게 운영하시는 사장님과, 국밥집을 사랑해서 국밥이란 주제로 책을 쓰고 싶다는 출판사 사장님, 내 입맛에 맞는 곳을 늘 추천해주시는 사슴을 닮은 분이 계셔서 더 마음이 흔들렸다. 그러니까 이야기란 누가 하느냐가 정말 중요하다. '믿을 수 없는 화자'는 소설에만 있는 게 아니라 현실계에도 많기에 잘 분별해야 한다.

그러다가 결정적 이야기를 들었다. 화자가 누구인지가 결정적이었다. 그는 식당의 분위기보다 음식의 본질 그 자체에 집중하는 편으로, 느끼한 걸 좋아하지 않는다. 이를테면, 그는 치킨이나 삼겹살을 좋아하는 사람이 아니다. 함께 뭔가를 먹을 때 주로 기름기가 없는 음식을 먹었다. 그런 그가 순댓국집에 간 이야기를 했다. 플라자호텔 뒤에 있는 순댓국집인데 하도 대기가 많아서 1시 반에 갔다고 한다. 그러면 좀 수월하게 먹을 수 있지 않을까 싶어서. 그런데도 대기가 많아서 2시에나 먹을 수 있었다는 이야기. "맛있어요?"라고 물었더니 그가 고개를 끄덕였다. 한번 도전해도 되겠다 싶었다.

그의 순댓국 웨이팅 이야기를 들은 지 사흘 만에 순댓국집에 갔다. 그 순댓국을 궁금해하는 마음이 줄어들지 않았던 것이다. 익히 명성을 들어왔던 순댓국집이기도 했지만 순댓국을 그리 즐기지 않고 웨이팅 또한 그리 즐기지 않을 것 같은 사람이 평일 점심에 30분이나 기다려서 먹었다기에. 웨이팅에 대한 나의 생각은 이러하다. 일행이 있다면 하고 싶지 않다. 그 사람이 웨이팅을 하면서까지 그 식당에 가고 싶은 마음이 나보다 현저히 적을 수 있기에. 누가 기다리자고 하면 기다릴 수 있지만 내 쪽에서 권하는 편은 아니다. 하지만 혼자 기다리는 건 나쁘지 않다. 자주 하지 않기에 '이색적이다'라는 느낌마저 있다.

을지로 쪽에서 걸어가면서 주말의 북창동은 좀 한가하지 않을까 싶었다. 그런데…… 가게를 중심으로 어림잡아 50명은 넘어 보이는 사람들이 모여 있었다. 화이트보드에 유성펜으로 직접 본인 성姓과 인원수를 쓰는 아날로그 스타일로 웨이팅을 했다. '한, 1'로 표기된 나의 대기 순번은 40번이었다. 종업원은 문을 열고 나와 "박이요, 네 분"이라거나 "15번, 송이요, 세 분" 이런 식으로 두세 번 불렀다. 그렇게 40번의 부름 끝에 무사히 착석할 수 있었다.

내 자리는 어쩜, 나를 위한 자리였다. 주방과 홀이 맞닿아 있는 모서리이자 좌석이 시작되는 자리여서 순댓국을 먹는 사람들이 한눈에 보였던 것이다. 여기는 뭐랄까, 세대 대통

합의 현장이었다. 나는 이렇게 다양한 남녀노소가 함께 있는 곳을 본 적이 별로 없었다. 관심사와 취향도 한데로 모을 수 없는 광활한 표본 집단이었다. 순댓국 하나로 이렇게 잠시 모여 앉게 된 그들은 오래 기다려 얻어낸 자신만의 순댓국에 몰입하고 있었다. 이 광경을 바라보며 뭔가 벅차올랐다. 연령과 성별과 배경이 다른 이 모든 이들을 순댓국이 하나로 엮어주는 느낌이라 그랬을 것이다. 여기에 그 흔하디흔한 분열 따위는 없었다. 순댓국이라는 음식의 지위에 대해 다시 한번 생각하게 되었다. 한국에서 순댓국을 좋아하지 않는다고 말하는 것은 정말 위험한 발언임을 다시 느꼈던 순간이기도.

자리에 앉은 시간은 1시 반, 머릿고기와 접시 순대 약간이 순댓국과 함께 나오는 국밥 정식은 이미 주문이 안 됐다. 정식을 주문했다면 술도 함께 시켰겠지만, 그날의 나는 오로지 순댓국에 집중하기로 했다.

한 입 먹자마자 고개를 끄덕였다. 기다림이 납득되는 맛이었다. 느끼하지도 않았다. 대부분의 순댓국은 온도가 식어가면서 참을 수 없이 느끼해지기에(내 기준) 방심하지 않을 수 없었는데 계속 먹어도 느끼하지 않았다.

순댓국은 만 원이었다. 이 시대에 만 원을 주고 이렇게 정
성스럽고 인간적인 온기가 있는 음식을 먹기란 상당히 드
문 일이라 살짝 감동스럽기까지 했다. 이 집의 이름도 이런
온기와 어울린다고 생각했다. '농민백암순대'. '농민'을 '인민'
으로 바꾸어 불러도 될 듯한 기분을 느끼며 마지막 한 수
저를 떴다.

나의 길티 플레저

'길티 플레저'라는 말을 온전히 이해하기까지 오래 걸렸다. '죄스러운 기쁨'이라고? 알 듯 모를 듯 했다. 그래서 "내 길티 플레저는 말이야……"라고 누군가 말할 때면 듣고만 있었다. 아무래도 '죄스러운 기쁨'이라는 한국식 역어로 이해하는 길티 플레저가 뇌리에 안 달라붙어서. 나는 윤리적 감각이 좀 부족한 사람이라 그런가? 기쁘면 기쁜 거지 왜 죄스럽게 기뻐해야 하는 거지? 하고도 생각했다.

내가 들은 길티 플레저 중 가장 귀여운 것은 소금과 피넛버터였다. 소금에 대해 말한 사람과 피넛버터에 대해 말한 사람은 참고로 같은 사람이다. 그는 내가 베를린에서 레지던시를 할 때 나의 코디네이터였던 분으로 내게 비오마켓을 전도해주신 분이기도 하다. 우리로 따지면 한살림이나 자연드림 같은 곳이 비오마켓이다. 좀 더 세련되고 디자인이 정갈한 유기농 마켓이랄까? 나의 코디네이터는 비오마켓에서 산 식재료만 먹는 분으로 길거리 음식을 절대 안 먹었다. 하여튼 그토록 식생활에 엄격한 그가 가끔 폭주할 때가 있었다. 어느 날 파스타를 먹는데 소금을 거의 들이붓는 게 아닌가? 내가 놀란 눈으로 봤더니 오늘 너무 힘들어서 그런다고 했다. 그러면서 덧붙이는 말. 이런 날은 집에 가서 밥숟가락을 들고 피넛버터를 퍼먹는다고.

다들 길티 플레저가 있으신지요?

한때는 대창이라고 생각했다. 갈비찜을 할 때는 일일이 걷어내는 소기름 덩어리를, 비싼 돈을 주고 사 먹는 게 아이러니하다고 생각했기에. 소기름 덩어리라는 그 정체를 알고부터, 빨갛게 양념해 숯불에 구운 소기름 덩어리를 먹고 나서는 마음이 무거웠다. 내가 할 수 있는 최선의 방안이라고는 조금만 시키거나, 아주 가끔 먹는 것이었다. 그럼에도 불구하고 진정한 길티 플레저라는 생각은 들지 않았다. 대창을 먹는 동안은 어떤 죄의식도 없었으니까. 입안에 가득 고이는 동물의 기름과 양념과 기름이 숯불에 연소된 맛을 느낄 뿐이었다. 후회는 행복한 대창 섭식 타임 후에 찾아왔던 것이고…….

그렇다, 그건 고통이라기보다는 후회였다. 고통으로부터 기쁨까지 얻어야 진정한 길티 플레저라고 생각했던 것이다. 나는 이런 걸 논할 때는 엄밀한 사람이니까. 그러다 진정한 길티 플레저가 무엇인지 깨닫게 되었다.

닭발이었다. 매운 닭발. 닭발을 먹는다는 것은 기쁨과 맵다는 고통이 결합된 행위이기 때문이다. 기쁨과 고통을 행사하는 주체는 나, 기쁨과 고통을 느끼는 주체도 나이기에 닭발을 먹을 때마다 복합적인 감정이 들곤 했다. 그 기쁨과 고통에 대해서는 잠시 뒤에 이야기해보는 걸로,

내가 빠진 매운 닭발은 국물이라곤 전혀 없는, 오븐에 구워내 마무리한 닭발이었다. 그 닭발을 먹기 위해서 나는 남동생을 꼬셔서 새벽에 집을 나서곤 했다. 어떻게 그 일탈의 새벽 야행이 시작되었는지 모르겠는데, 한번 새벽에 먹어보니 새벽에 먹어야 그 일탈 행위가 완성되는 느낌이었다. 새벽에 그 닭발집에 갔던 첫 경험이 하도 강렬해서 그렇게 해야만 온전히 닭발을 즐길 수 있을 것 같았다.

닭발집은 내가 좋아하지 않는 동네에 있었다. 나이트클럽 전단지가 바닥을 뒤덮고 있고, 10미터에 호객꾼 스무 명을 만날 수 있다고 하면 이해가 되실는지? 나처럼 힘껏 일상의 평화와 고요를 지키고 있는 사람으로서는 방문하고 싶지 않은 동네인데, 오로지 닭발을 먹기 위해서 그 금기를 깨곤 했다. 잠시 걷는 동안 만난 취객과 호객꾼을 뚫고 방문한 닭발집에는 이미 나이트에 다녀온 취한 사람들과 나이트를 가기 전의 취한 사람들로 가득했다. 참고로 나는 나이트를 가본 적이 한 번도 없는 사람으로서 이 세상 바이브가 아닌 그들이 집단적으로 뿜어내는 그 기운에 델 것 같았다. 닭발집에는 안 그래도 매운 열기가 있는데 그들의 정념의 열기까지 더해져 그야말로 활활!

뼈 없는 닭발과 뼈 있는 닭발(일명 '통닭발') 중에 고르는 시스템인데, 전혀 고민해본 적이 없다. 우리는 무조건 통닭발이기 때문에. 뼈째 뜯어야 닭발이라고 주장하고 싶다. 소갈비살도 맛있긴 하지만 갈빗대에 붙어 있는 갈비를, 그 근막을 입술과 이빨로 직접 뜯으며 즐기는 맛과는 비교할 수 없음을 떠올려보라고 말씀드리고 싶다. 뼈와 살을 연결시켜주는 근막의 맛이란 정말이지…….

갈비도 물론이고, 닭발도 그러하다. 닭발은 갈비와 달리 촘촘한 뼈로 구성되어 있으므로 관절투성이, 연골투성이다. 입술과 혀 근육을 적극적으로 쓰며, 마디 하나하나를 발골하면서 살아 있다고 느끼곤 했다. 입술과 혀와 이빨, 손가락과 눈, 어디 하나 제대로 기능하지 못한다면 이렇게도 섬세한 발골은 가능하지 않으리라는 생각이 들었기 때문에.

심지어 이 닭발은 꽤나 맵기 때문에 중간중간 멈추고, 물이나 음료를 마셔가면서 먹어야 한다. 이 닭발집에서 닭발을 시키는 사람들은 쿨피스를 곁들이곤 하는데, 내가 좋아하는 방식은 아니다. 매운 닭발은 매운 닭발 그 자체로 즐겨야 한다고 생각한다. 쿨피스의 인공 복숭아(나 파인애플) 맛을 섞이게 하고 싶지 않다. 그래서 나는 최대한 참는다. 참다 참다 못 참겠을 때, 물이나 맥주를 마신다.

먹다 보면 반응이 온다. 혀로 오기도 하고, 뇌로 오기도 하고, 입술로 오기도 한다. 짜릿한 고통이다. 기이한 고통. 맵고 힘든데, 그게 뭐라고 이겨낼 수 있을 것만 같고, '자, 해보자!'라면서 스스로를 독려하고, 결국은 이겨내서 기쁨을 얻어낼 때의 나 자신이 자랑스럽다. 나는 통닭발을 뜯으면서 가학과 피학의 세계에 대해 이해할 수 있었다. 통닭발을 뜯는

일은 가학적이면서 피학적인, '괴롭히는 사람도 나―괴롭힘
당하는 사람도 나'인 복합적이고도 실존적인 경험이랄까.

그렇게 해서 얻어내는 기쁨은 단순하지 않다. 몸도 변화
한다. 일단 정수리에 땀방울이 송글송글 매달리고…… 도
파민일까? 이름은 모르겠지만 어떤 물질이 분비되는 걸 실
시간으로 느낀다. 뉴런에서 척수까지, 척수에서 뉴런까지 그
물질이 내 몸을 타고 이동하면서 나를 기쁘게 해준다. 죄를
지으면서 얻은 기쁨이라 더 은밀하고 더 소중한 기쁨이다.
고통은 기쁨과 섞여 오기도 했지만 다음 날 오기도 했다. 속
이 살짝 긁힌 느낌이 난다든가 입술이 퉁퉁 붓는다든가. 물
론 적당히 먹으면 될 텐데 닭발을 즐기던 시절의 나는 잘 제
어가 안 됐다. 배가 불러서 더 이상 못 먹을 때까지 매운 닭
발을 뜯는다면 나처럼 될 수 있다. 일회용 장갑을 양쪽에 끼
고 손으로 닭발을 발골하는 방법도 있겠으나 내게 그 방법
은 좀 시시했다. 아까운 양념이 장갑에 묻어 버려진다는 점
도 별로였고.

이제 새벽 야행을 하면서까지 닭발을 먹지는 않는다. 하
지만 그 닭발집의 닭발을 냉동실에 소분해두고 먹는 것은
나의 은밀한 기쁨이다. 해동하지 않고 언 상태, 그러니까 아

이스 닭발로 즐겨도 좋다. 아이스 닭발을 편하게 즐기기 위해서는 무뼈 닭발도 나쁘지 않다. 하지만 난 헤어날 수 없는 발골파다. 차갑든 뜨겁든 닭발을 쪽쪽 발라 먹는 행위란 무엇에도 비할 수 없는 고통이자 기쁨이다.

냉면에 대하여

언제부터인지 모르겠는데, 냉면이 흔해졌다. 냉면을 먹는 사람도 흔해졌다. 그러니까 냉면을 찾아서 먹는 사람들 말이다. 정기적으로 냉면을 먹어야 하는 사람들. 여기저기의 냉면을 먹어봐야 하는 사람들. 그럼에도 불구하고 마음속 냉면집은 단 한 군데인 사람들. 이 냉면 인구가 얼마쯤 될까? 한 5만 명? 전혀 감을 못 잡겠다.

한때 나는 미슐랭 식당 투어를 한 적이 있다. 한 달 동안 미슐랭에서 발간하는 동네 지도를 들고 파리 곳곳을 누볐던 기억이 있어서 그런가. 그때는 2011년으로 이미 아이폰이 출시되었을 때였는데, 나는 아이폰보다 미슐랭 지도를 훨

썬 신뢰했었다. 당시의 나는 미슐랭 지도의 디테일과 엄밀함을 사랑하게 된 나머지 미슐랭이라는 브랜드에게 포획되었다. 그래서 언젠가는 미쉐린 타이어와 미슐랭 가이드를 들이는 삶을 살겠다고 생각했다. 어쨌든. 나의 미슐랭 투어는 한 달에 한 번씩, 3년 정도 이어졌다. 중간에 빼먹은 달도 있으니 서른 번 정도 되지 않을까 싶다. 그때 미슐랭 투어를 했던 이유에는 여러 가지가 있었는데 이 질문이 결정적이었다. 한국의 미슐랭 인구가 얼마나 될 것 같으냐고. 만 명쯤이요? 난 자신 없게 말했는데 질문을 한 분은 픽 웃으며 고개를 저었다. "2,000명이에요."

2,000명이란 너무도 충격적인 수치였던 것이다. 이것은 그 어렵다는 출판계의 초판 부수 아닌가? 미슐랭 식당의 어마어마한 유지 비용을 상상하니 머리가 멍해졌다. 아, 이것은 매달 돈을 쏟아부어야 하는 장르구나라고. 그리고 2,000명이라는 인구가 식당을 출입하는 빈도수도 문제다. 2,000명 중에 그런 식당을 매일같이 갈 사람은 별로 없는 것이다. 어느 정도 간격을 두고 가게 되는데, 그런 사람을 다 모은 게 2,000명이라니……. '언제 올지도 모르는 2,000명을 위해 그런 기예에 가까운 요리를 한다고요?'라는 생각이 들었고.

음식을 좋아하는 한 사람으로서 셰프님들의 분투를 응원하고 싶었던 것이다.

다시 냉면 이야기로 돌아와서. 위에서 말한 냉면이란 평양냉면이다. 나는 요즘 이 평양냉면 인구가 얼마나 되는지 무척이나 궁금하다. 전에는 아무런 불편 없이 다니던 냉면집에 가기가 어려워져서. 좀 기다리는 건 괜찮은데 기다리다가 브레이크타임이 도래하는 건 좀 서글프지 않나 싶다. 어쨌거나 우후죽순 격으로 생겨나는 냉면집이 다들 잘된다는 느낌이이서 이 정도로 냉면집이 돌아가려면 몇 명이나 움직여야지 되는가 궁금하다.

애초에 냉면을 먹는 사람은 많지 않았다. 특히나 평양냉면의 그 슴슴한 맛을 좋아하는 사람이 많지 않았다는 생각이다. 그래서 냉면은 혼자 먹는 게 편했다. 피크타임이 지난 2시 정도 업장에 들어가 소주를 시켜서 말이다. 어떨 때는 만두 반 접시나 제육 반 접시도 시키고. 나는 특히나 겨울에 이렇게 제육 반에 평양냉면을 앞에 두고 소주를 마시는 쾌미를 사랑했었다. 특히나 혼자서 마시면 그렇게 좋을 수 없었다. 나는 어린 시절부터 혼자 밥 먹는 것에 어떤 불편함도 느끼지 못했는데(좀 뻔뻔한 편) 혼자 술 먹는 것은 특히 더

좋아했다. 그래서 '쾌미'라고 할 만하다. 《이북오도신문》이 있는 식당에서 평양냉면을 먹는다는 것도 쾌미를 더했다. 요즘도 나오는지는 모르겠지만.

선주후면先酒後麵이라고 한다. 술을 먼저 먹고 면을 먹는 것을. 책으로 선주후면이라는 글자를 배운 나는 평양냉면을 먹는 데 있어 적극적으로 선주후면을 실천할 수밖에 없었다. 그래서 냉면에 앞서 소주를 먹었다는 이야기. 빈속에 마시는 첫 술은 짜릿한 데가 있다. 겨울 공기처럼 '쩡' 하다. 아무도 발자국을 내지 않은 눈밭에 첫 발자국을 찍는 기분이랄까? 더럽히더라도 웬만하면 이쁘게 더럽히자는 게 눈밭을 처음 걷는 사람의 다짐일진데…… 다짐은 언제나 연약하다는 게 탈이다. 눈길은 더러워지게 마련이고, 세상에는 곱게 취하는 법 같은 건 없다. 나만 그러는지?

선주후면을 글로 배운 사람으로서, 그 글을 소개하지 않을 수 없다. 〈평양잡기첩〉이라는 글인데, 냉면에 대한 이런저런 이야기들이 있다. 필자는 이리 말한다. 밥보다 먼저 냉면의 맛을 알았는데, 이건 평안도에서는 매우 흔한 일이며, 자기네 시골에는 선주후면이라는 말이 있다고. 그러고는 냉면은 모름지기 겨울에 먹어야 한다고 주장한다. 평안도에서 냉면이란 사시사철을 가리지 않는 음식이지만 겨울에 특히 좋다고!

김남천이라는 소설가가 1938년 《조선일보》에 실은 글이다. 이 사람은 카프 작가로 알려졌는데, 그가 쓴 30년대 후반의 연애소설은 상당히 현대적인 데가 있다. 나는 이분이 쓴 산문들도 좋아하는데, 풍류를 이해하시는 분이라서다. 풍류를 아는 남자는 많지 않고, 더군다나 풍류를 아는 남자의 글이란 극히 희소하다. 내가 과문한 탓이겠지만. 그래서 이런 글을 보면 마구 신이 나는 것이다.

냉면은 겨울에 먹어야 제맛이라는, 이분의 논거는 이러하다. '겨울 냉면이 왠지 맛있다', '여름에는 아무래도 신선도가 염려된다', '우리 동네에서는 겨울에 냉면 대신 온면을 먹으면 사람 취급 못 받는다'쯤으로 정리할 수 있다. 역시, 평안도의 기개다. '겨울 냉면'을 주창하시던 평안도 남자 김남천 님께서는 더 나아가 이렇게 선언하신다. 꿩을 올린 냉면을 먹지 않은 사람은 냉면에 대해 말참견을 할 자격이 없다고. 얍! 그러니까 나 같은 사람은 이런 글을 쓰고 있으면 안 되는 것이다.

이때도 꿩냉면은 그리 흔히 먹을 수 있는 게 아니었던 듯하다. 꿩고기를 올린 냉면을 먹지 못한 겨울은 불행한 겨울이라고 쓰신 걸 보니. 그러니 이제 와서 꿩냉면을 먹는다는 것은 상상 속에서 할 수밖에 없으리라고 체념하는 것이다. 설원의 꿩 사냥꾼을 상상한다. 응사鷹師라고 부르는. 매를 부려 꿩을 사냥하는 사람에 대하여. 눈 위에 찍힌 꿩의 발자국에 대하여도. 그리고 후두둑 소리.

아, 너무 좋지 않나요? 이 모든 것이 냉면의 쾌미입니다.

깨 있는 인생

"들깨는 빼주세요." 식당에 갈 때마다 이렇게 말하곤 했었다. 들깨에는 원한이 없다. 단지, 어떤 음식이든 잊지 않고 들깨를 '토핑'하는 한국 음식의 '방식'이 마음에 들지 않았다. 그렇게 들깨로 뒤덮어버리면 들깨의 맛밖에는 느껴지지 않는다. 특히 선지해장국이나 곱창전골, 감자탕(모두 좋아하는 음식들이다)에는 들깨를 뿌려 나올 확률이 거의 85퍼센트쯤이라서 '들깨 유탄'을 맞지 않으려면 정신을 똑바로 차려야 했다. 정신을 차린다 함은 이런 것이다. "들깨는 빼주세요"라고 말하기.

또 들깨를 대거 투하하는 음식에는 어김없이 깻잎도 함

께 들어 있기 마련인데 이 역시 좋아하지 않는다. 깻잎도 들깨처럼 그 음식이 무엇이든지 간에 '깻잎화'시키기 때문이다. 향과 맛이 강한 들깨와 깻잎 콤보는 천하무적이라 모든 한국 음식을 집어삼킨다는 생각을 했었다.

그래서 나처럼 '들깨 비호인'을 만나면 반갑기 그지없다. 들깨와 깻잎 독재에 대해 그다지 문제의식을 느끼지 않는 사람이 아니라는 말이기 때문에. 내가 입맛을 절대적으로 신뢰하는 경양식집을 하는 아저씨도 그랬다. 우리는 문자로 이런 대화를 한 적이 있다. 이런 시시콜콜한 걸 문자로 할 만한 사이는 아닌데. 아저씨: 들깨 왜 넣는지 모르겠어. 나: 그러니까요. 치즈 토핑하는 것도 아니고. 아저씨: 들깨수제비 같은 거 왜 먹는지 모르겠어. 나: 그런 거 파는 데도 싫음. 샐러드에 새싹 채소 넣는 것도 별로. 아저씨: 나도 새싹 완전 별로.

그랬었는데…….

들깨순두부를 좋아하게 되고야 말았다. 들깨수제비 같은 거 왜 먹는지 모르겠다는 사람의 말에 한술 더 떠 그런 거 파는 데도 싫다고 한 사람이 누구였더라? 하고 조롱받아도 어쩔 수 없다. 사실이 그러하니까. 한국 푸드 신에서 과용되고 있는 들깨를 '까던' 1인이자 '들깨 반대론자 2인조'의 일원이었던 나는, 과거를 저버리고 심지어 들깨순두부를 그리워하고 있다. 꽤나 당황스럽다. 내 인생에 들깨가 들어올 줄이야…….

발단은 예술의전당 앞에 있는 두붓집에서였다. 예술의전당에 가면 85퍼센트 정도는 이 두붓집에 가게 되는데 딱히 좋아서 가는 것은 아니다. 더 나은 대안이 없기 때문에 간다. 가서는 늘 하얀 순두부를 시키곤 했다. 이 역시 85퍼센트의 확률로. 더 나은 대안이 없기 때문이다. 하얀 순두부가 맛있는 집이라면 나는 매일 하얀 순두부를 먹을 수 있는 사람이지만 이 집의 하얀 순두부는 그 정도는 또 아니라.

참고로 내가 좋아하는 하얀 순두부는 강릉 초당두부 거리의 토박이할머니 집 순두부다. 강릉 초당두부 거리의 모든 두붓집을 다 가본 건 아니고, 몇 군데 다니다 이 집에 정착하게 되었다. 강릉을 그리 자주 가지는 못하지만 가게 되면 토박이할머니 순두부를 첫 끼로 먹어줘야 강릉에 왔다는 실감이 든달까. 토박이할머니 순두부 이야기를 하다가 떠올랐는데, 최근에 갔던 교잣집의 젊은 남자 사장님이 꼭 가보라고 했던 두붓집이 '할아버지손두부'였다. 아차산 등산로에 있다고 했었나? 아차산은 가지 않더라도 할아버지손두부는 가봐야 한다는 그의 말 때문에 조만간 한번 가봐야 할 것 같다.

다시 예술의전당 앞 두붓집으로 와서. 문제의 그날, 동행인은 들깨순두부를 시켰고, 나는 고개를 갸웃하며 이렇게 말했다. "들깨순두부?"

그랬었는데…….

'순전히 들깨순두부 같은 건 무슨 맛이지?' 싶어서, 음식에 대한 호기심을 이기지 못하고 조금 덜어 먹다가 인생이 바뀌고 말았다. 들깨순두부가 맛있었기 때문이다. 들깨로 하는 음식을 파는 데도 싫다고 했던 사람이면서 들깨가 주재료인 음식을 먹게 되었다. '들깨가 없던 인생'에서 '들깨가 있는 인생'으로 바뀐 것이다.

모든 게 바뀐 건 한순간이었다. 미처 한 입을 다 먹기도 전에 '어!' 이러면서 들깨순두부를 좋아하게 되었다. 그리고 부끄러움을 무릅쓰고 고백하고 말았다. "내 거보다 맛있는 것 같아"라고. 들깨순두부를 시켰다고 시비조로 말하던 20분 전의 나는, 들깨순두부를 파는 식당도 싫다고(!) 했던 나는, 이미 사라지고 없었다.

"안 창피해?"라고 그는 나를 보며 물었다. 고개를 끄덕이며 안 창피하다고 말했다. 들깨순두부가 맛있기 때문이라고. 하지만 이제 와서 솔직히 말하면 창피했다. 웃지 않으려고, 얼굴 빨개지지 않으려고 얼마나 애를 썼던지…….

그러고는 이렇게 들깨순두부를 그리워하고 있다. '들깨순두부 맛집'을 검색해보기도 하고, 두붓집에 가기 위해 예술의전당에 갈 일을 만들기도 하면서 말이다. 소극적인 자세다. 레시피는 찾아보지 않고 있다. 그럴 단계가 아니라고 생각한다. 아직까지 들깨 국물로 된 음식을 먹어본 게 다 해봤자 열 번도 안 되기 때문이다. 들깨를 불호했던 만큼이나 들깨 경험치가 빈약하기 짝이 없는 것이다. 어떤 들깨 국물이 맛있는지에 대한 기준이 서기까지는 시간이 더 필요하다고나 할까. 지금은 그지 경험할 때라고 생각한다

들깨의 세계로 진입하면서 알게 된 사실이 있다. 깻잎은 들깨의 잎이고, 참깨와 들깨는 이름만 비슷하지 완전한 나른 식물이라는 것을. 그리고 깻잎과 들깨를 먹는 나라는 한국 정도밖에 없다는 것도. 일본의 깨 페이스트인 고마, 중동의 깨 페이스트인 타히니는 모두 참깨 페이스트라는 것도. 들깨순두부를 먹기 시작했을 뿐인데, 고마와 타히니에도 관심이 생겼다. 참깨 페이스트로 할 수 있는 요리들에도.

‘열려라, 참깨’가 아니라 ‘열렸다, 참깨’랄까. 들깨와 참깨라는 생소한 동굴의 문 앞에 서 있는 기분이다. 어쩌면 새싹 채소를 좋아하게 될 날이 올지도……. (그럴 것 같지는 않지만.)

요요마와 바몬드카레

지난주였나. '요요마'와 '허시'를 검색어로 넣고 음악을 찾으려다 찾지 못했다. 나중에 알게 되었다. 검색어를 잘못 지정한 게 아니라 내가 음악을 찾았던 애플뮤직에 그 곡이 없었다는 것을. 유튜브에서 찾고 나서 알았다. 노래가 아니라 앨범 이름이 〈허시〉고, 첼리스트 요요마와 바비 맥퍼린이라는 재즈 아티스트가 협업한 앨범이었음을.

음악이나 음악의 제목을 잘 기억하지 못한다. 그래서 이런 상황을 빈번하게 맞게 된다. "어, 나 이 노래 좋아하나 봐"라고 하는 나와 "이 노래 나올 때마다 너 그러거든?" 하는 상대방. 책이든 영화든 그 속에 나오는 인물이나 고유명사에 대해서는 기억력이 좋은 편인데, 음악에 관해서는 그 능력이 사라져버린다. 참 이상한 일이다. 그래서 어떤 노래가 흘러나올 때 기억의 한 페이지를 떠올리며 추억에 젖는 사람들을 보면 신기해진다. 어떻게 저런 재능이 있나 싶고. 나한테는 그런 능력이 아예 없는 줄 알았는데, 그렇지만도 않다는 것을 알려준 게 〈허시〉다. 거의 이 정도가 유일하다 싶지만.

아마 중학교 1학년 때나 2학년 때 들었을 거다. 음악에 흥미가 없기에 음악이라는 과목에도 흥미를 느껴본 적 없지만, 음악 선생님에게는 아니었다. 음악 선생님은 30대 남자였는데, 내가 만났던 사람 중 손에 꼽을 만큼 반짝거리는 사람이었다. 누군가에게는 오렌지족이라거나 X세대(그때는 그런 말이 있었다) 정도로 보였겠지만 내 눈에 그는 어떤 범주로도 일반화하기 어려운 사람으로 보였다. 그때는 잘 꾸미고 어딘가 번드르르하며 소비문화에 친숙한 젊은이들에게 '오렌지족'이라는 말을 붙이곤 했었다. 예나 지금이나 나는 독특하고 개성 있는 사람을 좋아하는데, 신기하게도 그에 대한 호감에 이성으로서의 감정은 없었다고 덧붙인다. 남자가 아닌 인간으로서 인정했다는 말이다. 구태의연한 소리를 하지 않는 데다가 눈을 빛내며 말하는 그를 볼 때면 음악이라는 과목마저 좋아질 지경이었다.

카세트 플레이어의 버튼이 '딸각' 눌리던 그 순간, 음악이 울려 퍼지던 그때를 기억한다. 공기가 달라졌다. 벌들이 붕붕 날아올랐기 때문이다. 벌들이 날아다니는 걸 첼로와 사람의 목소리로 표현한 그 노래를 들으며 나는 그전까지 느껴보지 못했던 기분을 느꼈다. 이 음악을 계속 듣고 싶었고, 내가 전에 들었던 어떤 음악과도 다르다고 생각했다. 나는 음악을 거의 듣지 않는 편이었는데, 그건 음악이 나를 빨아들이지 않았기 때문이었다. 그런데, 그 음악은 달랐다. 바로 그 앨범이 〈허시〉였다.

선생님은 말했다. 요요마라는 사람이 있는데 그 사람이 벌의 움직임을 모사한 음악이라고 말이다. 마지막은 장난스럽게 마무리했던 것 같다. "벌꿀 먹고 싶지 않냐?"라고. 그는 그런 사람이었다. 유쾌하고 경쾌하고 상쾌한 '쾌'의 분위기를 풍겼다. 그때까지 내가 보던 엄숙하고 진지한 사람들과 다른 그의 산뜻함은 요요마와, 또 그가 틀어준 요요마의 음악과 어울렸고, 인상적인 장면으로 남았다.

잊은 줄 알았던 이 장면을 떠올리게 된 것은 요요마 때문이다. 음악 평론가가 쓴 현대음악가들에 대한 글을 보다가 요요마가 버몬트 근처에 산다는 것을 알게 되었다. 아내도 그 근방인 말버러에서 만났고, 여전히 부근에 살고 있다고. 그 글을 읽고 얼마 지나지 않아 요요마 기사를 보게 되었다. 코로나 백신을 맞으러 매사추세츠주 피츠필드의 버크셔커뮤니티칼리지 체육관에 갔던 요요마가 백신을 맞고서, 백신 접종을 기다리고 있는 사람들을 위해 첼로 연주를 하는 기사였다. 체육관에서 말이다. 영상으로도 찾아보았다. 체육관에 있는 사람들처럼 살짝 울컥했다. 아, 아름다운 사람.

찾아보니 버크셔커뮤니티칼리지와 말버러는 인접해 있었다. 그 순간 머리에 반짝하고 전구가 켜졌다. '버몬트는 꿀벌과 벌꿀의 동네 아닌가? 요요마는 꿀벌과 벌꿀 문화권에 살았던 거구나. 그러니 〈허시〉를 만들게 된 거고' 등등의 생각이 '빠바박' 하고 밀려들었다.

그런데…… 다시 들어보니 이 앨범에 꿀벌은 나오지 않는다. 꿀벌이 없으므로 벌꿀도 없다. 충격! 앨범에 〈뒤영벌의 비행〉이라는 곡이 있는데 뒤영벌은 꿀을 만들지 않는다고 한다. 어떻게 된 건지 나는 이 음악을 처음 들었을 때부터 지금까지 벌꿀의 농후한 황금빛 냄새를 떠올렸는데 말이다.

순간, '바몬드카레의 바몬드가 버몬트에서 온 게 아닐까?'라는 생각이 스쳐 지나갔다. 그리고 바몬드카레를 해야겠다는 생각이 들었다. 〈허시〉와 벌꿀과 요요마와 버몬트가 바몬드카레를 불러온 것이다. 바몬드카레는 사과와 벌꿀을 넣는 카레라서. 실제로 일본에서는 어떻게 조리하는지 모르겠으나 오뚜기 바몬드카레의 포장에는 사과와 벌꿀이 있어서 그렇게 알고 있다. 어린 시절의 나에게 카레란 곧 바몬드카레를 의미했다. 나의 엄마는 벌꿀을 넣지는 않았지만 사과를 넣어 카레를 했다. 요리에 채소가 아닌 과일인 사과를 넣는다는 신선함에 '바몬드'라는 단어가 담고 있는 이국적인 부드러움이 더해져 나는 바몬드카레를 특별하게 여겼다. 바몬드카레에는 삼치구이나 아욱국에는 없는 어떤 화사한 정서가 있었던 것이다.

바몬드가 버몬트일 거라는 나의 추측이 단지 억측은 아닐 것 같았다. 버몬트의 특산물 중에는 벌꿀 말고 사과가 있기에 그런 생각이 들었다. 과연 찾아보니 그랬다. 이런 순간 나는 기쁨을 느낀다. 시간차를 두고 내 주위에 머물렀던, 요요마와 〈허시〉와 꿀벌과 벌꿀과 버몬트와 바몬드카레라는 단어들이 공중으로 떠오르며 한 공간에 공존하게 되는 순

Vermont Curry
Eggplant
Onion
Potato
Zucchini
Mushroom
Celery
Tomato
Carrot

간이란! 나는 이렇게 희미하게 점이었던 것들이 어느 순간 선으로 연결될 때 희열을 느끼는 사람. 그러니 앎의 기쁨과 먹는 기쁨이 합쳐질 때는 더 말할 것도 없다. 작은 영원을 사는 느낌이다.

나는 행동하기보다는 생각하는 사람이지만 이럴 때는 행동하지 않을 수 없다. 아마도 오늘 저녁 바몬드카레를 만들게 될 것이다. 나의 바몬드카레에 사과는 넣지 않는다. 벌꿀도 넣지 않는다. 양파, 감자, 당근, 셀러리, 주키니, 양배추, 토마토 같은 걸 잔뜩 넣는다. 이것들을 숭덩숭덩 썰어 커다란 한 솥을 끓인 카레는 며칠 가지 못한다. 나는 이 카레를 퍼먹을 수밖에 없으므로.

오늘 저녁의 비몬드카레 요리사는 〈허시〉를 틀어놓고 카레를 끓일 것이다. 바비 맥퍼린이 내는 소리는 향신료가 될 것이고. 바로 이 소리다. 두비두바, 두바두바.

따뜻한 굴의 세계란

굴국밥을 좋아해본 적이 없다. 하지만 이제는 이렇게 말할 수 있다. 샤블리 와인과 함께 먹는 차가운 굴만 좋아했었는데 이제는 따뜻한 굴도 좋아한다고. 특히 굴국밥을 좋아한다고.

왜 나는 굴국밥을 좋아하지 못했나? 맛있지가 않았다. 굴을 넣은 국밥이라는 건 알겠는데 굴과 건더기가 잘 화합된 느낌이 없었다. 그러니 이걸 굳이 먹어야 하나라는 회의적인 생각을 했던 것 같고. 굴국밥이란 걸 밖에서 먹어본 게 몇 번 되지 않아 어떤 게 조화롭지 않았는지 딱 집어 말할 수 없지만, 맛이 없는 건 맛이 없는 거다. 분명하게 말할 수 있는 것은 굴이 충분히 맛있지 않았다는 사실이다. '맛있지 않다'라는 데에는 굴이 너무 딱딱하다는 이유가 컸다. 생으로도 먹는 굴은 슬쩍 익혀야 하는 것인데 내가 먹었던 굴국밥의 굴들은 뭐랄까, 조약돌 같았다. 하얗고 맨질맨질한 조약돌처럼 형태가 고정되어 있었다. 굴국밥에 든 굴이 말이다.

익힘 정도에 민감한 편이다. 특히 해산물이 그러하다. 낙지와 주꾸미와 문어 같은 연체류와 백합과 가리비 같은 어패류들은 많이 익히면 안 된다. 절대 안 된다. 이 '많이'라는 것은 사람마다 다른 다분히 주관적인 수치일 수도 있겠으나 해산물을 조리해본 분들이라면 본능적으로 알 수밖에 없다. 정말 슬쩍 익히지 않으면 곧 '많이' 익게 된다는 것을. '많이' 익은 해산물을 저작하는 일은 그리 유쾌하지 않다는 것도.

그래서 굴은 차갑게만 먹었다. 그래왔던 내가 굴국밥을 어떻게 하게 된 건지 잘 기억나지 않는다. 김장에 넣으려고 산 굴이 많았을 것 같다. 그래서 남겼다가 굴국밥이라는 걸 하게 되었는데 너무도 맛있었던 것. 이걸 왜 이제 했나 싶었다는 것.

이건 약간 영혼에 이바지하는 음식이라는 생각마저 들었

다. 몸이 좋아지는 것을 넘어 마음까지 맑아지는 기분이랄지. 그저 굴에서 배어 나온 국물을 먹고 있을 뿐인데 영혼이 정화되는 느낌을 받았다고 하면 이해가 되실는지요? 그래서 술을 먹지 않았음에도 해장하는 기분이 들었을 것이다.

참고로 나의 영원불변한 해장 음식 1위는 다슬깃국이다. 올갱잇국이라고 하는 그 국. 올갱잇국을 먹으며 이루 말할 수 없는 해장의 효능을 누린 적이 있었다. 땀이 안 나는 체질이지만 그 올갱잇국을 먹자 몸 깊은 곳에서부터 땀이 나는 것 같았고, 그래서 노폐물을 발산시켜주는 음식을 먹고 있다는 엄청난 효능감을 느꼈다. 아주 오래전 일이다.

이제는 먹을 수 없는 음식이 되어버렸다. 그 시절 친했던 언니의 집에서 자고 일어나야 먹을 수 있던 음식이라서. 물론, 새벽까지 술을 먹고 말이다. 지금은 언니와 연락하지 않는 사이가 되었고, 그래서 이제는 내 삶에서 사라진 음식이다. 그냥 일 없이 가기에는 나의 집과 너무 멀다. 올갱이를 좋아하는 나는 올갱이를 파는 데가 보이면 꼭 먹어보지만 그때 그 집만큼 감흥이 없다. 그 집의 올갱이는 신선하기도 했거니와 아욱과 부추를 듬뿍 넣고 된장은 약간만 풀었으며, 삭힌 고추지라든가 다대기 등등 이런저런 부속까지 맞춤이었다. 올갱이를 좋아하는 분들을 위해 식당 이름을 여기에 남겨둔다. 화곡동에 있는 청천올갱이로 여전히 성업 중이다.

내가 끓인 굴국밥은 기억에서 가물가물한 그 청천올갱이를 떠올리게 할 만큼 탁월했던 것이다. 어떻게 끓였나를 이야기하기 전에 먼저 어떻게 씻었나에 대해 이야기하기로 한다. 굴을 씻는 건 퍽 난감한 일이니까. 나는 그래서 굴 요리를 피해온 사람이다. 그런데 획기적인 방법을 알게 되었다. 혹시 무즙으로 굴을 씻어본 적이 있으신가요? 무즙을 내어 굴을 씻게 된다면 무즙으로 굴을 씻기 전 내가 먹었던 굴들을 부정하고 싶어질 수 있다. 구정물이라고 할 수밖에 없는 게 그 뽀얀 굴에서 나온다.

그렇게 깨끗하게 씻은 굴을 다시마 육수를 내서 끓여주었다. 찬물에 다시마를 미리 넣어두었다가 물이 끓기 전에 다시마를 건져둔다. 다시마를 슬쩍 우린 그 물에 굴국밥을 끓이는 것이다. 내가 넣은 것은 무, 미역, 청경채, 대파 정도다. 부추나 미나리가 있으면 넣어도 좋겠다. 집에 있다 해도 내가 넣고 싶지 않은 재료는 콩나물이나 숙주, 배추, 두부 같은 거다. 콩나물과 숙주의 아삭한 식감이 굴과 어울리지 않을 것 같고, 배추를 매우 좋아하지만 배추와 굴의 생김이 어울리지 않는 것 같다. 둘 다 쭈글쭈글한 계열이라 캐릭터가 겹친달까. 두부는 굴 맛을 옅게 할 것 같고.

나는 이런 직감이라고 할지 편견이라고 할지 알 수 없는 느낌에 의지해 음식을 하곤 한다. 다년간 먹어왔던 것들로부터 알게 모르게 쌓인 빅데이터라고 해야 할지도. 어쨌거나 내가 가장 좋아하지 않는 요리 스타일이란 집에 있는 걸 다 때려 넣는 거다. '냉털 요리'라는 장르도 존재하지만 아무 때나 냉털하면 안 된다. 나는 좀 덜 넣는 게 좋다. 여백이 있어야 그림이 돋보이는 것처럼 음식도 그렇다고 생각하는 편. 특히 국은 그러하다. 간도 약간 덜하고, 건더기도 약간 덜 넣는 게 나의 추구미다.

굴국밥 이야기로 다시 돌아와서. 국물이 끓으며 나오는 불순물은 수시로 건져내고 간은 새우젓으로 했다. 내가 중점을 둔 것은 앞에서 말했다시피 익힘 정도다. 먹기 바로 전에 넣어야 할 것이 세 가지다. 그러니까 마지막으로 넣는 재료라고 해야겠다. 굴을 넣고 1분 정도 있다가 청경채를 넣고 30초 정도 있다가 불을 끈다. 그리고 대파를 넣는다. 육수를 내고 빼둔 다시마도 함께 먹는다.

내가 이렇게 끓여낸 굴국밥에 더한 게 하나 더 있으니 감태다. 국에 감태 한 장씩을 띄워 먹었다. 김과 달리 폭삭 주저앉지 않고 또 이게 은근히 풀어진다. 실처럼 한 오라기씩 풀어지기에 국물이 지저분하게 되지 않는다. 이 풀어진 감태를 굴과 무와 밥에 슬쩍 얹어 먹으니 아주 좋았다. 따뜻하고 맑은 바다 같은 굴국밥에 해초 이불을 덮은 느낌이랄까. 매생이를 더한 굴국밥보다 나는 이쪽이 더 좋다. 굴의 심원한 바다 맛을 더 살려주기에.

아, 그리고 굴국밥이라고 썼지만 나는 밥을 국에 말아 먹지 않았다. 굴국과 밥을 따로 먹었다. 감태를 먹을 때만 밥을 국에 담가 먹었다. 그럼에도 불구하고 굴국밥이라고 쓴 것은 '굴국'이란 밀이 아무래도 입에 붙지 않아서.

이상적인 스키야키

스키야키를 할 때 나의 집에서는 특별한 분위기가 풍겼다. 집 전체가 '홈 스위트 홈'이라는 제목의 연극을 하고 있는 느낌이랄지. 평소와 매우 다른 화사하고 온화한 분위기가 흘러서, 드라이한 어린이였던 나는 오소소 소름이 돋는 기분이 들었다. 이 스키야키 데이에는, 드라이한 어린이가 소화하기에 좀 느끼한 면이 있었다고 해야 할 것이다.

하지만 드라이한 어린이에게도 스키야키를 하는 날은 꽤나 즐거웠다. 구운 두부와 쑥갓, 십자 모양을 낸 표고, 모양이 이쁜 어묵과 곤약, 알배기 배추 같은 재료들을 펼쳐놓은 쟁반을 보면 마음이 벅차올랐다. 그 색감, 그 이쁨, 그 고움이라니…… 불균질하게 구워질 수밖에 없는 구운 두부의 색감이나 형태를 바라보던 설렘을 여전히 간직하고 있다. 이상한 일이다. 같은 두부인데, 명절 음식으로 한없이 구워내던 두부부침과는 다른 두부로 기억하니까.

생각해보면, 내가 스키야키에게 매료되었던 것은 그보다 근본적인 이유가 있던 것 같다. 그날의 엄마는 따뜻했다. 스키야키를 할 때의 엄마는 내가 아는 신경질적이고 무뚝뚝한 평소의 엄마가 아니라 상냥한 그녀가 되었다. 내가 모르는 그녀가 말이다. 꿈 많고 감정 풍부하던 애를 셋 낳기 전의 그녀. 시부모에 더해 시할머니까지 같이 살기 전의 그녀. 남편을 만나기 전의 그녀, 누군가를 보살피지 않고 보살핌을 받던 시절의 그녀, 또 명동으로 출근하던 시절의 그녀가 되었던 것일까?

스키야키 데이의 엄마는 그런 느낌이었다. 당시 여성 잡지에 나오는, '그녀의 요리' 같은 코너에 릴레이로 출연하던 명사의 며느리나 명사의 부인과 어딘가 비슷한. 명사의 며느리도 아니고 명사의 부인도 아니지만 어떤 분위기를 풍겨야 하는지 고심해본 적이 있는 자의 태도였다, 그건. 외부 손님을 초대해서 자신의 음식과 테이블 매너의 격에 대해 드러

내고 싶은 자의 애티튜드가 내 눈앞에 있었다

나는 그런 잡지들에 나오는 여자들을 잘 알았다. 《주부생활》이니 《여성자신》이니 하는 잡지들을 보겠다고 은행과 이웃집을 수시로 들락거리며 애독하고 있었으니까. 이웃집 애와는 거의 친분이 없었지만 그 애의 엄마가 잡지 애독자여서 툭하면 그 집에 갔다. "○○ 있어요?"라고 하며 들어간 다음, 지금은 이름도 기억나지 않는 그 애랑 건성으로 몇 마디 나누고 잡지에 코를 박았다.

좀 많이 부끄럽지만 사실이다. 그 애의 엄마는 내가 자기네 집에 오는 이유를 분명히 알고 있었다. 자기 애에게는 관심이 전혀 없는 저 옆집 애가 자신이 구독하고 있는 여성 잡지 때문에 온다는 것을. 그녀는 너무 당당한 나를 보며 어이없어하기도 했는데, 나는 그러거나 말거나 이야기와 도시 풍속의 세계로 돌진했다. 나는 이럴 때 특히 뻔뻔한 편이다. 나는 동화책이나 어린이를 위한 소설보다 이런 잡지와 신문, 그리고 어른들이 읽는다는 소설을 훨씬 좋아했다. 사무치도록 좋아했다고 해야 할 것이다. 나를 홀리게 하는 그런 것들을 읽느라 밥 같은 건 안 먹어도 되었으니까. 먹는 것을 좋아하는 내가 그럴 때도 있었다.

여전히 스키야키를 좋아한다. 샤브샤브와 스키야키 중에
고르라면 스키야키다. 샤브샤브보다 염도가 센 편이라 다
먹고 나면 '샤브샤브로 할걸'이라고 후회하지만, 늘 그렇게
말하게 된다. 샤브샤브라는 이름보다 스키야키라는 이름이
매혹적이라 그런가? 한때는 스키야키를 너무 자주 먹어서
스키야키 냄비를 사려고도 했었다. 이상적인 스키야키 때문
이다. '이데아'라는 의미의 이 수식어를 내 마음대로 붙인 게
아니다. 이상적인 스키야키, 그것은 일본의 관서식 스키야키
를 지칭하는 고유명사다. 분당에 있는 한 식당에서 처음 먹
어보았다.

철 냄비여야 한다고 했던가? 그 의식은, 잘 길들은 원형
냄비에 소기름을 두르는 것으로 시작됐다. 꼼꼼하고 치밀하
게 우지를 냄비에 비비는 것을 보면서 나도 모르게 침을 삼
켰다. '치이익 치이익' 하는 ASMR 덕에 더 자극되던 나의
침샘……. 그다음에는 질이 좋아 보이는 한우를 한 겹씩 정
성 들여 폈고, 그다음이 더 중요한데 설탕을 고르게 뿌렸다.
붉은 살코기 위로 설탕 입자들은 싸락눈처럼 내렸다. 이 모
든 일련의 과정들을 보면서 이 음식을 사랑하게 되었다. 날
달걀에 고기를 찍어 맛을 보기도 전에 말이다.

그 식당에는 이상적인 스키야키 말고도 관동식 스키야키와 한국식 스키야키, 샤브샤브를 팔고 있는데 나는 늘 이상적인 스키야키를 먹게 된다. 이름이 이상적인 스키야키이기 때문이다. 또 이상적인 스키야키가 되어가는 의식이랄지 퍼포먼스랄지를 다시 한번 관전하고 싶기도 해서. 일본 료칸에서 먹는 가이세키 요리 같은 것에는 별로 관심이 가지 않는데, 이 이상적인 스키야키라면 다르다. 몇백 년 되었다는 이상적인 스키야키를 잘하는 집에 가서 한번 제대로 관전하고 싶다. 이상적인 스키야키를 요리해내는 과정은 한 편의 작은 연극이라 본토의 것을 한번 보고 싶은 것이다. 이것은 명백히 눈과 귀로도 먹는 음식이므로.

온갖 스키야키 냄비를 다 찾아보았지만 결국 냄비는 사지 못했다. 무쇠로 할지 철로 할지를 고민하다가, 서양식 요리도 할 수 있는 캐서롤 냄비를 살까 하다가, 또 납작한 전기냄비를 살까도 하다가 깨달았다. 이상적인 스키야키의 핵심은 바로 '관전'이라는 것을. 내가 주관하면 관전하지 못하는 것은 명백한 사실. 내가 이상적인 스키야키 의식을 주재하면 그런 흥취를 느낄 여유가 없다는 것을, 스키야키 냄비를 사기 전에 깨달아 다행이다.

이 글을 쓰다가 깨달았다. 남이 해줘야 하는 음식 중에 최고봉이 스키야키라는 것을 말이다. 또 알게 되었다. 싸락 눈이 내리는 것 같은, 설탕이 붉은 살코기 위에 사라락 떨어지는 바로 그 순간이 이상적인 스키야키를 이상적인 스키야키로 만든다는 것을.

SLOW

아주 천천히 완성되는 중

나의 반려균

이탈리아 작가인 나탈리아 긴츠부르그의 자전적 소설 《가족어 사전》을 보다가 참을 수 없이 케피르가 먹고 싶어졌다. 케피르를 매일같이 먹던 시절이 떠올랐기에. 케피르는 흐르는 제형의 요거트로, 탄산이 들었고 요거트보다 우유의 점도에 가깝다. 보이기는 탄산기 있는 우유 같은데 맛은 요거트다. 이 소설 속 아버지는 케피르는 아니지만 매일 새벽 요거트를 만든다.

아버지의 기상 시간은 항상 새벽 네 시였다. 아버지는 일어나자마자 맨 먼저 '메초라도'가 잘 되었는지 살펴보

러 갔다. 메초라도는 유산乳酸이었는데 아버지는 샤르데
나에서 목동들에게 만드는 방법을 배웠다. 그것은 초
보 단계의 요구르트였다. 그 당시에는 아직 요구르트가
유행하지 않았다. 그래서 지금처럼 우유 가게나 바에
서 요구르트를 살 수 없었다. 아버지는 다른 많은 것들
과 마찬가지로 요구르트를 받아들이는 일에서도 선구
자였다.

옮긴이는 규범 표기인 요구르트로 번역했는데, 나는 이
글에서 요구르트가 아닌 요거트로 쓰겠다. 한국에서 요구르
트라고 하면 발레스타킹색이 나는 특정한 음료를 가리키는
거나 마찬가지니까. 어쨌거나 이 부분을 읽다가 케피르가
마시고 싶어 견딜 수 없어졌다. 물론 나는 만들지 않고 사서
마셨고, 메초라도와 케피르는 다르지만 말이다. 케피르를 마
실 생각에 아침을 맞는 게 설렜던 시절이 내게는 있었다.
베를린에서 3개월 살았을 때다. 우유나 요거트는 매일 먹
고 싶었던 적이 없었는데, 케피르는 매일 먹고 싶었다. 가볍
고 산뜻해서 부담이 없었기 때문이다. 그래서 케피르를 소
개해준 나의 코디네이터는 베를린을 떠나는 나를 장난스레

걱정해주기까지 했다. 한국에는 케피르가 없는데 어떡하느냐며. 한국에 케피르가 출시될, 언제일지 모르는 그날을 기다리고 있긴 하지만 케피르가 없다고 크게 지장은 없었다. 나는 일상으로 돌아왔고, 우유나 요거트는 예전처럼 가끔 먹기에. (참고로 한국에 '케피어'라는 제품이 나와 있긴 한데 내가 아는 '케피르'와 전혀 다른 맛이다.)

그랬는데, 밀라노에 갔다가 케피르를 다시 만났다. 에어비앤비로 빌린 집은 꽤나 고급 주택가에 있었는데, 그 주택가의 슈퍼에 케피르가 있었다. 그런데 케피르를 꺼내려고 하는 순간 웬 키 큰 남자가 대신 케피르를 꺼내주는 게 아닌가? 처음에는 친절한 사람인가 보다 했는데 내가 뭔가를 꺼내려고 할 때마다 나를 따라다니며 대신 끼냈디. 그걸로 모자라 내가 고른 물건을 자기가 들고 있겠다고 주장, 결국 그 남자가 내 물건을 들고 따라다니며 몇 분간의 쇼핑을 했다. 남자는 계산대까지 동행했고, 나는 계산대에 도달하기까지 남자의 이런 기이한 동행을 받아들였으니 남자가 자신의 일을 수행하고 있다는 걸 알아차렸기 때문이다. 정식 명칭은 모르겠으나 그는 슈퍼에서 고용한 쇼핑 도우미였다. 어쨌거나 이런 부담스러운 절차(?)를 거치면서까지 살 만큼 케피르를 좋아해서 이 슈퍼에 여러 번 갔다는 이야기.

《가족어 사전》의 메초라도 부분을 읽다가, 마치 얼마 전까지 케피르와 함께 살아가다가 돌연 박탈당한 사람처럼 케피르 생각이 간절해졌다. 그러다, 문득 어떤 생각이 들었다. '혹시, 티벳버섯? ……티벳버섯이 설마 케피르?'라는 논리적으로는 전혀 납득할 수 없는, 직관이라고 하기도 그렇고 직감이라고 하기에도 애매한 예감이 들어 검색해보았더니 티벳버섯이 바로 케피르가 맞았다. 세상에나!

왜냐하면, 나는 어린 시절 티벳버섯으로 발효한 요거트를 먹으며 하루를 시작했기 때문이다. 이모 집에서 엄마가 얻어 온 티벳버섯 종균을 키워서 먹는 요거트였다. 나는 그 냄새가 끔찍이 싫었다. 특히 여름에는 티벳버섯 종균의 발효가 활발해져 뭐라고 말하기도 힘든 시큼하고 쿰쿰한 냄새를 풍겼는데, 후각이 민감한 편인 나는 먹기도 전부터 이렇게나 강한 존재감을 내뿜는 발효유에 질려버렸다. 그래서 어떻게든 안 먹거나 조금만 먹으려고 엄마와 신경전을 벌였다. 당시 나는 초등학생이어서 협소한 세계 속에 있긴 했지만, 내가 아는 애들 중 티벳버섯 발효유를 먹는 애들은 없었다. 나의 이모는 《가족어 사전》의 아버지 같은 사람이어서 매우 일찍부터 티벳버섯을 키워 만든 요거트를 먹고 있었고, 이모 덕에 한동안 나도 먹을 수밖에 없었다. 진저리를 치며 말이다.

나탈리아 긴츠부르그가 1916년생이니 그녀의 아버지가 가정용 요거트를 만든 때는 1920년 무렵일 텐데, 나의 이모가 티벳버섯 종균을 우리 집에 나눠준 것은 1980년대의 일이다. 이탈리아의 그분도, 한국의 그분도, 발효계의 얼리어답터랄까. 물론 이모가 1970년대부터 이걸 키웠을 가능성도 있다. 우리 이모가 어떤 사람인가 하면, 티벳버섯을 한 번도 죽이지 않고 2020년대까지 키웠다는 이야기를 나중에 들었을 정도다. 한마디로 보통 사람이 아니다. 그런가 하면 우리 집은 여러 번 죽이기를 반복, 그때미다 이모에게 다시 얻어 오다가 결국은 포기했다.

몸서리치게 싫어하던 것을 몸서리치게 좋아하는 게 가능한가? 아무리 시간이 흐른다고 해도 말이다. 나는 그런 경험이 없기에 케피르가 티벳버섯으로 밝혀진 이 일은 충격이 컸다. 그리고 티벳버섯이 바로 케피르였다는 것을 알게 된 이상 나는 티벳버섯을 구해야 했다. 그런데, 어디서 구해야 할까? 인터넷 쇼핑몰의 업체에서 팔기도 한다는 것을 알게 되었지만, 나는 '업체'가 아닌 '사람'에게 구하고 싶었다. 티벳 버섯은 밤마다 우유를 부어주며 키우는 일종의 박테리아이 기 때문이다. 박테리아에게 인격 같은 게 있는 것은 아니지 만 그래도 택배로 받는 것은 아니라는, 근거를 대기 힘든 어 떤 느낌이 있었다. 결국, 티벳버섯 종균을 구하기 위해 나는 인생 최초로 중고 거래를 하게 된다.

내가 보기에 그것들은 버섯보다는 콜리플라워를 닮았다. 아주 작은 비율로 축소한 콜리플라워 같달까. 케피르가 티 벳버섯이든 티벳버섯이 아니든 나는 이게 정말 맛있다. 어 린 시절의 내가 이걸 좋아하지 않았던 이유는 온도와 질 감 때문이었다. 여름의 실온에 가까운 온도에(그러니까 30도 에 육박) 제대로 거르지 않아 알갱이가 씹히는 불유쾌한 식 감…….

하지만 내가 직접 키워보니 만감이 교차한다. 이 티벳버섯 이 캅카스의 목동으로부터 시작해 내게 분양해준 분양자에 게까지 몇 대륙을 거쳐, 몇 세기를 걸려 내게 왔을지 생각하 면 말이다. 최소한 하룻밤을 자면서 천천히 만들어지는 이 음료는 내가 죽이지만 않는다면 내가 살 때까지 살 것이다. 일종의 '반려균'이 되어 말이다. 그런 식으로 세기와 대륙을

건너 살아왔다니 균이란 정말 이 세상의 주인이라는 생각
도 들었고.

　나는 이제 밤마다, 그들이 밤마다 해왔던 일들을 하게
될 것이다. 메초라도를 만들던 아버지처럼 새벽에는 할 수
없으니.

나태한 요리의 미덕

'나태하다'는 말을 좋아한다. 일견 비슷해 보이는 '게으름을 피우다'라는 말에 질책이나 한심한 시선이 들어 있다면, '나태하다'라는 말 안에는 자유의지 같은 게 느껴지기 때문일 것이다. 그러니까 혼나지 않아도 되는 느낌을 넘어선 느낌. 굳이 서두르려 하지 않는 느슨함과 또 굳이 해내지 않아도 된다는 자유가 공존한달까.

그래서일까. 나태하게 요리하는 것을 좋아한다. 이를테면 콩 요리 같은 것들은 나태하게 하지 않을 도리가 없다. 콩을 불리는 것으로부터 시작되는 이 요리는 시간이 많이 걸리기 때문이다. 아무리 이런저런 요리를 재빠르게 해내는 요리신이라고 해도 불리지 않은 콩으로는 아무것도 할 수 없다. 자기 전에 콩을 불렸다가, 일어나서 콩을 삶고, 다시 식혔다 만드는 공정으로 할 수밖에 없다. 시간을 들이는 이런 요리를 할 때, 시간의 마디마디에 다른 일을 끼워 넣는 걸 좋아한다. 나태한 시간의 흐름 속에서 '원고 한 편 쓰기' 혹은 '단편소설 한 편 읽기' 같은 걸 하는 거다.

콩 요리만 이런 것은 아니다. 카레나 비프스튜 같은 것도 나는 이런 식으로 한다. 5시에 시금치카레를 완성하는 걸 목표로 했다고 치자(나는 5시에 저녁을 먹는 걸 이상으로 생각하는 사람이므로). 2시에 시금치를 데치고, 3시에는 양파를 썰어 두고, 4시에는 양파를 볶다 시금치를 추가해 더 볶은 뒤 물과 카레 가루를 넣고 카레를 끓이는 식으로. 2시, 3시, 4시에 모두 10분 이하로만 시간을 들이는 거다. '10분 요리—50분 휴식—10분 요리—50분 휴식' 이런 식으로 하면 시간이 오래 걸리는 요리도 지치지 않고 할 수 있다. 꽤나 나태하지 않나요?

뭐니 뭐니 해도 나태한 요리의 최고봉은 슬로쿠커로 하는 요리다. 천천히, 아주 천천히 요리가 진행된다. 너무 천천히 진행되어 '과연 되고는 있는 거니?'라며 뚜껑을 열어보게 된다. 과연 슬로푸드의 아이콘이라고 하겠다. 이 아이와의 만남은 어디선가 사은품으로 받았다며 나의 엄마가 슬로쿠커를 준 게 시작이었다. 꽤나 오래전 일이다.

그때 나는 작은 아파트를 구해 난생처음 혼자 살기 시작했다. 그러니까 슬로쿠커는 나와 독립생활을 함께 시작한 독립 동지였다. 독립생활에서 가장 좋았던 것은 나만의 독립 주방을 갖는다는 사실이었다. 나만의 주방을 갖는다는 것, 나만의 냉장고를 갖는다는 것은 내가 오래전부터 꿈꿔왔던 일이니까. 루이스 칸이었나? 이 건축가는 먹는 거를 중요치 않게 생각해 자신이 건축한 꽤나 큰 집에 주방을 만들지 않은 적도 있었다는데, 나로서는 절대 안 될 일이다. 하지만 현실은 작은 아파트에 걸맞게 만들어진 작은 주방에서 넓은 주방을 꿈꿨다는 거.

작지만 소중했던 나의 작은 주방에서 나는 슬로쿠커와 함께 본격 요리 인생을 시작했다. 독립생활과 요리 인생을 함께 시작했으니 나의 인생 동지라고도 할 수 있겠다. 전에도 요리야 종종 했지만 나의 주방에서 한 적은 없으므로 '본격' 따위는 붙일 수가 없는 것이었다. 슬로쿠커를 모르는 분들을 위해 설명하자면, 내솥과 외솥으로 구성되어 있는 전열 기구다. 내 슬로쿠커는 외솥은 양철(?) 같은 재질에 한 국적인 꽃문양이 그려져 있고, 내솥은 흰 도자기이며, 뚜껑은 유리다. 나는 슬로쿠커로 라따뚜이를 만들고, 야채카레를 끓이고, 현미죽을 쑤었다. 내가 했다기보다는 슬로쿠커가 했다. 야채를 썰어 던져 넣으면 되었고, 절대 넘치는 일 없이 죽이 만들어졌다.

슬로쿠커가 부리는 마법을 제대로 느끼기 위해서는 외출했다 돌아오는 것만 한 게 없다. 집에 그냥 있으면 계속 유리 뚜껑을 주시하고, 슬로쿠커에서 나는 냄새에 취해 뚜껑을 열었다 닫았다 할 수 있기 때문이다. 현관문을 열고 나갔다 다시 현관문을 열고 들어오기까지 네 시간쯤 잡는 게 좋다. 집에 와 문을 여는 순간 그윽한 냄새가 당신을 휘감을 것이다. 나를 반겨주는(?) 반려템이랄까. 강아지 꼬리 기능 가능!

이 아이를 홀로 두고 은행이나 도서관에 다녀온 적도 있고, 영화 한 편을 보고 돌아온 적도 있다. 친구를 만나 점심이나 저녁 식사를 하고 온 적도 있다. 슬로쿠커가 집에서 요리를 진행하고 있다(전기가 꽂혀 있다)고 생각하면 밖에서 정신을 바짝 차리게 되므로 시간 활용에 더할 나위 없이 좋

다. 친구를 만나서 '조금만 더, 더' 하다가 시간을 흘려보내고, 자기 전에 결국 하려던 일을 다 못 해 후회하곤 하는 나 같은 사람에게는 시간 관리 매니저의 역할도 겸한다고 할 수 있다.

간만에 슬로쿠커를 꺼냈다. 잔뜩 남은 섞박지를 버릴까 하다가 마음을 바꿨기 때문이다. 느리게, 나태하게 지져볼까 싶었다. 섞박지가 냉장고에서 서서히 익고 있던 1년의 시간에는 비할 바 없이 짧겠지만 말이다.

일단 섞박지를 물로 잘 씻어 체에 받쳐두었다. 살짝 볶아 비린내를 날린 커다란 멸치를 바닥에 깔고 섞박지를 올리고, 멸치가 잘 우러나도록 물 약간과 올리브유를 넣었다. 이게 다다. '저걸로 충분하겠어?'라고 불신하실 수도 있겠지만, 주재료가 섞박지라는 것을 간과하면 안 된다. 씻어냈다고는 해도 섞박지에는 고춧가루와 생새우와 액젓과 마늘과 생강과 파 등등의 차고 넘치는 맛이 배어 있는 것이다. 한참 동안 천천히 입혀진 시간의 맛이.

코드를 꽂으면 저절로 된다. 온도 조절 레버를 '강'에 두었다. 강이라고 해봤자 내가 원하는 정도로 무가 물러지려면 네 시간은 더 있어야 한다. 슬로쿠커를 작동시키면 네 시간이 얼마나 긴 시간인지 알게 된다. 시간이 길게 느껴지는 만큼 기다림도, 기대감도 상승한다. 기대가 크면 실망도 크다는 말이 있지만, 내 기억에 슬로쿠커는 그런 적이 없었다.

나의 시간도 익어가고 있다. 천천히, 천천히.

숲속에서의 식사

얼마 전에 《리슨 투 디스》라는 책을 보다가 알게 된 음악 페스티벌에 관심이 생겼다. 매해 미국의 버몬트에서 열리는 '밀버러 뮤직 페스티벌'이다. 정확히는 버몬트 남쪽에 있는 예술대학인 말버러대학 캠퍼스에서 열린다. 음악가들은 여기에서 몇 달 동안 지내며 음악 활동을 한다고. 그러니까 이건 페스티벌이자 음악가들의 레지던시이기도 한 것이다. 나도 이런저런 문학인들을 위한 레지던시에 가본 적이 있지만 이건 좀 다른 차원의 레지던시라는 생각이 들었다. 한데 모인 음악가들이 숲속에서 같이 연주를 하기도 한다니! 문학인들은 한데 모이면 서로 데면데면하다가 안면을 트면 술을 마시고, 또 마시고 하는 것 말고는 없는데(안 그러는 문학인들도 계시겠죠?) 이렇게 생산적이고도 예술적이라니.

음악가들이 먹는다는 아침에도 관심이 생겼다. 캠퍼스의 카페에서 간단한 뷔페식으로 아침을 먹을 수 있는데, 과일과 샌드위치가 주요 메뉴라고. 여기에 페스티벌의 공동 예술 감독인 피아니스트 우치다 미쓰코가 자주 시키는 샌드위치가 있다. 달걀프라이, 토마토, 버몬트 체다치즈, 베이컨이 들어간 샌드위치로, 이름은 에그맥말버러샌드위치. 우치다 미쓰코가 샌드위치를 나무 쟁반에 담아 자리로 걸어가는 모습을 떠올리니 내가 숲속에 있는 듯한 기분이 들었다. 말버러대학 자체가 커다란 숲이기에, 음악가들이 아침을 먹는 카페도 숲의 일부가 아닐까 싶었기 때문에. 캠퍼스가 산에 속해 있는지 산의 능선에 둘러싸여 있는지 모르겠는데 고원지대라고 한다. 그러니 말버러 뮤직 페스티벌은 나무가 울창하다 못해 산 그 자체를 무대로 펼쳐지는 것이다. 그 지형에 대해 생각하고 있자니 숲의 기운이 나를 씻기는 기분이 들었다. 그리고 오래전 숲속에서 먹었던 점심이 떠올랐다.

숲속에서 점심을 먹은 적이 있었다. 그 점심은 미술관에서 준 것이었다. 독일의 작은 도시 노이스에 있는 미술관이었다. 미술관 이름은 인젤 홈브로이히. 뒤셀도르프에서 두 시간 걸려 노이스로 갔다. 아주 오래전의 일이라 그 미술관에서 무엇을 봤는지는 거의 기억나지 않는다. 몇 가지 인상이 남아 있을 뿐인데, 광활한 숲 안에 있는 미술관이었다는 것, 진시황 무덤에 있을 법한 병마용이 있었다는 것, 그리고 점심이었다.

미술관 관람을 마치고 나오자 자연스럽게 점심을 먹는 곳으로 안내되었는데, 입을 떡 벌리지 않을 수가 없었다. '당신들은 지금 숲속에서 점심을 먹고 계십니다'라는 방백이 들려올 것 같은 기이한 장면이 펼쳐져 있어서. 그리고 이 방백은 이 미술관에 온 사람이라면 듣지 않을 수 없다. 미술관의 입장료에 식사가 포함되어 있었고, 그래서 관람을 마친 관람객들이 자연히 밥을 먹게 되는 시스템이라. '아! 이것도 전시의 일부군'이라는 생각 또한 하지 않을 수 없었다.

식당은 실내에도 있었지만 밖에서, 그러니까 숲에서도 먹을 수 있었다. 실내에 있든 실외에 있든 보이는 것은 오로지 나무와 숲뿐이었다. 그러니까 전면적인 숲 뷰. 그리고 음식들에 또 한 번 놀랐다. 커다란 나무 바구니에 사과가 들어 있었고, 사과 옆에는 꿀 같은 게 있었다. '꿀 같은 게'라고 하는 것은 그게 여전히 뭔지 확신이 들지 않기 때문이다. 그때 찍은 사진이 남아 있어서 보는데, 여전히 모르겠다. 검은 젤리 같은 그것을 뭐라고 부르는지 말이다. 설마 이게 로열젤리? 나는 거기에 벌이 붙어 있어서 또 놀랐다. 사진에도 벌이 찍혀 있는데, 실제로는 벌이 정말 다글다글 달라붙어 있었다. 2007년의 일이라 기억이 희미하지만, 벌에 관련된 것은 그렇지 않다.

그 식당은 숲과 연결된 것이나 마찬가지여서 그새 벌이 날아와 붙었던 것 같다. 독일 사람들은 웃으면서 그걸 덜었다. 벌 때문에 웃는 것 같기도 했고, 그 재료가 자연에 속해 있다는 게 기분이 좋은 것 같기도 했다. 벌이 탐낼 만큼 신선하고, 또 영양가 있는 음식을 벌과 함께 나눈다는 것이 그들을 흡족하게 했다고 나는 생각하고 있다. 그에 반해, 거기에 있던 나를 포함한 동양인 몇 명은 그걸 먹지 않았다. 좀 호들갑을 떨면서 "어머!" 하고 손사래 치는 분도 계셨다. 처음 보는 식재료에 용감하게 접근하는 편인 나만 해도 그게 뭔지 몰랐기에 내키지가 않았다. 혹시 벌을 먹게 되거나 벌에게 쏘일까 봐 그랬다.

그래서 나는 무엇을 먹었나? 생과일의 즙과 우유, 삶은 달걀과 사과를 먹었다. 조리된 음식은 삶은 달걀과 곡물빵 정도였다. 사과는 아름다워서 접시에 올려두고 한참을 보았다. 세잔의 정물화에 그려진 사과처럼 반쪽은 연두색이고 다른 반쪽은 선홍색인 사과였다. 마침내 한 입을 베어 물었는데, 이제껏 느껴보지 못한 맛이었다. 나는 사과에서 이런 맛이 날 수도 있다는 데 놀라서 세상의 온갖 산해진미에 질린 미다스왕이 먹고 감격했던 사과가 바로 이 사과와 같은 품종이 아닐까라고 생각할 정도였다.

숲속에 앉아 이 날것에 가까운, 자연 그대로의 음식들을 먹으며 나는 이 미술관에서 점심을 제공하는 이유를 알 것 같았다. '인간은 숲에서 난 것들을 먹는다'는 단순한 진실을 느끼게 해주려고 그랬을 거라는. 사과의 맛이 각별했던 것도 숲을 먹고 있다는 생각이 들어서 그랬을 것이다. 사과를 먹으며 주위를 둘러보니 사과나무가 보였고, 숲에서 따 온 사과를 먹는다고 생각하지 않을 수 없었다. 아마 달걀도 숲에서 난 달걀일지도 모르겠고…… 이런 생각을 연쇄적으로 하며 사과를 씹고, 달걀을 먹었다. 그게 진실이든 아니든, 숲에서 먹고 있으니 그런 생각을 할 수밖에 없었다.

숲에 앉아 숲을 먹던 그 감각을 기억하고 있다. 숲의 빛과 그림자를 먹고 충실히 자란 자연을 먹는 느낌. 그 느낌이 그 날 이후 내게 천천히 스며들었다.

추어탕 연구기

내가 단호히 못 먹는다고 말해오던 음식은 거의 한 가지였다. 추어탕. '고무 다라이' 혹은 수족관에 담긴 미꾸라지를 보면 왠지 슬퍼져서. 또 이유가 있다. 일반적으로 파는 추어탕은 '남도식'이고, 사람들이 먹자고 하는 추어탕은 '남도식 추어탕'일 확률이 90퍼센트다. 흔히 '남원 추어탕'이라고 하는 것 말이다. 나는 이 남도식 추어탕의 맛이 부담스러웠다. 시래기와 미꾸라지로 빽빽하고도 빡빡하게 만든 국물이 말이다. 그리고 산초? 제피? 그 향도 예전엔 거북했다.

향신료를 가리지 않고 좋아할뿐더러 집에는 카더몬, 타마린드, 펜넬, 아니스 등등 온갖 향신료가 넘쳐나는데 그땐 이상하게도 산초? 제피?에 대해서만 부담스러움이 있었다. '산초? 제피?'라고 쓰는 것은 앞서도 말했다시피 두 가지를 구분할 수 없었기 때문이다.

그런데…… 나는 추어탕을 탐구하는 사람이 되었다. 아주 긴 얘기지만 시작해보겠다. 혹시 〈방망이 깎는 노인〉이란, 교과서에 실렸던 소설을 기억하는지? 이 소설에는 추탕이라는 것이 나온다. 서울 경기 지역에서는 추어탕 대신 추탕을 먹는데, 나도 그것을 먹고 자랐다. 표고버섯과 유부, 쇠고기에 설렁탕처럼 소면도 말아 먹는다. 그리고 국물이 빨갛다. 아마도 고춧가루와 간장, 고추장이 들어갔을 듯. 일반적인 추어탕과 상당히 다르지 않나? 그리고 추어가 통으로 들어간다. 그래서 '추어를 간다'라는 개념은 추탕을 먹어온 사람으로서 납득하기 힘들었다. 나는 맑은 국물을 좋아하는 사람이니까. 또 먹고 자란 것이 그러했으니까.

내가 어린 시절 먹던 추탕(나의 집에서는 철렵국이라고 불렀지만)과 흡사한 걸 파는 데는 많지 않다. 그러니까 '서울식 추탕'을 파는 곳 말이다. 내가 다니는 곳은 용금옥 정도. 추어탕은 부담스러운데 추탕은 괜찮고, 그래서 용금옥에 갈 수밖에 없다는 걸 주변에 설명하기 귀찮아 용금옥에는 주로 혼자 갔다. 더운 여름날, 선풍기를 틀어놓고 먹어야 할 것 같은 음식이 내게는 추탕이다. 어렸을 때 추탕을 먹었을 때 그랬었는지 에어컨을 좋아하지 않는 나의 바람인지는 모르겠지만.

그랬었는데, 강릉에 갔다가 추어탕도 먹는 사람이 되었다. 코로나 때, 한 달 정도 강릉에 머물며 소설을 쓴 적이 있다. 명주동이라고 하는 강릉의 구도심이 나의 거처였다. 거의 매일 같은 식당에서 매일 곤드레밥으로 점심을 먹었다. 솥밥으로 내오는 곤드레밥은 매일 먹어도 좋았고, 열 가지쯤 되는 반찬이 매일 바뀌었는데, 심지어 이 나물 위주의 반찬은 매우 성의가 있었다. 게다가 사장님은 내가 혼자 와서 상을 차지하고 있어도 싫은 기색을 보이시 않을뿐더러 비운 반찬은 조용히 채워주시곤 했다. 아, 이런 식당이 내가 사는 동네에 있다면 일주일에 세 번 이상을 가고픈 그런 집이었다. 그런데, 나를 제외한 대부분의 사람들은 거의 추어탕을 먹었다. 이곳의 추어탕은 전골냄비 같은 데 나와 끓여 먹는 스타일이었는데, 버섯과 야채가 잔뜩 들어가고 상당히 맑아 보였다. 하지만 2인분부터 파는 데다 나는 먹지 않는 음식이니 관심을 두지 않으려고 했다.

강릉에서 짐을 빼는 날 도와주러 온 가족과 추어탕을 시도했다. 한 입 뜨는 순간 너무나 억울했던 나……. 이 추어탕을 처음이자 마지막으로 먹는다는 게 슬펐다. 그때의 소감은 한 잡지에 소개하기도 했다. "강릉의 구도심이라고 할 수 있는 명주동에 있는 이레맛집의 추어탕은 추어탕을 먹지 않는 내게 매일 추어탕을 먹고 싶게 하는 마력이 있었다. 버섯과 토란대, 고사리가 듬뿍 든 추어탕이라니"라고.

이레맛집의 추어탕을 싸 오고 싶었으나 당시는 여름이었고, 나는 바로 집에 가는 게 아니라 결국 전전긍긍하다 포장하지 못했다. 그리고 약간 한으로 남았다. 강릉에 가는 사람에게 이레맛집에 가서 추어탕을 먹어보라고 말하기도 하는데, 맛을 아는 사람이라면 그집 추어탕을 포장해 올 거라고 생각하기 때문이다. 포장해 오면서 내 것도 한 봉지 챙겨 오면 좋고라고 생각하는데, 그걸 노골적으로는 말해보지 못했다.

이레맛집의 추어탕을 그리워하다가 어느 날 깨달음이 왔다. '아, 내가 먹은 건 원주 추어탕이겠구나. 세상에는 남도식 추어탕만 있는 게 아니겠구나'라는. 남원 추어탕만큼은 아니지만 원주 추어탕이라는 간판도 꽤나 봤다는 생각이 들었다. 알게 되었다. 내가 강릉에서 먹었던 추어탕은 원주식 추어탕이었다는 걸. 그렇다면 앞으로 원주식 추어탕을 먹어보겠다라는 생각을 했는데 막상 찾으려니 원주 추어탕이 그다지 많지는 않다.

여기에 한 가지 더. 경상도식 추어탕이라는 게 있다는 것도 알게 되었다. 원주식보다 더 맑은 것 같고, 전라도에서 넣는 산초 대신 경상도에서는 제피를 넣는다는 것도. 그래서 수소문해 경상도식 추어탕을 먹어보았는데…… 이건 나를 위한 음식이었다. 이렇게 야채가 가득하고 맑디맑은 된장국이라니! 산초와 제피도 구분하지 못했던 나는 어느새 제피 향에 미치는 사람이 되어 있기도 했고. 토란대와 얼갈이배추를 산뜩 넣어 이무 말할 네 없이 시원하고, 간 비꾸라시를 체로 걸렀는지 지극히 맑았다. 경상도 사람이나 경상도에 연고가 있는 사람들을 만나면 붙잡고 물어본 결과 경상도 중에서도 창녕이 추어탕의 고장이라는 것을 알게 되었다. 창녕 며느리인 친구 말에 따르면 창녕에서는 추어탕에 방아잎도 넣어준다는 말을 듣고 울 뻔했다.

당장 창녕은 못 가니까 가끔 '창녕 추어탕'을 검색해 추어탕의 맑음을 감상한다. 그리고 창녕을 중심으로 한 여행 일

정을 짜보기도 하는 것인데…… 일단은 분당의 금호행복시
장에 있는 산촌에서 종종 포장해 와 먹고 있다. 저는 오늘도
산촌에서 포장해 온 경상도 추어탕을 먹었다지요. 먼 세월
을 돌고 돌아 결국 내 앞에 선 인연을 보는 기분이 이런 것
일지…….

천천히 청포도 먹는 법

포도를 좋아한다.

포도가 나오기 시작할 때부터 들어갈 때까지 나는 '포도교 신자'가 된다. 밥 대신 술기자게 먹어도 질리는 법이 없다. 게다가 아름답다. 눈에 확 띄는 계열이 아니라 은은하게 아름다운 계열. 알고 보면 육감적이기까지 하다. 얇은 껍질이 탱탱한 과육을 싸매고 있는 것이다. 자연이 만든 시스루룩이랄지. 대단하다. 이런 과일이 또 있을까. 그러니 바라보기만 해도 배부르다(고는 차마 못 쓰겠다).

'시스루룩'이란 표현에서 의아할 분들이 계실 줄로 안다. 포도 껍질이 비친다고? 내가 좋아하는 포도는 그렇다. 델라

웨어나 청포도처럼 껍질이 얇은 포도. 왜 그런지 모르겠지만 껍질이 얇아야 진정한 포도로 느껴진다. '껍질이 얇아야 진정한 포도임'이라는 정의는 세상 어디에도 없을 테지만 그냥 내가 좋아한다, 청포도를. 그래서 포도라고 하면 청포도가 떠오른다. 캠벨이나 머루나 거봉을 먹지 않는 것은 아니지만 궁극의 포도는 청포도라고 생각한다. 맛도, 생김새도 모두.

일단 맛에 대하여. 청포도를 한 번도 먹어본 적이 없는 사람이 묻는다면 나는 섬세한 맛이라고 답할 것이다. 그렇다. 청포도에서는 섬세한 맛이 난다. 과하게 달지 않으며 살짝 산미가 있는데, 그게 아주 기분이 좋다. 상쾌하고 청량한 느낌. 패션프루트처럼 찌르는 게 아니라 은은한 산미가 있다. 너무 달기만 한 과일을 좋아하지 않아서 청포도이기는 하지만 샤인머스캣은 좋아하지 않는다. 게다가 샤인머스캣은 알도 너무 크고, 껍질도 두껍고, 당연히 속이 비치지 않는다. 그리고 포도 줄기에 알들이 너무 밀도 있게 매달려 있어서 출렁이지 않는다. 그렇다. 청포도는 출렁여야 한다. 어느 포도보다도 청포도는 출렁이는 것 같다. 내가 청포도를 좋아하는 이유 중에는 이것도 있다. 율동성. 이 모든 게 합쳐져 청포도는 세상에서 가장 나약하고 권태롭고 섬세한 과일로 보이는 것이다.

포도의 생김새에 반한 것이 언제부터인지는 모르겠지만, 이런 기억이 있다. 초등학교 미술 시간에 포도 모빌을 만들어보려고 시도했었다. 시도만 했었다. 그리고 슬펐다. 내 재주는 병아리 발톱만도 못하다니. 나는 미술이 좋은데, 미술은 나를 좋아하지 않았다. 그런 게 어디 미술뿐일까 싶은데…… '재주가 메주'라는 말을 들으며 자랐다.

어쨌든.

청포도를 씻어서 가만히 물기를 털기 위해 흔들고 있으면 기분이 좋아진다. 포도알은 햇빛에 빛나고, 포도알에서 떨어진 물방울마저 아름답게 보이는 기이한 차시. 이래서 청포도를 은쟁반에 올리는 시가 있구나 싶다. 은쟁반 옆에 하이얀 모시 수건을 마련하라는 그 시를 쓴 시인도 청포도를 꽤나 좋아했지 싶다. 내 고장 7월은 청포도가 익어가는 계절이라고 하셨던가? 이육사 시인이 이 시를 발표한 때는 1939년으로 음력을 썼던 시기라 7월은 사실 8월이라고 한다. 요즘도 청포도는 8월이나 되어야 나온다. 다른 포도보다 훨씬 늦게 나오기에 목을 빼고 청포도를 기다리게 된다. 그렇게 기다리다 8월에 먹는 청포도가 얼마나 맛있던지. 내가 아는 누군가는 무화과를 그렇게 기다린다지만 나에게 그런 과일은 청포도다.

그러나 문제가 생겼으니 청포도를 구하는 게 만만치 않아졌다. 전에는 마트에도 있었고, 자연드림이나 한살림에서도 볼 수 있었다. 샤인머스캣 재배가 늘어나면서 청포도 하면 샤인머스캣이라는 인식이 생겼는지 샤인머스캣은 있어도 청포도는 없는 경우가 많아졌다. 그래서 농가에서 살 수밖에 없다.

직접 아는 데는 아니고 우체국 쇼핑으로 청포도를 검색해서 믿을 만한 곳을 골랐다. 알을 크게 만들고 씨를 없애기 위해 약품 처리를 하지 않았다는 말이 일단 좋았고. 그다음 문장에서 신뢰를 느끼지 않을 수 없었다. "샤인머스캣처럼 알이 굵고 씨가 없는 청포도를 원하시는 분들은 선택하지 않으셔도 되겠습니다." 난 이 안내문을 읽으며 흐흐흐 하고 웃었다. 샤인머스캣에 대한 판매자분의 생각이 나와 비슷한 것 같아서. "맞아요, 샤인머스캣은 너무 씩씩하고 둔중하죠"라고 댓글을 달고 싶었지만 그러지 않았다.

농장에서 시킨 청포도는 딱 내가 원하던 청포도였다. 샤인머스캣화되어 크기가 커지거나 껍질이 질겨지거나 과육이 단단해지거나 하지 않은. 품종은 세네카. 재주문을 하려고 홈페이지에 들어갔다가 더 웃긴 것을 보았다. 사장님이 청포도 먹는 법을 정리해두신 것이다.

1. 포도알을 통째로 먹는다.
2. 껍질을 버리고 씨를 빼고 먹는다.
3. 껍질만 버리고 속 알갱이 그대로 삼킨다.

그다음이 특히 웃기다.

4. 껍질을 버리고 속 알갱이와 씨를 어금니로 한 번만 딱 깨물어서 삼킨다.
5. 즙을 만들어 마신다.

3번 옆에는 "가장 맛있게" 4번 옆에는 "유익하고 맛있게"라고 덧붙이신 사장님…….

철이 지나도 청포도를 먹을 수 있는 방법에 대해 생각하다 술을 만들어 먹기로 했다. 내가 아는 공방에서 청포도소주를 만든다는 것이 생각났던 것이다. 여전히 어떻게 쌀이 술이 되는지는 모르겠지만 술 공방에서 시키는 대로 해서 증류한 나의 첫 술이 삼해소주다. 세 번 덧술해서 발효한 것을 증류하여 만드는데 정말 맛이 좋다. 그러니 나처럼 귀찮은 걸 싫어하는 사람이 술을 빚으러 갔겠지만. 삼해소주 공방에서는 매월 술 담그기 과정(일명 삼해소주 아카데미)이 열리는데, 8월에만 청포도소주를 담글 수 있다. '청수'라는 품종의 청포도로 담가서 술 이름도 청수다. 8월에 시간을 내기가 어려워서 혹시 9월에도 할 수 있느냐고 물었더니 안 된다고 했다. 청수의 수확기가 8월이라 그때만 할 수 있다고. 그래서 또 나는 꾸역꾸역 시간을 짜내 청수를 담그러 갔다.

하라는 대로만 해서 잘 설명할 수는 없지만 증기로 찐 밥에 청포도의 즙을 엄청나게 짜서 부었다. 몇 박스의 청포도를 땄는지 기억나지 않는데, 노동으로 느껴지지 않는 호사의 시간이었다. 그 색깔, 그 향기, 그 질감, 그 심상⋯⋯.

그 8월의 청포도소주가 공방의 저온 창고에서 아직 익어가는 중. 이렇게 천천히 익어가는 술이야말로 슬로푸드가 아닐 수 없다는 생각. 슬로푸드의 정점은 뭐니 뭐니 해도 술

이라는 생각. 12월에 증류하게 될 이 술을 또 천천히 마실

거라는 다짐.

빠짝장을 찾아서

　나의 된장 인생은 빠짝장을 알게 되면서 시작되었다. 강릉의 백반집에서 괴상한 이름에 끌려 시켰다가 깜짝 놀랐다. 어떻게 이런 찌개가 있지? 내가 그때까지 먹어본 모든 된장 요리를 우습게 만드는 맛이었다. 빠짝장을 같이 영접했던 마음 넓고 부지런하기도 한 지인이 강릉에 갈 때마다 빈 그릇을 가져가 공수해서 나눠주시곤 했다.

　알고 보니 빠짝장은 막장의 강원도 말이었다. 그러니까 강원도 막장을 이르는 말. 빠찍장이라고도 하고 뿍작장이라고도 한다고. 빠짝장찌개라고 쓰지 않고 빠짝장이라고만 쓴다는 것도 알게 되었다. 그러니까 막장도 빠짝장, 막장찌개도 빡짝장인 것이다. 된장을 만들 때 간장을 빼지 않으면 막장이 된다는 것 정도는 알고 있었는데 이 빡짝장이라는 요물은 어느 막장과도 달랐다.

일단 빡짝장을 처음 보던 순간의 충격에 대해 말해야 할 것이다. 뭐가 없어도 너무 없었다. 뚝배기의 반도 못 되는 양이었는데 국물만 있고 건더기는 거의 없었다. 있는 게 너무 없어서 흥부가 먹는 찌개처럼 보였달까. 색깔은 검은색에 가까운 짙은 고동색. 짜장색에 가깝다고도 할 수 있지만 짜장이 유광이라면 이쪽은 무광에, 고동색의 함량이 더 많았다. 어쩐지 숟가락을 넣기가 두려웠다,라고 말한다면 내가 아니다. '에티오피아 음식과 비슷한데?'라며 먹었는데…… 오! 깊은 감칠맛이 났고, 전혀 짜지 않았다.

무한히 밥을 부르는 맛. 밥을 말아서도 먹고 싶은 맛. 혀 안에서 당기는 마성의 맛. 처음 먹어보는데 낯설지는 않은 맛. 이거 뭐지? 일종의 강된장 같은 것으로 보였는데 강된장이라고도 할 수 없는 게 강된장과는 매우 다르다. 강된장은 국물이 거의 없고 건더기가 버글버글하지 않나? 하지만 빡짝장에는 건더기가 그리 많지 않다. 가끔가다 무 한쪽, 호박 한쪽 정도의 형체를 발견할 수 있을 뿐. 그런데 맛이 무척이나 심오했다.

내가 먹어본 것은 묽고 건더기가 거의 없는 이 빡짝장뿐이라 이게 얼마나 빡짝장을 대표하는지 모르겠다. 병아리콩으로 만든 후무스처럼 그렇게 진득한 질감이나 건더기가 빼곡히 들어 있는 빡짝장이 없으리라는 법이 없지 않나 싶고. 그러나 '빡짝장'이라고 써 붙인 식당은 볼 수 없고, 그러니 먹어볼 수도 없다. 경험치가 너무 없다. 강원도에 친척이 있거나 강원도 친척이 있는 친구가 있다면 얻어 먹어보고 싶은데…… 그저 나 혼자 강원도를 친근하게 여기고, 강원도 여행을 좋아하고, 강원도 음식을 좋아할 뿐 강원도와는 아무런 연줄이 없다.

시간이 흘러, 빡짝장을 팔던 식당이 문을 닫았다. 10만 원어치를 포장해도 절대 덤을 준다거나 깎아주지 않던 주인 아주머니가 몸이 아파 더 이상 식당을 못 하겠다 했다고. 그 이야기를 들으며 지인이 공수해 온 마지막 빡짝장을 얼마나 아껴 먹었는지. 강원도 막장이라는 것을 구해서 빡짝장을 끓여보기도 했지만 그 맛이 안 났다.

그러던 어느 날, 귀인을 만났다. 빡짝장 귀인이라고 해야겠지. 몇 년 전, 강원도 횡성으로 레지던시를 갔을 때의 일이다. 점심을 먹고 산책하다가 근사한 집들이 모여 있는 데로 코스를 잡고 걷고 있는데 누가 마침 잔디를 깎고 있었다. 흰색 야구 모자를 쓰고 일을 하던 50대 남자는 그 집의 주인 같았다. 거기 살지는 않고, 오래 비워둔 세컨드하우스를 돌보러 온 느낌. 여가를 즐기거나 휴식을 취하러 온 게 아닌 의무나 일을 수행하러 온 느낌이라 '세컨드하우스는 참 쉽지 않군'이라고 생각하는데, 두 사람이 대화를 시작했다. 모자 남자와 S가. S는 나와 함께 레지던스에 머물고 있던 작가로 처음 본 사람에게 알던 사람인 것처럼 말을 거는 게 주특기인 분이다. 그날도 S는 역시나 자연스럽게 말을 걸었고, 둘은 연락처를 주고받았다. 여차저차해서 나와 S는 그 집에 초대받게 된다. 레지던스에 나와서 6개월 후였나. 그러니까 내 집으로 돌아온 이후에 그 집에 가기 위해 다시 횡성에 갔다. 지금 이렇게 쓰고 보니 이상한 일이 아닐 수 없다. 강원도의 어느 동네를 산책하다가 잔디 깎는 남자를 만나고, 6개월 후에 다른 작가와 함께 그 집에 놀러 간다니. 그다음은 더 이상하게 진행된다. 나는 그 50대 남자의 차에 실려 빡짝장을 사러 가게 되니까.

내가 괜찮은 강원도 막장을 구하고 싶다고 하자 그가 나를 정선으로 인도했던 것이다. 정선 가는 길에 된장을 파는 정갈한 가게가 있다며. 그 집 장을 사와 먹고 있는데 꽤나 괜찮다며. 그 집은 국도에 인접해 있었다. 좀 서정적인 이름이라는 것 정도만 밝혀둔다. 원래는 식당도 같이 하다가 여력이 안 되어 이제는 장만 판다고 했다. 가게의 뒤뜰로 난 창문을 통해 뭔가가 움직이는 게 보였는데, 머릿수건을 쓴 여인이 항아리를 닦고 있는 게 아닌가? 그 항아리 닦는 여인은 한복을 입고 있었다. 분명하지 않다. 내 기억 속에서 각색된 것일 수도 있다.

하지만 머릿수건을 했던 것만은 분명히 기억한다. 몇백 개는 족히 되어 보이는 간장, 고추장, 된장, 막장 항아리들이 뜰에서 반질거리고 있었다. 그때는 항아리를 닦는 행위에 대해, 그 의미에 대해 잘 몰랐지만 이제는 안다. 항아리는 숨을 쉬는 옹기이므로 항아리를 닦아주며 항아리의 숨구멍을 보살피는 것이 중요하다는 것을. 장맛에 항아리 관리도 상당한 영향을 끼친다는 것을. 그때는 이 모든 걸 몰랐지만 그저 좋아 보였다. 항아리를 소중히 돌보는 모습을 보고 막장을 사지 않을 수 없었다.

그날 이후 나는 그 집의 막장만을 먹고 있다. 그 막장은 그냥 먹어도 맛있고, 된장찌개를 하면 끝내주고, 하여튼 놀라운 장이다. 벌써 몇 년째인지도 모르겠다. 냄비 앞에 서서 막장이든 빡짝장이든 지지고 있으면 그날의 반짝거리던 항아리와 머릿수건을 쓴 여인이 떠오른다. 유난히 정결했던 햇빛도 함께.

슬로푸드 중의 슬로푸드

남에게 보기 좋으라고 천으로 항아리를 닦는 게 아니라
는 것을 내게 알려준 분은 스님이었다. 그러니까 의심이 많
은 저는, 정선에 장을 사러 갔다가 본 그 장면이 '보여주기식'
의 쇼잉이 아닐까 의심했었다지요. 무려 이 행위를 부르는
단어도 따로 있었다. '장 관리'다.

사찰음식을 배우러 간 강의실에서였다. 사찰음식 강의는
조계종단에서 운영하고, 체험관이라고 하는 곳은 안국에
있다. 상생상회였다가 이제는 동행상회로 이름이 바뀐, 로컬
마트 매장이 있는 건물의 2층이 사찰음식 체험관이다. 당연
히 강사는 모두 스님이다. 내가 배웠던 분들은 모두 비구니

스님이었는데 비구 스님 중에서도 사찰음식을 하는 분들이 계신다고. '남자가 어디 주방에?'라는 구태스러운 관념이 바뀐 모양이다. 가부장적이기 짝이 없는 게 한국 불교라 비구니 스님들이 가슴 답답함을 느낀다는 말을 여러 번 들었는데, 바야흐로 시대가 바뀐 것이다.

나는 1년 정도 강의를 들었다. 1년 내내 들은 것은 아니고 1년에 걸쳐 사찰음식이라는 것에 관심을 갖고 지냈다. 다음 달 시간표가 뜨면 부리나케 확인하고 예약을 하거나 하는 그런 일들을 했다는 말. 하루짜리 강의를 들은 적도, 연속으로 하는 강의를 들은 적도 있다. 선재스님의 강의를 들은 적도 있었다. 사찰음식의 권위자답게 스님은 범상치 않으셨다. 취나물된장찌개는 요리법이 상당히 이색적이었는데, 애호박을 칼이 아닌 숟가락으로 퍼서 넣으라는 가르침 같은 것을 요즘도 실천하고 있다.

장 관리에 대해 들은 것은 무려 장 담그기 수업에서였다. 장 담그기라. 어쩌다 내가 그리 심오한 것을 하게 되었을까? 내가 장을 담그게 된 데는 아마도 빡짝장이 영향을 미쳤을 것이다. '맛있는 장을 먹고 싶다'에서 '맛있는 장을 담그고 싶다'로 좌표가 이동한 것이다. 꽤나 오랜 시간에 걸쳐 서서히. 종가의 씨간장이 익어가는 시간과도 맞먹을 정도로 오랜 시간이 걸려서 말이다. 콩이 메주가 되고 메주를 띄워서 다시 소금과 물을 넣고 시간을 보내는 일들이 궁금해졌다. 흔히들 '발효'라고 하는 것에 담긴 이야기들이.

'꽤나 오랜 시간'이란 5년은 넘고 10년은 안 되는 시간이다. 이 시간은 어쩌면 상당히 짧기도 하다. 〈미스터트롯〉에 나왔던 정동원 님의 군 입대 소식을 듣고 충격을 받았던 것은 그래서였다. 아니, 애기였던 정동원 님을 본 게 작년 일 같은데 벌써 그가 성인이 되어 군대에 간다니…… 나는 한 시골 소년이 이렇게 유명해지고 자라는 동안 대체 뭘 했나 싶었던 것이다. 그래서 자문해보았더니 장을 담그는 사람이 되어 있었다……니요. 참으로 뭐라 할 말이 없다.

사람은 한 번 뭔가를 겪으면 절대로 겪기 이전으로 돌아갈 수 없다고 생각한다. 특히나 음식이 그러하다. 눈이 뜨이게 맛있는 걸 먹으면 다시 그저 그런 걸 먹기 어렵다. 내가 정선에서 사 온 막장을 계속 샀던 것도 그래서다. 이 막장을 쓴 이래로 나는 된장찌개 명인이 된 듯한 착각에 빠져 있게 되었다. 어디 가서 된장찌개를 먹어도 내가 한 거만 못했다. 이게 다 장 덕이라는 걸 안다.

정말 옛말이 틀리지 않았다. 장이 맛있으면 다 맛있다. 이 막장을 만나게 된 이후 된장찌개를 좋아하게 되었다. 내가 한 된장찌개에 감탄하며 생각한다. 귀찮음을 무릅쓰고 횡성에 가지 않았더라면, 또 정선에 따라가지 않았더라면 어쩔 뻔했지라고. 살짝 아찔. 이 막장과 만나지 않았더라면 나는 여전히 된장이나 막장을 찾아 헤매고 있을까도 궁금하다. 아마 제풀에 지쳐 딱히 된장으로 된 무언가를 요리해 먹지 않았을 가능성이 크다.

이 막장으로 나는 무얼 하는가? 주로 된장찌개를 끓인다. 아니면 어떤 양념도 하지 않고 아삭이고추나 오이를 찍어 먹는다. 그냥 장만 먹어도 이런저런 양념을 한 쌈장과 비교가 되지 않을 정도로 맛있다. 진득한 콩의 맛. 그냥 콩이 아니라 좋은 콩으로 만든 진득한 맛. 가끔은 무쇠 냄비에 야채를 잔뜩 넣고 된장을 지지기도 한다. 한 시간 동안. 푹 익힌 야채쌈장 같은 이것을 나의 집에서는 '된장 지진 거'라고 말한다. 강된장도 아니고, 빡짝장도 아니고, 된장지짐이다. 양파를 맨 아래 깔고 양배추나 배추, 애호박, 감자, 고추를 넣고 물은 조금만 넣고 막장을 넣은 뒤 뭉근히 끓인다. 엄마는 고추가 무엇보다 중요하다고 했다. 청양고추나 꽈리고추가 아니라 풋고추로 해야 한다고, 잔뜩 약이 오른 풋고추로 해야 제맛이 난다고. 빨간 기가 얼룩덜룩하게 묻어 있는 풋고추 말이다.

한 시간은 상징적인 시간이다. 더 해도 되고 덜 해도 된다. 어쨌든 야채들이 뭉그러져 제 형체를 잃고 서로에게 스며들 때까지 지지면 된다. 약불에서 오래 뭉근히 익히는 이 음식은 대체 불가능하다. 나는 이 된장지짐이 코리안 라따뚜이라고 생각한다. 나의 슬로푸드 중의 슬로푸드랄까. 올리브오일에 야채들을 넣고 오래 끓이는 라따뚜이보다 막장에 야채들을 넣고 오래 지지는 이 음식이 더 슬로푸드에 가깝다고 생각한다. 콩이 메주가 되고, 메주가 장이 되고, 장이 익어가는 숙성의 시간까지 더해지기 때문에. 빡짝장을 만들어보려고 여러 번 애써봤으나 도저히 구현이 되지 않아 된장지짐으로 타협했다는 것도 밝혀둔다. 막장지짐이라고 해야겠지만. 아니, 빡짝장지짐이라고 해야 하나?

어쨌든 이 과정을 겪었기 때문에 나는 장을 담그게 되었던 것이다. 장 담그기 수업은 무려 4회에 걸쳐 진행되었다. 간장 담그기, 된장 담그기, 막장 담그기, 고추장 담그기를 모두 배웠다. 배웠다고는 하지만 스님이 하라는 대로 했기에

Home Made

다시 하라면 할 자신이 없다. 어쨌거나 말할 수 없이 거창하고 지난한 과정을 거쳐 만든 된장과 간장 항아리가 나의 베란다에 있게 되었다. 나도 천으로 항아리를 닦아주며 '장 관리'라는 것을 하긴 했으나 마지막으로 돌본 게 언제인지 기억나지 않는다. 오늘은 간만에 항아리를 돌봐주어야겠다는 생각.

만둣국은 왜 따뜻한가

아는 아저씨가 만둣집에서 일어나는 사랑 이야기를 언젠가 소설로 써달라고 말했다. 내가 '들깨' 편에도 쓴 적이 있는 경양식집을 하는 아저씨다. "무슨 쌍화점이에요?"라고 반문했다. 이 실없는 아저씨는 식당이 쉬는 날이나 브레이크타임에 장안의 만둣집과 면집(?)을 섭렵하신다. 그러니까 누군가가 먹을 음식을 만드는 게 아니면, 누군가가 만든 음식을 먹는 것으로 하루를 보내는 것이다.

나는 이 아저씨가 다녀온 집이라면 묻지도 따지지도 않고 가고 싶다. 내게 그 정도의 사람이라면 딱 둘인데, 아저씨가 그중 하나라니 얼마나 대단한 영향력인가. 누가 어디가 맛있다고 하면 ‘그런가?’ 정도인데 이 두 사람이 말하면 당장 달려가고 싶어진다. 그들은 맛을 너무도 사랑하고, 맛에 대해 너무도 이해하고 있기에.

미식가라는 말이 너무 남용되고 있기에 나마저 그 말을 쓰고 싶지 않지만 이 아저씨는 미식가다. 존칭보다 ‘아저씨’라는 호칭이 어울리는 게 또 이 아저씨의 매력이다. 추성훈 님이 자기 스스로를 ‘아조씨’라고 친근하게 지칭하는 것과는 또 다르다. 소탈하고, 길거리 음식을 사랑하고, 귀엽고, 따뜻하고, 의외로 섬세하고, 그러다 가끔 느끼하고…… 애초에 이분의 추구미에 도도함이나 세련 따위는 없다.

어느 겨울 이 아저씨가 추천한 함흥냉면집에 갔다. 냉면을 먹으러 간 게 아니었다. 만둣국을 먹으러 갔다. 냉면을 좋아하지 않아서가 아니라 냉면을 지나치게 좋아하기 때문에 만둣국을 먹었다. 나는 비빔냉면(함흥냉면)보다는 물냉면(평양냉면)파이기도 한 데다 비빔냉면 전문점에서 굳이 물냉면을 먹고 싶지 않았기 때문이다. 또 그날은 만둣국을 먹기에 아주 그럴싸한 날이기도 했다. 마침 찬바람이 막 얇은 외투를 헤집어 ‘어, 가을인가?’라는 생각이 들었던 것이다.

문을 열자마자 느껴지는 첫인상이 좋았다. 그리고 내가

좋아하는 식당의 여러 면모를 갖추고 있는 집이었다. 그런 건 음식이 나오기 전에도 느낄 수 있다. 분위기랄지 기운이 랄지가 식당에 흐르는데, 좋은 기운은 알아차리지 못할 수 가 없어서. 이를테면, 이런 것이다. 손님이 나가자마자 테이블이 치워지는데, 소음이 나지 않도록 주의하는 게 느껴졌다. 이 식당에서는 와르르하면서 집기가 쓰러지거나 그릇을 신경질적으로 겹치는 소리는 들려오지 않을 것 같았다. 물걸레질과 마른걸레질을 반복하는 손이 있고, 따라서 막 치워진 테이블은 물기 하나 없이 반들반들하다. 그리고 정돈된 인상의 주인이 계산대 뒤에 서 있다. 어떤 안정되고, 청결하고, 오래 지속되어온 범절 있는 공기 같은 게 느껴졌다. 이런 집은 맛이 없기가 힘들다.

나는 만둣국을 시키며 물었다. 혹시 냉면을 시키지 않고도 사리를 주문할 수 있느냐고. 고객의 마땅한 권리라고 생각하지 않았기 때문에, 머뭇거리다 물었다. 종업원은 주인에게 물어보겠다고 했다. 잠시 후, 종업원이 다가와 난처하게 웃었다. 그렇게는 안 된다고 했다. 나는 그녀보다 더 난처해하며 웃었다. 그녀에게 난처한 웃음을 짓게 한 게 미안했기 때문이었다.

만둣국이 나왔다. 몽실몽실한 세 개의 만두. 김이 모락모락 나는 만두는 삽살개의 털만큼이나 눈부시다. 심지어 내가 좋아하는 스타일의 만두였다. 애호박과 부추와 두부가 많이 들어간, 물기를 꽉 짜지 않은, 그래서 밀도가 높지 않은 만두. 시간이 쌓이고 쌓여 만들어진 이 음식이 순간 감격스럽게 느껴졌다. 나의 집은 수시로 만두를 몇백 개씩 빚는지라 나는 만두가 얼마나 시간과 손이 많이 가는 음식인지 잘 알고 있다. 게다가 만두의 주재료인 김치와 두부는 매우 느리게 만들 수밖에 없는 것들이고. 만두의 귀퉁이를 숟가락으로 떼어내어 입안에 넣었다. 몰캉몰캉하다. 이 만족감. 구름에 올라탄 기분이 들었다. 따뜻한 구름. 따뜻한 구름 같은 게 있을 수 있나? 구름은 비나 눈이 되기 위해서 하늘에 고여 있는 것뿐인데. 어쨌든 기분이 그랬다는 말이다.

충족감에 휩싸여 있는 내게 주인으로 보이는 남자가 다가왔다. 주문을 타진했으나 거절당했던 문제의 면사리를 들고서였다. 주문은 안 되지만, 서비스라고 했다. 맛있게 드셔달라고 했다. 담담한 말투로. 나는 좀 놀랐다. 그 면사리라는 것은 사리가 아니었기 때문이다. 온전한 함흥냉면이었다. 면과 양념만이 아닌 고명을 정갈하게 올린, 그러니까 양을 줄였을 뿐인 냉면 한 그릇을 주인은 면사리라며 내밀었던 것이다. 애초에 면사리를 주문했던 것은 만둣국에 냉면을 말아 온반처럼 먹으려 했던 것이었지만(그러니까 어복쟁반을 먹을 때 냉면 사리를 추가하는 것처럼), 함흥냉면을 먹고 싶다는 생각을 하고 있지는 않았지만, 나는 그걸 먹었다. 그리고 함흥냉면을 좋아하게 되었다. 결정적 순간이었다.

잠시 멍해졌다. 누군가의 마음을 얻는 법에 대해 그 순간 깨달았던 것이다. 내가 지는 것, 손해 보는 것, 미안하게 만드는 것, 그래서 나를 생각나게 만드는 것…… 내가 잘하지 못하는 하고많은 일들 중 하나였다. 나는 지지 않아서, 손해 보지 않아서 잃었던 마음들에 대해 생각했다. 그리고 기꺼이 내게 져준, 그래서 아직까지 내 마음에 들어 있는 사람들에 대해 생각했다. 나그네의 외투를 벗어 던지게 한 이솝우화에 나오는 그 햇님 같은 분들을.

마음의 셈법은 수학의 셈법과는 좀 달라서(산수라고 해야겠군요), 줄어들면서 늘어나는 게 있는 것이다. 이런 셈법이 있는 줄 알았더라면, 나는 수학에 흥미라는 걸 가질 수 있었을까? 알 수 없다. 알 수 있는 건 이것뿐이다. 누군가와 소주를 마시고 싶을 때는 이 집이 먼저 생각날 거라는. 접시

만두와 빈대떡을 시켜놓고서 말이다. 함흥냉면도 안주로 시킬 것이다. 만둣국을 먹고는 이걸 안주로 해서 같이 소주를 마시고 싶은 사람들을 생각하면서 거리로 나섰다. 찬바람은 만두로 만들어진 내의를 입은 사람에게는 역부족이었다.

아, 이 아저씨는 영화배우로 데뷔하셨다. 이재용 감독의 영화 〈죽여주는 여자〉를 보는데 아저씨가 중국 관광객으로 등장하는 걸 보고 숨이 컥 막혔다. 엑스트라라기에는 너무 강력한 존재감……이었다. 그리고 이 냉면집이 어디인지 밝혀둔다. 왜냐하면 이 집이 어디인지 궁금하다는 이야기를 하도 많이 들어서. 연희동에 있는 청송함흥냉면이다.

잡스 샌드위치

샌드위치를 슬로푸드라고 할 수 있나? 세상에 햄버거와 샌드위치 두 종류의 음식만 있다면 가능할지도. 내가 생각하기에 샌드위치는 극단적인 음식이다. 뭔가를 엄청나게 많이 넣는 것도 가능하고 거의 재료를 넣지 않는 것도 가능하다. 건강하게 먹는 것도 가능, 안 건강하게 먹는 것도 가능.

일단 나는 뭔가를 많이 넣지 않는 샌드위치의 편. 간결하고도 뚱뚱하지 않은 샌드위치가 좋다. 베이컨과 상추, 토마토가 들어간 BLT샌드위치나 오이샌드위치, 모르타델라나 파스트라미 같은 생햄에 루콜라를 듬뿍 넣은 샌드위치를 좋아한다.

내게 샌드위치에 대한 어떤 강렬한 인상을 처음으로 심어
준 사람은 맥 라이언이었다. 〈해리가 샐리를 만났을 때〉에서
의 그녀다. 부정적으로 말하면 까탈스럽고, 긍정적으로 말
하면 섬세한 그녀의 샌드위치 주문법은 한국의 초등학생이
었던 내게 강렬한 인상을 남겼다. 세 가지 점에서 그랬다. 첫
째, 빵과 빵 사이의 것들을 모두 다 선택할 수 있다니. 둘째,
그럼에도 불구하고 모두 다 '선택'하는 여자라니. 셋째, 그럼
에도 불구하고 그녀의 샌드위치 선택법까지 사랑한다며 고
백하는 남자가 있다니. 이 영화는 내게 한동안 이런 자유연
상의 등식을 남겼다. 미국≒뉴욕≒맥 라이언≒샌드위치.

디테일의 여왕! 샌드위치를 주문하는 맥 라이언은 내게
이렇게 각인되었다. 맥 라이언이 아니라 샐리라고 해야겠지
만, 샐리를 연기하는 맥 라이언과 샐리가 구분되지 않았다.
까다롭다거나 유별나다기보다는 섬세하고 예민하다고 느꼈
다. 자기가 무엇을 좋아하는지 알고, 자기가 좋아하는 그 무
엇을 주장하는 그녀가 난 마음에 들었다. 그래서 시간이 흐
르고 흘러 영화 평론을 하는 대학원 선배 P로부터 "넌 샐리
같아"라는 말을 듣고 내심 기뻤다. 나의 까다로운 메뉴 주문
에 대해 티내지 않고 이렇게 우회적으로 말해주는 세련된

선배가 곁에 있는 게 좋았다고 해야겠지.

샐리 정도는 아니지만 나도 샌드위치를 좋아한다. 내가 좋아하는 샌드위치는 내가 하지 않은 샌드위치다. 왜냐하면, 제대로 된 1인분의 샌드위치를 만드는 데에 따라오는 온갖 노고와 피로를 감당할 수 없기 때문에. 일단 빵. 원하는 빵을 살 만한 데가 집 근처에 없다. 그렇다고 손수 굽기는 싫다. 베이킹마저 할 수는 없다. 지금도 먹기 위해 들이는 노고와 시간이 과한 편이라. 또 문제가 있다. 샌드위치 한 번 하자고 홀그레인 머스터드나 크림치즈를 살 것인가? 루콜라나 그뤼예르치즈, 생햄 같은 것도 사야 한다. 한 번 먹겠다고? 결정적으로, 귀찮다. 씻고, 물기를 빼고, 썰고, 굽고, 한 바구니의 설거지와…….

그러니 주로 사 먹게 된다. 아침 겸 점심으로 샌드위치만 한 게 없다. 가지와 토마토, 양파, 주키니 호박 같은 야채를 구워서 잔뜩 넣고 발사믹소스를 흥건하게 뿌린 샌드위치를 좋아한다. 빵이 바싹 구운 파니니라면 더 좋을 것이다. 올리브오일을 바른 빵 위에 살짝 씨겨자를 덮어준다면 더 좋다. 하지만 이런 정성스러운 샌드위치를 좋아한다고 말할 기회는 잘 없다.

누군가에게는 샌드위치가 생존 음식이라는 것을 알기 때문이다. 생존 음식이되 그래도 약간은 몸을 생각하는 사람들을 위한 간편 음식이랄까? 최근에 들었던 작곡가들의 샌드위치 이야기도 그랬다. 어쩌다 보니 작곡가 일고여덟 명이 있는 자리에 간 적이 있다. 무슨 일인가 의논하기 위해 만났는데 어느새 점심시간이 지나고 있었다. 보통은 그럴 때 밥을 먹으러 가지 않나? 하지만 이들은 밥을 먹지 않아도 괜찮은지 아무도 점심 이야기를 꺼내지 않았다. 그렇게 한참을 있다가 점심때가 한참 지났다는 것을 알게 되었고, 서브웨이 샌드위치를 배달시키게 되었다. 그날, 서브웨이 샌드위치를 앞에 두고 펼치는 이야기가 충격적이었다. 누군가가 점심으로 서브웨이만 한 게 없다고 하자 이내 이런 말들이 쏟아졌던 것이다. 너도? 나도 그런데. 그 이야기를 듣던 작곡가1은 한때 샌드위치에 꽂혀서 한 달 내내 샌드위치를 먹은 적이 있다고 했다. 으깬 감자로 만든 감자샐러드를 잔뜩 해서 매일같이 모닝빵에 발라 먹었다는 이야기. 이어진 작곡가2의 말에 더 놀랐다. 자기의 아침과 점심과 저녁 메뉴는 늘 같다고 했기에. 아침은 콘프로스트, 점심은 학생 식당에서 백반(참고로 그는 교수다), 저녁은 서브웨이에서 에그마요를 먹는다고. 심지어 아침에 콘프로스트를 어디에 말아 먹는지 아는가? 마음의 준비를 하고 들으셔야 한다. (잠시 침묵.) 오렌지주스다. "왜요?"라고 했더니 속이 편하다고 했다. 세상에는 아침으로 날마다 콘프로스트를 오렌지주스에 말아 먹는 음대 교수도 있는 것이다!

작곡가2와 이야기를 하면 할수록 이럴 때 쓰라고 이 단어가 있나 보다 싶었다. 점입가경. 왜 학생 식당에서 밥을 먹느냐고 했더니 교수 식당과 달리 싸서 좋다고 했고, 왜 매일 서브웨이에서 에그마요를 먹느냐고 했더니 맛있다고 했다. 뭐라고 대화를 이어가야 할지 몰라 멍하니 있는데 작곡가3이 끼어들었다.

"오빠, 잡스예요?"

나는 그 말을 '오빠, 잡스러워요'로 듣고 픽 웃었다. 잠시 후, '오빠, (스티브) 잡스예요?'였음을 깨닫고 나는 더 웃었다. 왜냐하면 그 말은, '오빠는 잡스도 아니면서 왜 그렇게 바쁜 척해요?'라는 말로 들렸으니까. 또 스티브 잡스의 예리해서 베일 것 같은 눈매와 상당히 다른 눈빛의 작곡가2라서. 그 뒤로 서브웨이를 지날 때마다 어쩐지 '잡스 샌드위치'를 떠올리게 되었다는 이야기. 실제로 잡스가 샌드위치를 좋

아했는지는 모르겠지만. 그날의 대화는 내게 이런 자유연
상의 등식을 남겼던 것이다. 작곡가≒샌드위치≒에그마요
≒잡스.

스타벅스 샐러드 토크

허먼 멜빌의 소설 《모비 딕》에는 스타벅이라는 남자가 나온다. 두 번 구운 비스킷 같은 근육을 가진 일등 항해사다. 주체하지 못하는 열정, 뽀빠이 같은 울퉁불퉁한 근육, 럼주로 양치질을 한다거나…… 흔히 뱃사람 하면 따라오는 이런 이미지와 상극인 남자랄 수 있겠다. 거칠지 않은 데다 자제할 줄 아는 남자랄까? 신중하고 지적이고, 책을 읽는지는 모르겠으나 배운 느낌이 나는 게 스타벅이다.

내게는 스타벅 다음으로 스타벅스 하면 떠오르는 남자가 하나 더 있다. 이름 한 글자를 따서 C라고 하자. 나는 스타벅스 샐러드를 매일같이 먹던 시절에 그를 만났다. 그 역시

스타벅스 샐러드를 매일 먹었다. 당시는 2020년이거나 2021년으로, 코로나 시절의 강릉에서였다. 샐러드를 주식으로 먹는 남자가 상당히 희귀했던 시절이다. 하물며 강릉에서 샐러드를 주식으로 먹는 남자란 더 희귀했던 시절.

당시의 나는 강릉에서 한 달을 머물렀었다. 아침으로는 사과와 달걀을, 저녁으로는 스타벅스 샐러드를 먹었다. '잡스 샌드위치'에 등장하는 작곡가 정도는 아니어도 나름의 루틴을 갖고자 했다. 내 집이 아닌 강릉에서 한 달을 살게 되면서 고안했던 나름의 시스템이었다. 내가 원하는 식재료의 수급이 번거로웠던 데다 간이 주방밖에 없는 집이라 주방에서의 체류 시간을 최소화하기 위해서였다. 문제는 강릉에 스타벅스가 많지 않고, 샐러드는 지점마다 두세 개만 들어와서 샐러드 수급이 쉽지 않았다는 거. 지점마다 두세 개 들어온다는 것 또한 샐러드를 구하기가 쉽지 않아 곤란을 겪던 내가 누군가에게 물어봐 알아낸 사실이다.

그 누군가란 누군가? 그 사람이 바로 C다. 당시 나는 명주동에 있는 한 공유 오피스를 작업실 삼아 출퇴근했었다. C는 공유 오피스에서 만난 90년대생 남자다. 지금은 꽤나 시간이 지나 뭐 때문에 그랬는지 잘 기억나지 않는데, 그와

나 사이에 분쟁이 있었다. 늘 삼선 슬리퍼를 신고 다니고 눈빛이 지나치게 반짝거리는(그때는 '번득거린다'고 느낌) 남자에게 따지면서 나는 좀 떨렸다. 혹시라도 그가 위해를 가할 수도 있지 않을까 싶어서. 하지만, 대화 후 오해가 풀렸다. 알고 보니 C는 예의 바르고, 섬세하며, 섬세한 남자답게 디테일로 가득한 사람이었다. 그렇게 그는 '누군가'에서 구체적이고도 입체적인, 캐릭터를 가진 한 사람이 되었던 것이다.

삼선 슬리퍼만큼이나 이색적으로 보였던 게 바로 스타벅스 샐러드였다. 그는 매일 저녁을 스타벅스 샐러드로 먹었다. 거기에 삶은 달걀이나 바나나를 더하기도 했는데 스타벅스 샐러드가 메인이었다. 나의 경쟁자였던 것이다! 어떻게 샐러드를 구하느냐고 했더니 어느 지점에 몇 시에 가면 안정적으로 샐러드를 확보할 수 있다고 이야기해주었다. 스타벅스 샐러드를 사기 위해서 일부러 그 시간에 그 스타벅스에 들렀다가 공유 오피스에 온다고도.

앞에서도 말했듯이 당시는 코로나 시절이었다. 지방 도시에도 샐러드를 테이크아웃하는 데가 있는 지금과는 달리, 몇 년 전만 해도 샐러드 파는 데가 잘 없었다. 광화문이나 테헤란로 같은 특수 상권에나 가야 그래도 먹을 만한 샐러드집을 찾을 수 있었다. 그러니 당시의 강릉에서 샐러드를 구하기란 상당히 어려웠다. 있기야 있었겠으나 뭔가 마땅치가 않았다. 가격이 스타벅스의 두 배 이상 나갔는데 들어간 재료의 조합이 스타벅스보다 못한 데가 다수였다. 그도 나와 같은 생각으로 스타벅스 샐러드를 사서 매일 저녁으로 먹고 있었다. C는 그것을 '규모의 경제'라고 표현했던 듯하다. 스타벅스의 대량 구매 시스템과 콜드 체인 배송이 '그 가격에 그 퀄리티'를 가능하게 한다며 이런 것은 대기업의 순기능이라는 식으로도 우리는 이야기했다.

샐러드 토크를 하면서 나는 그가 스타벅스 샐러드를 매일 저녁으로 먹는 이유를 저절로 알게 되었다. 그는 수험생이었다. 그런데 휴학생이거나 취준생이 아닌 직장인이어서 직장 일을 마치고 저녁에야 수험 공부를 할 수 있었다. 그러니까 그는 수험 공부를 하기 위해 공유 오피스로 출근했던 것이다. 최대한 가볍게 먹어야 졸리지 않는다고 했다. 또 스타벅스 샐러드에 적정한 야채와 과일, 단백질이 포함되어 있다는 것도 그는 인지하고 있었다. 포만감을 경계하는 것과 동시에 뇌 활동에 이로운 영양 성분을 취하기 위해 스타벅스 샐러드를 먹는 것이었다.

강릉을 떠나고서도 그는 연락을 해왔다. 1차는 되었는데 2차가 안 되었다며, 공부를 계속할지 고민이라고 말이다. 그러고 나서 1년인가 지났을 때 다시 연락이 왔다. 이번에는 시험에 붙었다는 연락이었다. 그는 현재 나의 세무사가 되었다. 세법에 대해 아무것도 모르는 나는 그에게 전적으로 의지하고 있다. 이 모든 게 스타벅스 샐러드로부터 시작된 일이다.

"스타벅스 샐러드 이제 안 나오는 거 아세요?"

얼마 전에 밥을 먹다가 그가 말했다. 나는 고개를 저었다. 스타벅스에서 샌드위치나 샐러드를 안 먹은 지 오래되어 샐러드가 단종되었다는 것을 몰랐다. 아마도 채산성이 안 맞았을 거라고 C가 말했다. 물가가 올라서 그 가격에 샐러드를 공급할 수 없었을 거라고. 그렇다고 스타벅스에서 만원 넘는 샐러드를 판매할 수도 없었을 거라고. 스타벅스 샐러드의 가격은 6,000원과 7,000원 사이였던 것으로 기억한다.

"이제는 없는 거군요."

샐러드 토크를 하다가 내가 이렇게 말했다. 이제는 없는 무언가에 대해 말하는 건 상당히 쓸쓸한 일이었다.

그리너리 피플

　　"당신이 먹는 것이 무엇인지 말해준다면 당신이 누구인지 말해주겠다"고 말한 사람은 《미식 예찬》을 쓴 브리야 사바랭이었다. "당신이 먹는 것이 무엇인지 말해준다면 당신이 누구를 지지하는지 말해주겠다"라고 말하는 책을 읽은 적이 있다. 《음식 좌파 음식 우파》라는 책이었다. '쿠어스 맥주를 마시면 우파, 스타벅스 커피를 마시면 좌파'라는 논리다.

　　미국에는 '쿠어스 비어 피플'이라는 말이 있다고. 쿠어스 맥주를 마시며 텔레비전으로 미식축구를 보는 미국인이란 뜻이다. '중서부 농촌 거주', '체크무늬 셔츠에 청바지', '공화당 지지자'도 이들을 상징하는 코드다. 그러니까 이들이 '음식 우파'다. 반대에 '스타벅스 피플'이라는 말도 있다. 애플을 쓰고 《뉴욕타임스》를 읽는 도시 리버럴. 이들이 '음식 좌파' 라고. 정리하자면 이런 거다. 쿠어스 피플은 트럼프를 지지 하고, 스타벅스 피플은 해리스를 지지한다. 이제 또 시대가 바뀌었으니 해리스의 자리에 뉴욕 시장이 된 맘다니를 넣어 야 할지도 모르겠지만.

이전에도 먹는 것과 정치 성향을 연결시킨 말이 있었다. 영국의 '샴페인 좌파', 프랑스의 '캐비아 좌파', 독일의 '토스 카너 프락치온', 미국의 '피프스애비뉴 리버럴' 등등. 모두 경 제적 능력이 상당하고 진보 성향을 가진 이들을 가리키는 (동시에 야유하는) 말이다. '음식 좌파'는 맥락이 좀 다르다. 소위 '스타벅스 피플'이 추구하는 것은 '고급 음식'이 아니라 '건강 지향' 음식이라서. 이들의 스타벅스 소비에 내포된 의 미는 이것이다. '산업사회에서 대량 생산되는 음식에 반대 한다!'

이 이야기를 듣기 전까지 한 번도 스타벅스를 그런 식으 로 생각해본 적이 없었다. 그러니까 슬로푸드를 파는 곳이라 고 말이다. 햄버거가 아닌 샌드위치를 팔아서 그런가? 그러 고 보니, 나는 작업을 하러도 갔지만 끼니를 거를 상황에서 뭔가를 빠르게 먹기 위해서도 스타벅스에 갔다. 바나나라 든가 야채 스틱, 올가니카에서 나오는 과일과, 야채 100퍼센 트의 과채주스를 사기 위해. 누군가의 편의점이나 맥도날 드가 내게는 스타벅스였던 것이라는 깨달음! 그래도 스타 벅스에서 이것들을 팔아줘서 얼마나 고마운가 싶고. 뉴욕에 안 가봐서 모르겠지만 뉴욕 스타벅스에는 '그린 그린'한 것들 을 더 팔지도 모르겠다는 생각이 들었다. 그러니까 계속해서 스타벅스 샐러드를 생산해주셨으면 좋았겠습니다만.

'왜 간편식의 세계에는 야채란 없는 걸까?'라는 글을 쓴 적이 있다. "늘 의문을 품어왔다. 끼니를 놓치고 편의점에 가 서 간식을 사려고 하면 소시지나 빵, 삶은 달걀뿐이다. 목 이 막히는 느낌을 주는 간편식을 원하지 않는 나는 조용히 그것들을 내려놓는다"라고. 약간의 부연 설명을 더해야 할 것 같다. 소시지나 빵에 대해서는 말하지 않아도 될 것 같 고…… 편의점 달걀을 집어 들지 못한 이유는 아무래도 난 각 번호 1번이나 2번일 것 같지는 않아서 그랬다. 내가 원하 는 익힘 정도와 다르게 매우 '하드'하다는 건 차치하고서라 도(저는 언제나 '소프트 에그' 쪽). 이렇게 쓰고 있다 보니 나는 아무래도 슬로푸드를 추구하는 사람인가도 싶다. 햄버거를 아예 먹지 않는 것은 아니지만 아무래도 나는 샌드위치파니까.

그 글을 썼을 때와 상황이 좀 달라져서 2025년에는 '저속노화 도시락'이라는 게 출시가 되었다. '저속노화'라는 말이 유행하면서 일어난 일이다. 일찍이 야채로 된 간편식 혹은 부담스럽지 않은 간편식이 왜 없냐며 안타까워한 사람이 나이니 저속노화 도시락을 먹어보고 싶었으나 내 손에 쥐어보지는 못했다.

그 글을 쓴 건 2020년에 낸 그리너리 푸드에 대한 산문집인 《오늘도 초록》에서였다. '그리너리 푸드'가 '오늘도 초록'의 부제 격이랄 수 있을 텐데, 당시 편집자는 "그리너리 푸드라는 말이 괜찮을까요?"라며 우려했었다. 당시에 그 말은 상당히 생소했기 때문이다. 나도 딱히 나 말고는 쓰는 사람을 본 적이 없었다. 그런데 바야흐로 시간이 꽤나 흐른 지금 어떻게 됐나요? 그리너리 푸드도 쓰이고, 여기저기 그리너리라는 말을 붙이게 되었다.

당시의 나는 '그리너리 푸드'라는 말에 초록으로 된 음식, 자연을 닮은 자연스러운 음식, 생생한 음식이라는 뜻을 담고 싶었다. 그러면서 나 스스로를 이렇게 정의하기도 했

다. 무려 '친록파'라고! 이렇게 써놓고 보니 상당히 민망하다. 문학계에 업적을 남기신 세 시인의 청록파가 떠올라서도 그렇고, 친록'파'라고 했지만 회원이 나 말고 없다는 게 또 그렇다. 1인 출판 같은 1인 단체랄지요. '그리너리 피플'로 하기에는 뭔가 거창해서 친록파로 적었던 건데 또 이제 와서 생각하니 그리너리 피플도 나쁘지 않은 것 같다. 중립적인 느낌이라. 그런데 유럽 쪽에서는 녹색당이나 화석 연료를 쓰지 않고 태양광 배로 대서양을 건넌 툰베리 님 같은, 거창한 신념을 지닌 분들을 가리키는 건지도 모르겠어서 써도 되나 싶다.

과거의 나는, 물을 부으면 봉긋하게 솟아오르는 코인 물티슈처럼 부풀어 오르는 야채가 있다면 얼마나 좋을까라고도 썼었다. 끼니를 챙기기 힘들 때 단백질 바 대신 코인 야채를 들고 다닐 수 있다면 얼마나 좋을까 싶어서. 야채에 물을 부을 휴대용 그릇과 휴대용 그릇이 들어가는 맞춤한 케이스와 함께 코인 야채 키트가 출시된다면 정말 좋겠다. 내가 영향력 있는 사람이 아니어서 이루어질 가능성은 희박하겠지만. 그래도 나의 바람을 여기에 써둔다. 저는 자칭 그리너리 피플이니까요.

하이라이스와 태교 음악

하이라이스를 끓인다. 정확히 말하면, 하야시라이스ハヤシ
ライス. 하이라이스의 근간이 될 하이라이스소스를 끓인다.
몇 달 동안 비워놨던 집에 돌아와 처음으로 한 일이다. 짐을
풀고, 세탁물을 맡기고, 반신욕을 하기도 전에 말이다. 왜냐
고? 그래야 내 집에 있다는 실감이 들 것 같았기 때문이다.
냄새가 주는 위안이라는 게 있는 것이다. 목단향 같은 걸 피
워도 좋았겠지만…… 난 좀 더 원초적인 게 좋다.

민망함을 무릅쓰고 어떻게 만드는지 소개하기로 한다. 왜
나는 민망한가? 음, 그러니까, 제대로 된 요리법을 취하지
않아서 그렇다. 많은 걸 생략하고, 맛의 대부분을 고형 소스

262

에 의존하는, '그것도 요리냐?'며 조왕신께서 비웃으실지도 모르는, 간편 요리다.

어쩌면 '하지 않는다'를 적극적으로 실천하는 요리일지도 모르겠다. 요리를 하긴 하지만 '열심히 하지 않는다'에 가깝달까요? 하이라이스와 카레를 제대로 하려면 상당히 팔이 아플 수밖에 없는데 나는 팔이 아프고 싶지 않기 때문이다. 그래서 내가 절대 하지 않는 것이 양파를 정성껏 볶아 캐러멜라이징하는 일이다. 한자리에 서서 양파를 30분 넘게 볶다가 팔이 아파서 고생한 이야기를 꽤나 들었다. 전완근을 운동시킨다는 감각으로 볶아봐도 좋겠지만 역시 생각만 할 뿐. 나의 팔과 팔목은 지극히 취약하다. 나도 운동이란 걸 하지만 타고난 게 그렇나.

그러니까 제대로 된 하이라이스를 어떻게 만드는지는 대략 알고 있지만 따르지 않는다는 말이다. 정통 스타일은 비프스튜풍으로 두툼하게 썬 안심이나 등심을 넣지만 나는 이 역시 하지 않는다. 그냥 넣고 싶은 것들(주로 채소입니다)을 썰어서 설렁설렁 던져 넣는다. 그리고 천천히 끓인다. 정상(?)적인 하이라이스와 달리 볶는 과정이 생략되어 있다. 그러니 기름을 쓸 일도 없다. 풍미를 더한다며 버터를 넣을 때도 있지만 늘 그런 건 아니고.

어떻게 그럴 수 있는지 궁금하시죠? 슬로쿠커 때문입니다. 앞에서도 반려템으로 소개한 아주 천천히 조리해주는 이 기구에 하면 기름이 없어도 된다. 물도 딱히 없어도 된다. 무쇠솥에 물을 넣지 않고 하는 저수분 조리라는 것을 나는 그다지 탐탁지 않아 하는 편이지만(아무래도 탈까 봐 신경이 쓰임) 이 아이로 한다면 불안할 게 없다. 다섯 시간 정도 놓아두어도 된다. 혹시 깜빡해서 여섯 시간 놓아둔다고 해도 문제가 없다.

내 하이라이스 맛의 비결은 '천천히'에 있다. 슬로쿠커에 넣으면 빨리하려고 해도 빨리할 수가 없으니. 이게 비결이라면 비결일 것인데…… 시간을 견딘 덕분인지 꽤 괜찮은 맛이 난다. '시간의 즙'이 우러난달까? 아니면 먹고 싶어도 먹을 수가 없는 시간이 길어지기에 애가 타다 못해 맛있게까지 느껴지는 걸지도. 그런 면도 조금은 있겠지만 나는 상당히 맛에는 냉정한 편이다. 배가 고파도 맛없는 거는 한 입 먹고 조용히 젓가락을 거둔다. 내가 한 거라고 해서 맛이 없는데 맛이 있다고 느끼지도 않는다. 저의 한 끼는 소중하니까요.

슬로쿠커로 요리(아닌 요리)를 하는 것의 기쁨은 마음껏

딴짓을 할 수 있다는 점이다. 청소를 하고, 세탁기를 돌리고, 신문을 보고, 운동을 다녀오고, 음악을 들을 수 있다. 딴짓이란 얼마나 즐거운 일인지 다들 아실 것이다. 가슴이 막 두근대면서, 지루한 일상에 생기를 돌게 하지 않나?

외출 시간 관리 도우미로 슬로쿠커를 쓸 수 있는 방법을 앞에서 소개했는데, 집안 관리 도우미로도 쓸 수 있다. 전편이 실외편이었다면 이번 편은 실내편이다. 슬로쿠커를 작동시켜놓고 미뤄왔던 집안일을 하나씩 '클리어'하는 것도 좋다. 집안일에 재능이 있는 분들이라면 이런 방식이 필요 없겠으나 나는 이런 식으로 장치를 해두지 않으면 할 수가 없다. 이때의 나는 평소에 잘 듣지 않는 음악을 듣는다. 신이 나는 경쾌한 음악을 데시벨을 높여서 노동요로 삼는다. 요즘 나는 뭐를 듣는가. 지금 딱 하고 떠오르는 음악은 예지Yaeji의 '뿌셔, 뿌셔'다. '뿌셔, 뿌셔'가 제목은 아니고 노래 제목은 〈Done(Let's Get It)〉. '눈이 부셔 부셔 부셔'로 시작하다가 어느새 '뿌셔 뿌셔'로 바뀌는 이 발랄한 급진성이란! '나도 어디 한번 발랄하고 급진적으로 해볼까'라며 뭐라도 휘두르게 된다. 예지는 눈 코 입이 달린 해머를 휘두르고 나는 청소기라든가 먼지떨이를 휘두른다는 차이가 있긴 하지만.

이럴 때 자주 듣던 귀여운 방송이 있었다. KBS 1FM 〈장일범의 가정음악〉 진행자인 장일범 님과 금요일의 초대 손님인 유정우 님. 이제는 진행하지 않으시지만 당시 나는 둘의 아웅다웅이 웃겨서 일부러 그들이 나오는 시간에 맞춰 슬로쿠커를 작동시키고는 했다. 장일범 님은 "장일범 씨, 너무 귀여워요"라는 청취자 사연을 손수(!) 귀엽게 읽으시곤 했는데, 이 귀여움의 포인트는 약간의 수줍음이 가미된다는 점. 수줍음이란 역시 천상의 조미료라고 생각한다. 난 귀여운 사람에게 꼼짝을 못 하는 편인데, 거기에 수줍음까지 있다면 완전히 맥을 못 춘다. 두 분이 금요일에 하시던 재연 코너 같은 게 있었는데, 나한테는 〈나는 솔로〉보다 재미있었다.

그들 못지않게 깔깔대면서, 나는 나의 기쁨을 하이라이스를 만드는 일에 쏟아버리곤 했던 것이다. 일종의 태교 음악 같은 거라고 생각하면서. 거창하게 말하자면 말이다. 태내에서 모차르트를 들었기 때문에 아이가 영리하다고 생각한다면, 나와 아이 모두 행복한 일 아니겠는가? 나의 명랑한 기분이 나의 음식에 총기를 더해주길 바라며, 나는 오늘도 나태하게 하이라이스를 만든다.

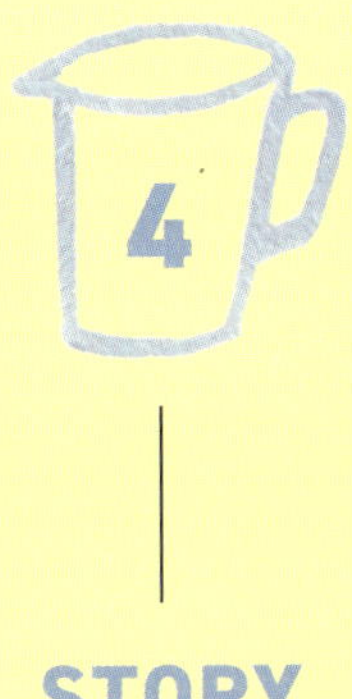

STORY

한 그릇으로 멀리까지
갈 수 있다면

참새의 혀

내 책의 일러스트를 그린 작가분과 얼마 전에 했던 이야기가 마음에 남았다. "요즘에 누워 있을 시간이 없어요"라는 소리에 "예전에 너무 많이 누워 있지 않았어요?"라고 나는 말해버렸다. 사실이 그랬기 때문이다. 나는 정말로 많이 누워 있었다. '요즘에' 누워 있을 시간이 없다는 말로 봐서 작가님도 그랬을 것 같고. 우리 같은 사람들은 그럴 수밖에 없다고 생각한다. '우리 같은 사람들'이란 이런 사람들이다. 현실과 상상이 잘 구분이 되지 않는, 현실에 어두운 타입의 사람들.

나 같은 경우, 잠이 많지는 않았다. 최대한 늦게 자고 최대한 빨리 일어났다. 아무래도 읽고 싶은 책들이 많아서 그랬던 것 같은데, 그때의 나는 주로 누워서 책을 봤다. 잠이 들기 전에든 잠이 깨고 나서든 책을 들고 누워 있는 것이다. 책을 안 볼 때는 상상을 했다. 내가 읽은 책을 이어서 쓴다면 어떻게 쓸까 하고 생각한다든가 아니면 내가 소설 속 어느 인물이 되었다고 상상한다든가.

누워 있는 일을 각별히 좋아했다. 그저 아무것도 할 게 없어서 시간을 때우려고 누워 있던 게 아니라는 말이다. 잠이 깬 채로 이불을 덮고 누워 이런저런 상상에 빠져 있는 상태를 좋아했다. 나는 그때나 지금이나 꿈을 거의 꾸지 않는 사람이기 때문이다. 꿈 대신 상상이었다고나 할까. 꿈을 많이 꾸는 사람들을 부러워하며 누워서 상상했다. 그러면서 생각했다. 이렇게 상상하는 게 어쩌면 꿈을 꾸는 걸지 모른다고. 다른 아이들이 잠의 여운이 깃든 꿈과 함께 하루를 시작하듯이 나는 상상과 함께 하루를 시작하곤 했다.

요즘의 나는 그런 '본격적인' 상상의 시간을 갖지 못하고 있다. 어머, 여기까지 쓰고 보니 그 작가님의 말이 다시 떠올랐다. 누워 있을 시간이 없다는 말은 상상할 시간이 없다는 말이었구나. 그렇군요. 미안해요, 작가님. 하지만 저도 그렇게 살고 있습니다. 웬만해서는 누워 있을 시간이 없다. 대신 우연히 읽은 책에서, 어쩌다 본 영화에서, 지나가다 들은 사람의 말에서 상상이 깨어난다. 그러면 무덤덤하고 건조한 평소의 내가 아니라 모든 것에 자극받고, 환호하고, 그래서 다소 열렬한 상태의 내가 된다.

이를테면 오늘 아침에는 이런 상상을 했다. 참새는 혀가 있을까? 혀가 없을까? 참새의 혀를 닮았다고 '작설雀舌'이라는 이름을 붙인 차를 마셨기 때문이다. 작설을 마시며 한 번도 참새의 혀에 대해 생각했던 적이 없다는 것을 깨달았다.

참새의 부리에 대해서만 생각해왔다. 아침의 기운을 발산하기라도 하듯이 참새가 콩콩 뛰며 땅을 찍는 모습에 늘 매료되어서 그런가? 그 모습을 보고 있으면, 참새가 부리로 온 지구를 자극한다는 생각이 들기도 한다. '깨어나, 깨어나, 어서 깨어나란 말이야!'라면서 말이다. 그렇게 온 신경이 '부리'에 가 있다 보니 미처 '혀'에 대해서는 생각해보지 못했다. 하지만 언젠가는 참새의 혀를 보고 말겠다는 결심을 해본다.

얼마 전 이집트에는 참새의 혀 수프라는 것도 있다는 얘길 들었다. 실제로 참새의 혀가 들어가는 건 아니고 참새의 혀를 닮은 쌀알 모양의 파스타가 들어간다고. 찾아보니 길고 가느다란 쌀인 장립미를 점보 사이즈로 확대하고 좀 통통하게 만든 모양이었다. 그걸 보고 있자니 집에 바스마티, 재스민, 아르보리오가 떨어졌다는 게 떠올랐다. 이태원이나 동대문에 있는 외국인 마트로 출동할 시간이 된 것이다. 거기서 두 종의 바스마티를 들고 유심히 보고 있으면 장을 보러 온 외국인이 다가와 도와준다. 자기만의 레시피를 슬쩍 알려주기도 해서(유창한 한국말로) 상당히 도움이 된다.

이상하다. 차를 마시고 있을 뿐인데, 참새와, 참새의 부리와, 참새의 혀와, 지구와, 이 세상과, 이 세상의 아침에 대해 생각하게 된다. 그래서 나는 상상을 좋아하고. 나를 상상으로 이끄는 것들을 좋아한다. 음식들은 나를 자주 상상하게 만들고, 상상은 나를 알 수 없는 저 세계로까지 데리고 간다. 그러니까 내게 음식을 상상한다는 것은 이 세계를 상상한다는 것이다.

새롭게 알게 된 음식은 한 번도 생각해보지 않았던 것들에 대해 생각하게 한다. 생각하다 보면 또 자연히 상상에 이르고. 이런 식이다. 아이슬란드에는 검은 갈치가 있다는 것을 알게 되면 검은 갈치가 누비는 아이슬란드 심해의 모습을 상상하게 되고, 이란의 쿰에서 난다는 '쿰 소한'이라는 과자를 상상하면 쿰의 양탄자와 향신료와 견과류와 꿀과 그것들이 뒤섞인 냄새가 밀려오는 것이다. 알던 음식도 어느 날 갑자기 새롭게 보일 때가 있다. 양파의 겹은 어쩌면 저렇게 단순하면서도 심원한지, 호박의 속과 오이의 속과 가지의 속은 어쩌면 저렇게 또 다른지, 왜 토마토는 익어갈수록 붉은색이 되는지, 감탄하게 된다.

아주 기분 좋은 일이기도 하다. 어린아이가 된 듯한 느낌이라서. 이건 내게 아주 소중한 일이다. 나는 어린아이로 지내본 적이 없기 때문이다. 어리광도 싫었고, 어린아이가 읽는 책도 싫었고, 어린이가 먹는 음식도 싫었다. 나는 어른의 말투로 말했고, 어른이 읽는 책을 읽었고, 어른이 먹는 음식을 탐했다. 아이의 세계보다 어른의 세계가 더 복잡하고, 미묘하고, 풍요롭다고 생각했기 때문이다. 여러 가지 생각에 골몰해 있었고, 진지하고, 심각했다. 한마디로 재미없는 인간이었다. 동심이라는 게 없었다.

음식을 상상하면 '동심'이 생겨나는 것을 느낀다. 한 번도 되어본 적이 없는 아이가 되는 기분이다. 이 기분이 그렇게나 좋을 줄 몰랐다. '童心'이면서 '動心'이다. 아이가 된 마음이 출렁거린다. 그러면 나는 동물이 된다. 動物, 움직이는 물체. 그렇게 된 나는 세상의 움직임을 느낀다. 눈과 코와 귀와 입이 움직이고, 마음과 몸이 움직이고, 마음과 몸을 따라서 세상의 음식들, 세상의 음식들이 불러온 모든 것들이 움직인다. 그것들이 마음과 몸을 타고 흐른다.

그렇게 몸과 마음이 세상으로 흐른다. 이제 알겠다. 상상이란 나를 움직여 세상을 움직이는 것이다. 이번 장의 이야기들은 모두 그런 이야기.

크레이프 타임

크레이프와 갈레트의 차이에 대해서 생각해본 적이 있으신지. 크레이프는 디저트, 갈레트는 식사라고 생각하면 된다. 디저트인 만큼 크레이프는 달고, 식사인 만큼 갈레트는 간간하다. 그러니까 단짠으로 된 짝꿍이랄까요. 만드는 법이나 구조는 비슷하지만 바탕이라고 할 만한 것의 재료는 다르다. 크레이프는 밀가루로, 갈레트는 메밀가루로 만드니까. 비슷한 것 같지만 다른 이 둘을, 한날한시에 태어났지만 성격이 다른 이란성 쌍둥이 같다고 생각해왔다.

그래서 갈레트와 크레이프를 함께 먹을 수 있는 집이 생기길 기다려왔다. 이란성 쌍둥이 조카들을 만나는 날을 기다리는 것 이상으로. 나는 비교와 대조를 좋아하는 사람이고, 음식으로 하는 비교와 대조도 좋아하니까. 지난여름, 내 책의 편집자님과 그곳에 갔었다. 그러니까 갈레트도 하고 크레이프도 하는 집에. '언제 생기는 걸까?' 하며 10년 넘게 바라던 집이 드디어 생겼던 것이다! 젊은 남자 사장님이 하는 개업한 지 얼마 안 된 집이었는데 프랑스에서 왔다는 크레피에가 있었다. 아마도 워킹홀리데이로 온 분이 아닐까 싶은데, 어떻게 마침 그런 분을 고용하셨는지 신기할 따름이다.

내가 이 집에 가기로 한 결정적인 이유는 브레이크타임이 없어서다. 브레이크타임이 없다는 말은 내게 이런 뜻으로 들린다. '사람이 몰리는 시간을 피해서 여유롭게 있을 수 있어요.' 그래서 나는 편집자님께 3시에 만나자고 했다. 3시에 갈레트와 로제와인으로 시작해서 5시쯤 크레이프와 디저트 와인으로 마무리하면 좋겠다고 말이다. 노르망디에 가본 적은 없지만 갈레트는 노르망디의 것이고, 노르망디 하면 로제와인이라서 로제와인을 시킬 수밖에 없었다. 이런 날에는 로제와인이 딱이라고 생각하면서!

이날처럼 포크와 나이프를 들고 본격적으로 크레이프와 갈레트를 먹기 전까지, 나는 크레이프케이크를 먹어왔다. 갈레트와 크레이프에 대해 모를 때부터 크레이프케이크를 좋아했다. 크레이프와 크레이프 사이에 크림만 있다는 그 단순성이 특히 좋았달까. 먹는 게 곤혹스러웠다는 걸 제외한다면 말이다. 크레이프케이크는 아무리 포크를 조심스럽게 꽂아도 뒤뚱거리다 쓰러져버렸으니까. 그러니 어쩔 수 없는 일. 곤혹스러움 속에서 그저 포크를 꽂을 따름이었다.

이 세상에 크레이프케이크를 먹는 방법이 따로 존재한다는 걸 알려준 건 J였다. 언제나 그러하듯이 크레이프케이크가 뒤뚱거리다 쓰러지고 말았던 때의 일이다. 망연자실한 표정으로 J를 보자 그녀는 산뜻하게 말했다. "크레이프케이크 먹는 법이 따로 있어"라고. 그러더니 포크의 날과 날 사이에 크레이프 한 장을 끼워 넣고는 돌돌 말았다.

손쉽게 크레이프를 먹는 J를 보고 나는 눈을 동그랗게 떴다. 저렇게 혁신적인 방법이 있었다니. 배운 대로 J를 따라 했다. 그 순간, 나도 산뜻하게 크레이프 한 장을 말아 올릴 수 있는 사람으로 거듭났다. 나는 감격에 차 말했다. 역시 사람은 배워야 한다고. 나는 방금 비문명인에서 문명인으로 다시 태어났다고.

언젠가 크레이프케이크를 먹다가 이것도 일종의 팬케이

크가 아닌가라는 깨달음을 얻었다. 극도로 얇은 팬케이크가 크레이프라는 별거 아닌 깨달음. 팬케이크의 폭신함과 두툼함 대신 압도적인 얇음을 선택한 팬케이크라고 말이다. 두툼한 시카고피자보다 도우가 얇은 나폴리피자를 좋아하는 것 이상으로 나는 팬케이크보다 크레이프가 좋다. 이 크레이프를 겹겹이 쌓아 올리면 크레이프케이크가 되는 것이고, 크레이프 낱장을 내면 크레이프 요리가 되는 것이다.

그리고 나에게는 크레이프와 관련된 잊지 못할 일도 있다. 아주 오래전, 크레이프 거리를 지난 적이 있었다. 파리에서 한 달 동안 지낼 때였다. 그날 나는 몽파르나스 묘지에 갔었다. 당시 세상을 떠난 에릭 로메르의 묘에 가서 그를 추모하기 위해서였다. 한 시간 넘게 헤맸으나 결국 그의 묘는 찾지 못했다. 묘지 지도를 보고 또 보았지만 말이다.

대신 다른 사람들의 묘를 많이도 보았다. 마르그리트 뒤라스의 묘에는 조개껍데기와 조약돌이, 자드킨 묘에는 촛불이 있었고, 베케트의 묘에는 아무것도 없었다. 뭐랄까……나는 이 각양각색의 추모 방식이 좋았다. 고인을 닮은 방식으로 고인을 기린다는 것이. 베케트의 팬들은 베케트의 심중을 헤아려 아무것도 놓지 않는 스타일로 그를 추모하는 것처럼 보였던 것이다. 가장 인상적인 것은 세르주 갱스부르의 묘였다. 뭐가 많아도 너무 많았다. 키스 마크와 '날 가져요' 같은 글자. 나무에 잔뜩 걸린 인형과 팬티. 그리고 양배추. 한 통이 아니라 여러 통인 걸로 보아 그와 양배추 사이에 긴밀한 연관이 있는 것 같았다(그의 앨범 〈양배추 머리 남자〉 때문이라는 것을 나중에 알았다).

누군가의 무덤을 찾아 헤매고 다닌다는 건 꽤 지치는 일이었다. 어지러웠고, 배가 고팠다. 그냥 고픈 정도가 아니라 한 번도 느껴본 적이 없는 허기였다. 뼈들이 있는 곳을 헤매고 다녀서인지 뼈가 가벼워진 듯한 느낌이었달까. 그야말로 압도적인 허기…… '대★허기'라고 할 만한 것이었다. 그런데 묘지와 이어지는 그 거리에는 크레이프집밖에 없었다. 마장동에 고깃집이 늘어서 있는 것처럼 거의 '크레이프촌'을 형성하고서.

하지만 나는 크레이프를 먹을 수 없었다. 나는 나를 다시 채워줄, 밀도 있는 음식을 원했기에. 전채부터 시작해 디저트까지 풀코스로 해치우며, 내가 저기에 누워 있는 자들과 달리 제대로 먹을 수 있는 사람이라는 것을 느끼고 싶었다. 그러려면 크레이프처럼 단출한 걸로는 안 됐다. 내 뼈를 다시 채워줄 만한, 그러니까 갱생 비슷한 걸 시켜줄 만한 뭔가를 먹어야겠다고 생각했기에.

결국 태국 식당을 찾았고, 솜땀과 팟타이와 똠얌꿍을 먹었던 것인데…… 크레이프로부터 벗어날 수 없었다. '크레이프 뷰'에 앉았기 때문이다. 식사를 하는 내내 크레이프를 나이프로 자르는 사람들과 하얀 종이배 모양의 모자를 쓰고 요리하던 크레피에들을 보았다. 50미터도 안 되는 가까운 거리에 있는 그들이 나와 다른 세계에 있는, 다른 질서를 가진 사람들처럼 보였다. 마치 몽파르나스 묘지에 누워 있던 사람들이 살아 돌아와 '크레이프 타임'을 즐기고 있는 듯한 느낌이었달까. 그들의 목소리가 나를 에워쌌지만 해독할 수는 없었다. 죽음과 삶이 크레이프처럼 겹겹이 쌓인 곳에서의 기이한 경험이었다.

바닷가 햄버거집

양양의 서피비치에 앉아 있다가 옆 사람들의 대화를 듣게 되었다. 무엇을 먹으러 갈지 고민하고 있는 일행들 사이한 여자분이 호기롭게 말하는 것을. "양양에 왔으면 햄버거를 먹어야지!" 응? 이게 무슨 소린가 싶어 귀를 기울일 수밖에 없었다. 양양의 특산물이 송이와 연어에서 언제 햄버거로 바뀐 건가 싶었고. 참고로, 양양 도처에 이런 현수막이 걸려 있다는 것을 알려드리고 싶다. '연어와 송이의 고장 양양'이라거나 '연어와 서핑은 양양의 특산물'이라든가 하는.

그 호탕한 여성분에 따르면, 서울의 어느 집 못지않은 햄버거집이 있다고 했다. 나는 그 햄버거집의 상호를 꼭 들어야겠다는 일념으로 정신을 다해 집중했다. 햄버거를 먹을 생각은 없었다. 햄버거를 좋아하지도 않는다. 충분한 경험이 없으므로 햄버거에 대한 이렇다 할 견해를 갖추지 못했다. 하지만, 왜 이런 이야기를 들으면 나는 어김없이 이야기 속의 음식을 먹으러 가게 되는 것인지…….

햄버거 가게가 있다는 바닷가 마을을 몇 바퀴 돌며 이런 심리는 무엇일지 생각했다. 이런 걸 가리키는 심리학적 용어가 있지 않을까 궁금해하며 말이다. 뮌하우젠 증후군이나 스톡홀름 증후군처럼 그럴싸한 명칭이 붙어 있지 않을까 하고. 아마 그 자신감 넘치는 여자분이 물회를 주장했더라면 난 물회를 먹으러 갔을 것이고, 비빔냉면을 이야기했더라면 비빔냉면을 먹으러 갔을 것이다.

2박 3일로 통영에 갔을 때가 떠올랐다. 복국, 멍게덮밥, 도다리쑥국 등등 먹는 것마다 감탄하며 이 고장 사람들은 얼마나 복 받은 사람들인지 부러워하다, 급기야는 통영에 있는 꽤나 많은 치킨집과 고깃집에는 대체 누가 가는지 궁금하다며 목소리를 높이는 데까지 이르렀다. "미각이 없는 건가? 어떻게 이런 해산물을 두고 고기를 먹을 수 있지?"라고 일행을 선동하며…….

아마 다찌집에서 세 시간 동안 해산물을 먹을 때였던 것 같다. 그 다찌집은, 놀랍도록 풍족한 가운데 모든 것에 젓가락을 대지 않을 수 없는 놀라운 곳이었다. 심지어 '군소' 같은, 이름은 알았지만 처음 본 해산물들이 잔뜩, 줄줄이 나왔다. 일본어로 '아메후라시'라고 한다는 군소를 일본 만화책에서 알게 되었는데, 현실에서 처음 본 것이었다. 그런데, 딱, 그때까지였다.

다찌집에 다녀온 다음 날, 무언가가 바뀐 것을 발견했다. 입안에서 비린내가 나는데 견딜 수 없을 정도였다. 좀 더 지나자 손끝은 물론 목덜미에서도 비린내가 나는 것 같았다. 더 이상은 해산물을 먹을 수 없을 것 같았다. 해초, 어류와 패류, 갑각류 등등 좋아하지 않는 해산물이 없는 내가 말이다. 나만 유별나서 그런 게 아니라 동행자도 같은 증상을 호소했다. 참고를 그는 졸복국을 매일 먹을 수 있다면 얼마나 좋겠느냐며 통영 찬가를 부르던 사람이다. 그런데 그마저 비린내를 견딜 수 없어했다.

2박 3일도 안 되어 해산물에 물려버렸던 것이다. 다찌집에서 전투적이고도 열정적으로 일주일 치가 넘는 해산물을 먹은 바 있지만…… 그래도 그럴 줄은 몰랐다. 그토록 좋아하던 해산물에 이렇게나 넌더리 치게 될 줄은.

그때 나는 알았다. 통영에서 고깃집과 치킨집이 번성하는 이유를 말이다. 해산물이 질리도록 풍족해서 그런 것이었다. 악화가 양화를 구축하는 게 아니라 해산물이 비해산물을 구축하는 것이다…… 양양의 햄버거 가게도 그런 게 아닌가 싶었다. 여기도 역시 바닷가라서 해산물이 풍족한 나머지 햄버거집이 번성하는 게 아닐까 생각했다. 그러니까 이 동네도 해산물이 비해산물을 구축하는 곳이 아닌지.

해수욕장을 바라보고 있는 햄버거 가게였다. 커다란 분홍색 문을 열어야 들어갈 수 있던 그곳에서 가장 마음에 들었던 것은, 천장에서 실링팬이 돌고 있다는 점이었다. 물론 에어컨도 있어서 실링팬은 냉방보다는 인테리어를 위한 것으로 보였지만 말이다. 왜 이렇게 실링팬만 보면 마음이 약해지는지.

성수동이나 제주도에 있을 법한 가게였다. 공간을 아주 넓게 썼고, 층고도 높았다. 인더스트리얼과 에콜로지와 젠 스타일이 섞였으나 인테리어를 하다 만 느낌도 없었고, 비어 있으되 충실했다. 코카콜라, 스프라이트, 닥터페퍼, 마운틴 듀를 색 맞춰 한 칸씩 진열해둔 음료수 냉장고도 느낌이 있었다. 앤디 워홀의 팝아트를 실물로 구현한 듯한, 막 기분이 좋아지는 가게였다.

이것으로 되었다고 생각했다. 햄버거 맛이 그냥 그렇더라도 노하지 말자고 스스로를 다독였다. 나는 이미 햄버거 가게를 찾아 헤매며, 또 햄버거집에 앉아서 (특히나 실링팬에!) 충분한 즐거움을 느꼈으니 말이다. 그날 치 신선함을 이미 다 충전했다고나 할까요.

햄버거에 대해 잘 알지 못하므로 기대할 바가 없었다고 하는 게 더 맞을지도 모르겠다. 어떤 포인트를 중점으로 봐야 하는지 알 수 없었다. 뭘 그래도 알아야 기대도 할 수 있는 것이다. 그런데, 햄버거를 받아 들고 이건 맛이 없을 수 없겠다고 생각했다. 왜, 그렇지 않습니까? 이건 맛있을 수밖에 없겠다 생각이 드는 것들이 있다. '맛있는 음식일 것이다'라는 예감을 주는 어떤 요소들이 냄새와 형태와 색깔과 질감 등등으로 나타났을 것이다. 나도 모르게 축적된 빅데이터들이 그 신호를 판별했을 것이고.

햄버거 안의 코울슬로를 보고 일단 느낌이 왔다. 질척거리지도 않고 뻑뻑하지도 않고, 양배추와 당근이 신선함을 잃지 않는 선에서 절여져 있는 게 보였다. 케이준 스타일로 튀겨진 닭고기의 튀김 상태도 완벽했고, 내장재에 밀리지 않을 것 같은 햄버거 빵이며……. 눈으로 보는 것과 완벽하게 일치하는 맛이었다. 촉촉함과 바삭거림, 새큼함과 아삭거림, 고기의 씹는 맛과 감칠맛, 그리고 모자라지도 질척거리지도 않게 이 모든 요소들을 조화롭게 아우르는 소스까지. 이 모든 게 한순간에 밀려들며 입안을 장악했던 것이다.

여기까지만 해도 충분하지만 아직 말하지 않은 하나가 더 있다. 햄버거 안에 꽂아 넣은 주사기가 있었다. 바늘이나 피스톨은 없지만 스리라차를 햄버거 안에 주입할 수 있게 만들어진 스리라차 주사기였다. 매운맛을 알아서 조절하라는 이 상냥한 배려심과 위트라니!

그 햄버거 가게를 리뷰해놓은 블로거들은 그곳을 '바닷가 뷰 햄버거집'이라 칭했다. 실제로 2층에 올라가면 바다를 보고 앉아 햄버거를 먹을 수 있다고 하는데, 그날의 나는 미처 바다에까지 관심을 갖지 못했다.

치마와 망토

부산에 처음 갔을 때 가장 놀랐던 것은 순대였다. 그건 내가 먹던 순대와 다른 음식이라서. 더 정확히 말하자면, 순대를 써는 방식과 먹는 방식이 상당히 상이했다. 그래서 같은 순대지만 같은 순대로 느껴지지 않았다. 달리 썰고, 달리 내니 완전히 다른 음식이 되었던 것이다.

일단 도구부터 남달랐다. 그토록 무게감이 있는 칼이라니. 아주머니는 잘 벼린 무쇠 칼로 순대를 썰 준비를 하고 계셨다. 분식을 썰기에는 너무 과하다는 느낌이었다. 뭐랄까, 저런 칼은 닭 모가지를 치기에 제격이지 순대를 썰기에는 넘친다는 생각이 들었기에. 어쨌거나 칼을 본 순간부터

색달랐다는 이야기.

나는 입을 떡 벌리게 되는데…… 무쇠 칼을 든 아주머니가 무슨 '세꼬시'처럼 순대를 써셨던 것이다. 최대한 꼬리를 쭉 하고 빼서. 세꼬시라고만 하면 좀 불충분한 것 같으니, 뭐라고 하면 좋을까. 빗변의 기울기를 최대한 줘서 날카롭게 썬 대파 같았다고 해야 되려나요? 내가 먹어왔던 순대는 평행으로 잘린, 그래서 물살에 잘 씻긴 조약돌처럼 동글동글한 것들이었는데 말이다. 대단한 문화 충격이었다.

그 순대는 쌈장과 함께 나왔다. 부산식으로 막장이라고 해야 하는지도 모르겠는데, 이 역시 한 번도 접해보지 못한 조합이었다. 내가 먹어왔던 순대에는 고춧가루를 살짝 섞은 양념 소금이 나왔으니까. 나는 소금이 아닌 떡볶이 국물에 순대를 찍어 먹곤 했지만, 부산에서는 부산의 법도를 따르기로 했다. 그 집에는 떡볶이가 없어서 떡볶이 국물에 찍으려야 찍을 수도 없었지만 말이다. 떡볶이가 있었다고 해도 세꼬시처럼 뾰족하게 썰린 순대를 떡볶이 국물에 찍어 먹는 행위는 도무지 그려지지 않는다. 그 뾰족한 순대의 형식에 뭔가 부적절해 보인다. 그 '앗쌀하게' 잘 드는 칼로 길게 잘라낸 순대는, 과연 내가 먹던 순대와 다른 음식이었다. 대창이나 막창 순대로 만든 '정통' 순대가 아닌 비닐 순대였음에도 말이다. 그러니까 당면이 가득 든 순대. 당면이 가득 들었음에도 선지 함량이 높아 유사 피순대의 느낌을 주긴 했지만, 그래도 비닐 순대였다. 하지만 피순대를 모사한 이 당면순대는 엄연히 '요리'였다. 공장에서 대량 생산된 제품을 납품받아 분식집에서는 찌고 썰기만 한 그런 순대가 아니었다는 이야기. 그래서? 그렇게? 어느 시장의 노점에서 먹었던 그날의 순대는 내게 잊지 못할 음식이 되어버렸다. 시장 이름은 전혀 기억나지 않는다. 목욕탕 의자 같은 플라스틱 의자에 앉아, 의자에 맞게 제작된 낮은 테이블에서 순대를 먹었다는 것 말고는.

가위로 썬 순대를 먹어본 적도 있다. 주방용 가위도 아니고 문구용 가위처럼 생긴 것으로 여자는 순대를 썰었다. 싹둑싹둑. 민트색 플라스틱 손잡이가 달린 그 가위가 내던 소리를 아직도 기억한다. 그 가위 소리는 순대가 망가지는 소리였다. 순대의 껍질과 속엣것들이 망가지던 소리. 입이 다 물어지지 않는 순간이었다…… 가위질이 끝난 순대는 종이컵에 담겨 나왔다. 두 번째 놀라움의 순간이었다. 나는 매끄럽지 않은 절삭면으로 이루어진, 순대였으나 이제는 순대가 아닌 것을 조금 먹다 말았다. 가위로 순대를 자르시는 분의 순대답게 순대의 속은 말라 있었고, 내 짐작대로 가위는 잘 들지 않아 순대는 거의 터져 있었으니 그럴 수밖에.

'가위질 순대'에 필적하는 충무김밥을 먹은 적도 있다. 기계로 말고 절단한 충무김밥이었다. 이앙기가 모를 옮겨 심고 탈곡기로 터는 시대가 된 지 오래지만, 김밥의 기계화란……. 이건 영농의 기계화와 다른 문제인 것이다. 김 안에 밥알을 적당히 뭉쳐놓는다고 김밥이 되는 것이 아니기 때문이다. 김밥이란, 밥알과 밥알 사이에 적당한 공기층을 함유해야 하는 것이다. 김밥을 먹는다는 건, 밥알 사이에 들어 있는 공기층을 함께 먹는 것이기 때문이다.

이 충무김밥집에서 더 놀라웠던 일은, 문세의 충무김밥과 함께 포크가 나왔다는 점이다. 양갱을 찍어 먹기에 적당해 보이는 아주 작은 포크. 나는 그걸 보고 있다가 젓가락은 없냐고 물었다. 없다고 했다. '충무김밥을 먹으면서 젓가락을 달라는 사람도 있네?'라는 표정으로 쳐다봐서 나는 더 혼란스러웠다. 다른 테이블의 사람들은 그 새끼손가락만 한 포크의 짤막한 날로 깍두기며 오징어무침이며를 찌르는 데 집중하고 있었다. 불평 없이. '저만 이상한 건가요?'라고 누군가에게 묻고 싶은 날이었다. 나는 포크의 날로 김밥을 터뜨리고 싶지 않았는데 말이다.

젓가락질과 포크질에는 각각 어울리는 장르가 있다. 그렇다고 생각해왔다. 젓가락질을 잘해야 먹을 수 있는 음식이란 게 있다. 그러니까 젓가락으로만 가능하거나 젓가락에 최적화된 음식이란 게. 손끝의 근육을 섬세하게 움직여 젓가락으로 음식을 집는 행위에는, 오래되었음에도 신선한 기쁨이 있다. 하지만, 그건 내 취향일 뿐이고, 숟가락이 아닌 젓가락이나 포크로도 먹을 수 있다고 생각한다. 치마를 망토로 입는 사람도 있는 것처럼. 개인의 일이고, 타인은 개인의 식습관에 관여할 권리가 없다고 생각하는 것이다. 하지만 대중식당에서 주인의 이해할 수 없는 취향을 손님에게 강요하는 건 문제가 있다고 생각한다. 그건 마치 망토를 만들어놓고 치마로 입지 않는다고 비난하는 것과 비슷한 일이 아닌지?

그날의 나는 침울했다. 충무김밥과 딸려 나오는 고춧가루 잔뜩 묻은 무와 오징어 일체를 포크로 찍어 먹으라니. 흰 셔츠에 고춧가루가 튈까 마음을 졸이며 포크질을 했다. 이건 거의 폭력이 아닌가라고 생각하면서. 원래 그 집은 그렇게 근본 없는 집이 아니었다. 아주 맛있지는 않아도, 한때 서울의 번화가였던 그 구시가에 나가면 저절로 가게 되던 그런 집이었다. 그날 그 거리의 한 모퉁이를 잃어버렸다는 생각이 들었다.

가끔 부산의 그 순대에 대해 생각한다. 내용과 형식에 대해 깊이 생각했던 결정적 순간이라고 해도 되겠다. 음식은 어떻게 내는가에 따라 완전히 달라지며, 칼질이 모든 걸 좌우하기도 한다는 것을 진하게 느꼈던 순간이었다. '터치'라고도 할 수 있겠지.

오렌지 강이 흐르게 해줄래?

글라디올러스와 마멀레이드 같은 것들을 좋아한다. 그런 단어들을. 나는 'ㄹ'이 연속되면서 생겨나는, 너무 부드러운 나머지 미끄러지고 마는 기이한 굴곡에 매혹되는 사람이기 때문이다. 앨리스가 미끄러져 들어간 토끼 굴처럼 빨려 들어간다고 할까요.

듣자마자 빠져버렸던 것 같다. 글라디올러스와 마멀레이드가 정확히 어떤 꽃인지, 어떻게 만드는 잼인지도 모르는 채로 말이다. 그러니 글라디올러스를 보기도 전에, 마멀레이드를 먹기도 전에 좋아할 수밖에 없는 운명이었다. 운명론자는 아니지만, 이런 식의 운명론은 설파해봐도 좋겠다.

마멀레이드라는 말이 하도 신기해서 마멀레이드를 여러 번 발음해보곤 한다. '**마멀**레이드, 마**멀**레이드, 마멀레이드' 이런 식으로 번갈아가며 음절에 강세를 주면서. 그러다 이게 어느 언어에서 기원한 말인지 궁금해져서 찾아봤는데 포르투갈어였다. '마르멜루marmelo'라는 과일에서 왔다고. 유레카! 그래서 그렇게 부드러운 거였어.

보사노바가 그렇게나 부드럽고 달콤한 이유는 보사노바의 언어가 포르투갈어이기 때문이라는 말을 들은 적이 있다. 그것도 브라질의 포르투갈어라 더 그렇다고. 포르투갈의 포르투갈어보다 브라질의 포르투갈어가 더 감미롭다고 했다. 이 말을 해준 사람은 언어에 민감한 Q였는데, 그의 한때 꿈은 브라질에 가서 브라질풍의 포르투갈어로 귀를 흠뻑 적시며 행복에 젖는 것이었다고…… 그러면서 보사노바 작곡을 배우고 싶었다나? 산문적으로 말하면, '보사노바 유학'을 가려 했다는 거였다. Q를 보면서 나는 생각했다. 저렇게나 비현실적이고 귀여운 인간이 있다니! 그가 꾸는 꿈은 비현실적인 가운데 또 구체적이어서 현실적인 인간인 나는 입을 다물 수 없었다.

뒤늦게 애석하다. 그때 나는 눈을 초롱초롱 빛내(는 척이라도 하)며 이런 말을 했어야 하는 거였다. "아주 오렌지빛 꿈을 꾸고 있구나?" 말하는 그의 뒤로 오렌지 강이 범람하는 환시를 보았기 때문이다. 그때는 오렌지 강을 보느라 그저 멍하게 있었지만.

이 일을 잊고 지내던 중 〈패딩턴〉을 보다가 이 모든 것이 되살아났다. 〈패딩턴〉에서도 오렌지 강이 흘렀던 것이어서. 심지어 이 오렌지 강은 마멀레이드 강이고, 패딩턴은 마멀레이드에 미쳐 있는 곰이라고도 할 수 있으니 나는 이 영화에 빠지지 않을 수 없었다.

선후 관계를 바로잡아야 한다. 우연히 영화를 봤는데 마멀레이드 강을 본 게 아니고, 마멀레이드 때문에 이 영화를 보았다. 모든 사건이 오렌지마멀레이드 때문에 벌어진다는 시놉시스를 보았기 때문이다. 페루에 살던 곰 패딩턴이 런던에 가게 되는 이유는 오렌지마멀레이드의 본고장이 런던이기 때문이라고. 정말 런던이 오렌지마멀레이드의 본고장인지 그 사실 여부는 내게 그다지 중요치 않았다. 중요한 건 이 영화에 오렌지마멀레이드가 잔뜩 나온다는 사실! 패딩턴이 페루에서 밀항할 때 배에 실은 비상식량도 마멀레이드이고, 런던에 와서 패딩턴이 사람들과 가까워지는 것도 마

296

멀레이드 덕인데, 심지어 패딩턴은 감옥에 가서도 마멀레이드를 만든다.

나는 이 감옥 장면을 정말이지 좋아한다. 차마 먹을 수 없는 음식만 내놓던 주방장을 대신해서 패딩턴이 오렌지마멀레이드를 만들던 장면을 말이다. 그 장면을 보면서 오렌지마멀레이드를 어떻게 만드는지도 배울 수 있었다. 오렌지를 반 자르고, 즙을 짠 후, 오렌지 껍질을 썬다. 즙과 오렌지 껍질과 설탕을 같이 넣고 끓이다, 패딩턴은 레몬즙과 시나몬을 넣었다. 이렇게 만든 마멀레이드로 만든 샌드위치를 먹고서 수감자들은 변하기 시작한다. 흑백으로 된 꿈을 꾸던 자들이 오렌지빛 꿈을 꾸기 시작한 것처럼이나 변한다.

이쯤에서 내가 좋아하는 대화가 나온다. 먹을 수 없는 음식을 만들던 그 주방장은 이렇게 말한다. 사람들이 마멀레이드샌드위치에 감격하며 먹는 걸 보고는 말이다. "뱃속에서 따뜻하고 가려운 뭔가가 느껴져." 패딩턴이 말한다. "뿌듯함이라고 하는 거예요."

햇빛의 기운으로 충만한 오렌지마멀레이드처럼 그늘이라고는 전혀 없는 영화였다. 비현실적이기 짝이 없는 이런 것들에 마냥 빠져들고 싶은 날이 있다. 하지만 오렌지마멀레이

드를 아무 때나 마냥 퍼먹을 수 없으니 그럴 때 나는 오렌지
기운으로 가득한 술을 권하고 싶다. 아페롤스프리츠. 오렌
지마멀레이드의 성인용 버전이라고 생각하기 때문이다. 아
페롤이라는 오렌지리큐르와 스파클링 와인에 오렌지를 넣
어 만든다.

오렌지색인 이 술을 보고 있으면 까르르하는 소리가 들려
오는 것도 같다. 너무 화사한 나머지 우아함과는 거리가 멀
다는 생각마저 드는 이 색. 다정하고 역동적이고 원기를 북
돋우는 이 색. 나는 그래서 아페롤스프리츠를 마신다. 보글
보글하게 이는 오렌지빛 기포를 보면 나도 모르게 어깨가
들썩거려지면서 고개를 까닥대고 싶어지니까. 그렇다. 내 피
에 부족한 명랑함을 속행으로 수혈받고자 아페롤스프리츠
를 마시는 것이다. 입으로 들이붓는 오렌지빛 수액이랄까.
이렇게 작은 오렌지 강이 내 몸에 흐르게 되는 것이다.

아페롤스프리츠는 웬만하면 야외에서 마시는 게 좋다. 형
광등이나 백열등이 아닌 자연광 아래에서 마셔야 하는 장
르의 술이라고 해야겠다. 햇살은 쨍하고 구름은 높아 모든
게 선명하게 보이는 날. 그런 날의 햇살은 나뭇잎에만 윤기
를 더하는 게 아니라는 걸 태양 아래서 아페롤스프리츠를

298

Orange
Marmalade
APEROL
APERITIVO
since
1919

마시며 알게 되었다. 바람이 불어준다면 더 좋다. 바람은 더위를 식히기도 하지만 냄새를 코끝으로 데려다주기도 하니까. 여름의 공기에 섞인 그 방탕한 오렌지의 향을.

정신분석과 토마토파스타

"내가 봤던 마피아 드라마가 있는데, 거기서 주인공이 살인을 하고 와서 졸개들과 먹었던 요리야"라고 말한 적이 있다. 집으로 초대한 지인들에게 오소부코를 내면시었다. 그 자리에 있던 소설가 K가 말했다. "아아, 그러니까 우리가 졸개들인 거네요"라고. "앗, 그렇게 되는 건가?"라며 나는 당황했고…….

신나게 먹고 난 상을 치우면서 그 드라마에 어쩌면 오소부코가 안 나왔을지도 모르겠다는 데 생각이 이르렀다. 꽤나 긴 드라마이고, 매회 다양한 이탈리아 음식을 먹는 데다 마피아들이 채식주의자도 아니니, 송아지 정강이뼈 요리인 오소부코가 나오지 말라는 법도 없지만 말이다.

　내가 말한 마피아 드라마란 〈소프라노스〉다. 보기 전에도 제목은 익히 들어봤었다. '소프라노들의 이야기인가?' '노래 경연 프로인가?' 하며 흘려들었는데 마피아 드라마라는 걸 듣고 나서 보게 되었다. 마피아 드라마라는 장르가 있을 정도로 세상에 마피아 이야기는 많고 많기에, 마피아가 나온다는 게 이유는 아니었다. 세계의 온갖 드라마를 섭렵한다고 알려진 문학평론가 N이 추천하면서 했던 이야기가 인상적이었다. 시간이 너무 지나버려서 N의 말이 무엇이었는지는 남아 있지 않지만, 아마 이런 말들이었지 않나 싶다. 살인을 하고, 토마토파스타를 먹고, 정신분석을 받는 남자가 주인공이라고.

　본 건 꽤나 오래전 일이지만 이 드라마에 대한 강렬한 감정들은 남아 있다. 드라마에 빠지진 않았기에 이는 신기한 일이다. 매력적으로 느꼈다거나 공감이 갔다거나 하는 인물들은 없었다. 미장센이나 배경 같은 것도 그다지 나의 흥미를 끌지 못했다. 하지만 정신분석과 이탈리아 요리로 이어지는 플로는 무척이나 강렬했다. 이제 와서 생각해보면 어느 미장센보다 탁월한 이탈리아 요리와 정신분석이라는 미장센이 있었다. 〈소프라노스〉에는 매회 주인공인 토니가 정신분석을 받는 장면과 이탈리아 요리를 즐기는 장면이 나왔다. 나는 살인 장면에는 흥미가 없지만 살인이 곁들여진 정신분석과 요리에는 흥미를 가지지 않을 도리가 없었다.

'소프라노 가문의 장자인 마피아 토니'라는 생애 조건이 이 모든 이야기의 시발점이다. 아시는 분들은 아시겠지만, 마피아라는 것은 주로 가족 사업이고, 웬만하면 장자가 이 가족 사업을 진두지휘하게 된다. 가족이면서 동료이기도 해서 발생하는 일들을 주변에서 종종 보는데 그 기업의 업태가 마피아라고 하면 얼마나 골치 아플지 대강 감이 오지 않나? 이런 식이다. 회사에 해를 끼치는 직원이 있어 잘라야 하는데 친척 어르신이다. 사건을 파보니 자르는 게 아니라 죽여야 사건을 해결할 수 있다. 이럴 때 토니는 두통이 시작되고 악몽을 꾼다. 결국 어르신을 처리하고, 어르신의 죽음을 사고로 위장한 후, 어르신의 장례식에 가서 가장 크게 운다. 이런 이율배반적인 행동들이 토니의 일이다.

미국 뉴저지에 살고 있는 토니 소프라노는 거의 매일같이 사람을 죽인다. 코를 푸는 것처럼이나 담담하게 살인하고, 고통스러워하며 정신분석을 받고, 또 사람을 죽이고 와서 토마토소스가 흥건한 파스타를 먹는다. 그게 토니의 일상이다. '살인'과 '정신분석'과 '이탈리아 음식'이 삼위일체인 삶이랄까. 정신분석도 정신분석이지만 나는 마피아들이 이탈리아 식당에 가서 한판 벌이는 먹고 마시는 장면과 화면에 펼쳐지는 이탈리아 음식의 향연을 보려고 그 많은 살인 장면을 견뎌야 했다.

그 이탈리아 식당의 주인이 아티 부코다. 소프라노 일가처럼 나폴리 사람인 아티 부코는 할아버지와 아버지에 이어 삼대째 미국에서 나폴리 식당을 하고 있는데 토니와 그 졸개들은 늘 여기에서 밥을 먹는다. 나는 이 아티 부코의 요리책도 가지고 있다. 드라마가 얼마나 인기 있었던지 드라마의 제목을 딴 요리책이 나왔던 것이다. 심지어 한국어로도 나왔다. 《소프라노 패밀리 요리천국》이란 제목으로. 아티 부코가 현실 세계에 실존하는 인물은 아닌 것 같다. 요리책 작가나 이 드라마의 제작에 연루된 사람이 '아티 부코가 쓴 것처럼 써주겠어요?'라는 제안을 받고 낸 책으로 보인다.

나는 이 책을 좋아한다. 아티 부코인 척하고 쓴 머리말에 이런 표현이 있기 때문이다. 이탈리아인에게 음식이란 그저 육체의 에너지원이 아니라 삶에 대한 열정이라는. 이탈리아

인은 아니지만 나 역시 매우 그러하다. 야채를 만질 때면 무뎌졌던 감각이 깨어나는 걸 느끼고, 음식의 이름과 역사와 기원에 대해 궁금해하다 보면 새로운 무언가와 만나게 되고, 처음 대하는 식재료를 통해 미지의 세계가 열리곤 한다. 나는 음식을 통해 세상을 배웠고, 여전히 음식을 대하면 세상을 더 알고 싶다는 호기심이 생긴다. 마치 듬성듬성 놓인 징검다리 앞에 선 기분이랄까.

식당 주인이 '아티 부코'라서 토니와 졸개들이 '오소부코'를 먹었다고 오인했을 수도 있겠다는 생각이 들었다. 내 머릿속에서 조각난 형태로 존재하는 기억의 찌꺼기들은 종종 이렇게 착란을 일으키기도 하는 것인데, 내게도 정신과 주치의가 있다면 가장 상담받고 싶은 부분이다.

어쨌거나 그날의 난 거의 10년이 지나서 〈소프라노스〉와 오소부코를 떠올렸던 것이다. 마침 그날 갈비가 있기도 했고, 매번 똑같은 방식으로 요리를 하는 걸 지긋지긋해하는 나는 '아, 오소부코라는 걸 한번 해볼까?'라며 작업에 착수했다. 오소부코가 정확히 어떤 요리인지 모르면서 말이다. 영화와 책에서만 봤지 먹어본 적은 없었다. 그래서 자유로울 수 있었다. 원래는 송아지 정강이뼈로 하는 요리인데 나는 그냥 소갈비로 했고, 화이트와인을 넣는다는데 따놓았던 레드와인을 넣었다.

토니가 가장 많이 먹던 음식은 토마토지티였다. 앞에서 말한 '토마토소스가 흥건한 파스타'가 바로 지티다. 애벌레처럼 몽글몽글한 펜네 면 같다고나 할까? 한 이탈리아 식당에서 '로제소스 지티'를 파는 걸 발견한 나는 이렇게 요청한 적이 있다. 로제소스가 아닌 토마토소스로 바꿀 수 있겠느냐고. 왜냐하면, 내게 지티란 당연히 '토마토지티'일 수밖에 없으니까.

서프라이즈 국수

5S라고 아시는지. 훌륭한 음식에는 Sweet, Salty, Sour, Spicy 그리고 마지막 하나 더, Surprise가 필요하다고 한 인도인 파인다이닝 셰프가 이야기하는 걸 늘은 적이 있다. '일리가 있군!' 하고 생각했다. 단맛과 짠맛, 신맛과 스파이시한 맛, 거기에 놀라움을 더한다니. 정확히는 기억나지 않지만 이런 말이 이어졌다. 파인다이닝에는 '서프라이즈'가 있어야 한다고. '서프라이즈'가 없다면 파인다이닝이 아니라고.

대학에 들어가서 자주적으로 바깥 음식을 먹기 시작하며 동남아 요리에 빠졌다. 인도인 셰프의 5S론에 입각해 말해보자면, 두 개의 S, 그러니까 신맛과 스파이시한 맛은 내게 완전히 새로웠다. 음식에 신맛이나 스파이시한 맛을 더할 수 있다는 것은 그야말로 새로운 차원이 열리는 듯한 느낌을 주었다. 그래서 똠얌꿍과 솜땀에 한동안 빠져 살았다. 그건 내게 그 자체로 '서프라이즈'였다.

많이 먹다 보니 만들게 되었다. 나는 전에 낸 음식에 관한 산문집에서 동남아 음식에 대해 이렇게 쓴 적이 있다. '달고, 짜고, 시고, 맵고, 짜릿'한 게 특색이라는 동남아 음식을 수식하는 단어들에서 배움을 얻었다며, '단 것은 설탕이요, 짠 것은 피시소스요, 신 것은 라임이요, 매운 것은 고추요, 짜릿한 것은 허브이니라'라고. 내가 원하는 맛을 그리며 재료들을 넣으니 꽤나 먹을 만한 음식이 되었던 것이다.

요즘의 나는 레몬국수에 빠져 있다. 말 그대로 레몬을 넣은 국수다. 말만 들어도 침이 샘솟지 않으시는지. 신 음식을 먹지 못하는 나의 엄마는 말만 들어도 질색할 것이다. 앞서도 밝힌 것처럼 그녀 앞에서 귤, 석류, 파인애플, 키위, 산딸기, 패션프루트 등은 말도 하지 말아야 한다. 얘기만 들어도 신맛이 올라와서 고통스럽다며 신맛을 연상하게 하는 모든 단어를 금지한 게 그녀라서. 사과도 신맛이 나서 먹지 못한다는 그녀가 좋아하는 과일은 망고와 복숭아, 멜론이다. 신맛이 거의 없이 단맛만 가득한 과일. 나는 달기만 한 과일은 유순하기만 한 사람만큼이나 매력이 없다고 느끼는 편이고, 그래서 샤인머스캣이 맛있는지 모르겠는 사람이다.

내가 그런 사람이라 레몬국수를 좋아한다. 과일의 신맛과 음식의 신맛은 다르기는 하지만. 그렇다. 레몬국수는 신맛으로 먹는다. 시고, 상큼하고, 또 짜릿하고, 그래서 날아갈 것 같다. 엄청나지 않나? 단지 음식을 먹고서 이런 기분을 느낄 수 있다는 게. 때로 이 반응은 뇌와 혀에 남겨져 그 음식을 생각하면 그걸 먹었을 때의 기분이 떠오른다. 매우 인간다운 일이다. 인간이 아니면 할 수 없기 때문이다. 어떤 정교한 딥러닝을 한다고 해도 AI는 결코 음식의 맛을 떠올릴 수 없을 것이다. 먹을 수 없는 존재니까.

이걸 먹게 된 것은 우연이었다. 나는 국물 요리를 그다지 즐기지 않는 편인데 겨울에는 사정이 다르다. 온화한 음식을 먹고 싶어진다. 온화란 무엇인가? 따뜻할 온溫, 화합할 화和, 그래서 온화다. 음식과 따뜻하게 화합하고 싶고, 이럴 때 따뜻한 국물 요리만 한 게 없다. 그래서 샤브샤브를 해 먹거나 이런저런 야채에 육수를 약간 붓고 익혀 먹는다. 전자든 후자든 들어가는 재료는 비슷하다(후자는 편의상 야채찜으로 부

야채와 고기를 냄비에 넣고
약간의 육수를 붓고 익힌다.
국물이 탁해지지 않게 고기를 적게 넣는다.

※ 곁들이는 소스 만들기 ※

남은 국물에 곤약면을 넣고 바르르 끓인다.

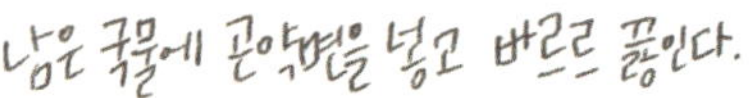

3.
뚜껑을 열고
용화의 시간을
지켜본다.

4.
surprise!
NOODLE
서프라이즈 국수

남은 소스와
레몬즙을
와르르 넣는다.

르겠다). 야채와 고기다.

샤브샤브든 야채찜이든 고기는 많이 넣지 않는다. 이 음식과 온화하게 화합하길 바라는 내가 가장 기대하는 것은 국물인데, 고기를 많이 넣으면 국물이 탁해지기 때문이다. 전자든 후자든 건더기를 다 먹고 나면 국물이 남고, 여기에 곤약면을 넣고 다시 한번 바르르 끓여서 먹는다. 곤약면은 그냥 먹어도 되지만 국물과 곤약면이 온화하게 화합하길 원하기 때문이다. 그래서 국물이 바글바글 끓으며 곤약면에 입혀지기를 기다리는 '융화의 시간'을 갖는다. 뚜껑을 열어놓고 눈으로 국물이 압축되는 정도를 지켜본다. 여기에 레몬즙을 뿌린 게 레몬국수다.

뭐 그게 어떻게 레몬국수냐며 어딜해하실지도 모르겠는데, 레몬즙을 아주 많이 넣는다. 한 사람당 레몬 반 개랄까? 야채찜은 애초에 국물을 그리 많이 잡지 않는 데다 곤약면과의 융화 단계를 거치며 더 응축되었기에 여기에 레몬즙을 와르르 뿌리면, 이 레몬이 맛을 진두지휘한다. 한 입 먹으면 참을 수 없이 상쾌해진다. 겨울의 묵직함을 뚫고 날아오를 것만 같다.

어디서 먹어본 적은 없다. 한 샤브샤브집에서 영향을 받긴 했다. 10년도 전부터 1인 인덕션에 1인 냄비를 올려주는 그 집은 소스마저도 정성스럽기 그지없었다. 간장과 식초와 물을 섞은 소스에 간 무즙과 쪽파를 얹었다. 아마 레몬도 들어간 듯한 그 소스가 너무 맛있어 리필을 청할 수밖에 없는데 몇 번을 부탁해도 귀찮아하지 않고 쪽파와 무즙을 더 채워주는, 그 집의 이름은 압구정샤브샤브다. 압구정에 본점이 있는지는 모르겠는데 내가 간 곳은 연대 동문에 있었다. 압구정샤브샤브에서의 배움 덕에 나는 샤브샤브든 야채찜이든 어김없이 이 소스를 준비하게 되었다. 간장과 물과 식초와 레몬즙을 섞고, 간 무와 쪽파를 얹는다. 물론, 무도 넉넉히 쪽파도 넉넉히. 레몬즙도 넉넉히. 겨자도 살짝 섞어주면 더 좋다. 귀찮긴 하지만 이렇게 한 번 먹고 나면 도저히 하지 않을 수 없게 된다.

그날은 레몬이 좀 많이 남았었다. 짜둔 레몬즙을 어쩔까 하다가 바르르 끓는 곤약면에 뿌려보았다. 역시 남은 무즙을 살짝 뿌리고, 쪽파를 얹었는데…… 그 순간 알았다. 이 레몬국수를 아주 자주 먹게 될 거라는 걸.

그리고 이 글을 쓰다 또 알게 되었다. 민트와 고수, 갈랑갈과 타마린드와 카피르라임잎, 카더몬과 육두구와 정향을 레몬국수에 넣게 되리라는 걸. 난 여전히 짜릿함을 추구하고, 그것이 나에게는 '서프라이즈'이기 때문이다.

달밤의 체조와 간짜장

내가 최초로 누군가를 따라 해본 것은 '간짜장 시키기'였다. 책에서 본 누군가를 따라 했다. 그 따라 함의 핵심은 지조였다. 아홉 명이 짜장을 시켜도 꿋꿋이 간짜장을 고수하는 지조를 견지하는 게 핵심이었달까. 그래서 나는 남들이 짜장을 시킬 때 간짜장을 시키곤 했다. 용기 있는 행동이라고 할 수도 있고 유별난 행동이라고 할 수도 있다.

나의 엄마로부터 '유난스럽다' '별스럽다' '까탈스럽다' 같은 말을 듣고 자랐는데, 남들도 그렇게 느꼈을 거라고 생각한다. 말을 하지 않는다고 해서 그렇게 생각하지 않는 것은 아니니까. 남들에게 나의 유난했던 행동 중 하나로 기억되는 것에는 간짜장 시키기 같은 게 있을 것이다. 어쨌거나 나의 엄마가 내게 그렇게 말한 사유에는 '주는 대로 먹지 않는다'가 상당 부분 포함되어 있다. 뭔가를 더하거나 뭔가를 빼거나, 그런 특별한 요청 사항이 있었다. 이제 와서 생각해보면 간짜장을 고집했던 것도 이러한 유난스러움의 일환이었을 수 있겠다 싶다.

나는 유난스럽다라는 나를 향한 말이 그다지 싫지 않았다. 썩 좋은 건 아니었지만 내가 그 말을 한 사람에게 피곤함을 준다는 것은 알았으므로 그 말까지 못 하게 할 수는 없었다. 가족들이 짜장면과 짬뽕과 볶음밥 중에서 고를 때 짜장면이 아닌 간짜장을 선택하는 사람으로서 이 정도 맷집은 있는 것이다. 맷집이 있는 나는 '나는 간찌장'이라고 말하면서 묘한 우월감과 자부심을 느끼곤 했다.

'뭐 간짜장을 시키면서 우월감씩이나?'라고 생각하실 수 있겠지만 여덟 살 때의 일이다. 8세임에도 불구하고 짜장과 간짜장의 차이를 분별함은 물론이고 간짜장을 좋아한다는 자기주장을 할 줄 아는 게 나의 자부심이었다. 어쨌거나 그 때의 나는 책에서 본 인물들을 따라 하며 이런 묘한 우월감으로 물들어 있었다.

내가 간짜장 시키기를 모방한 그 누군가는 소설에 나오는 인물이었다. 그 소설은 청소년 소설 시리즈의 한 권으로, 제목은 기억나지 않는다. 우리 위 세대의 《얄개전》 같은 책이라고 해야 할 것 같다. 나는 청소년 문고라고 분류될 이런 책을 미취학 아동 시절부터 읽으며 초등학교에서의 생활을 선행 학습하곤 했다. 그 시리즈에는 《핑크빛 발레슈즈》라든가 《마리 앙투아네트》(무려 '슈테판 쯔바이크 著')가 있었다. 물론, 나의 기억이 뒤섞였을 수도 있다. 내가 따라 한 그는 주인공은 아니었다. 비중 있는 조역쯤? 초등학생 남자애들이 등장해 펼치는 방과 후의 모험담 같은 이야기였다. 누군가의 집에 모여서 다음에 할 일들(대수로울 리 없다)을 모의하고, 실천하기도 하고, 어그러지기도 하는 내용이었다.

이름도 기억나지 않는 이 인물의 행동 방식이 나는 마음에 들었다. 어딘가 다른 아이들과 달랐다. 주로 짓궂게 그려지는 남자아이들과 달리 섬세한 '내면' 같은 게 있는 인물이랄까? 달밤에 체조를 하면서 달밤에 체조하는 일에 의미를 부여하는 남자아이였다. 지금에 와서 생각해보면 작위적이라고도 할 수 있는데, 그때의 난 '나는 지금 달밤에 나가서 체조를 하고 있어!'라는 생각을 하며 체조를 하는 남자아이를 좋아하지 않을 수 없었다.

내가 호감을 갖는 남자 취향은 이때쯤 정해졌던 것 같다. 다른 사람들과 다른 생각을 하고 다른 행동을 하는 사람. 다르게 말하고, 다르게 웃고, 다르게 느끼는 사람. 다른 노래를 듣고, 다르게 옷을 입고, 다른 책을 읽는 사람. 그리고 다르게 먹는 사람. 놀라울 정도로 나는 예나 지금이나 똑같다. 나는 이런 남자를 예나 지금이나 좋아하고, 내가 좋아하는 여자 또한 그렇다. 나의 이 확고 불변한 취향이 어떻게 형성되었는지 모르겠으나 지금도 어릴 때와 비슷한 사람을 좋아한다는 게 놀랍다.

이 이름도 모르는 남자아이는 간짜장을 시켰다. 모두가 짜장면을 시키는데 꿋꿋이 간짜장을 시켰던 것이다. 놀라운 발견이었다. 세상에 간짜장이라는 음식이 존재하는지 몰랐던 당시의 내게 간짜장은 다른 층위의 음식이었다. 그때 '다른 층위의 음식'이라는 표현을 알지는 못했겠지만, 이 세상에는 내가 알지 못하는 다른 층위의 음식이 있다는 데 생각이 이르렀고, 그 생각은 내가 모르는 다른 세계로의 상상으로 이어졌다.

간짜장을 시키는 그에게 다른 아이가 묻는다. 어차피 비빌 건데 간짜장이랑 짜장이랑 다른 게 뭐냐고. 그는 말한다. 짜장은 양념을 미리 볶아놓는데, 간짜장은 주문이 들어오면 볶는다고, 그래서 더 신선하다고. 양파가 유난히 아삭아삭하다고 했었나? 그의 말이었는지 간짜장에 젖어든 나의 소감인지 기억나지 않는다. 그를 따라서 처음으로 간짜장을 시킨 나는, 거의 곤죽이 되어 있는 짜장면의 양파와 다른 '살아 있는' 간짜장의 양파를 먹으며 양파의 단맛을 제대로 느꼈다. '갓 볶은 양파에서는 이런 맛이 나는구나!' 싶었다.

간짜장에서 처음으로 영접한 양파의 단맛에 현혹된 나는 양파를 썰어 볶기도 했다. 초등학교 저학년 때의 일일 것이다. 양파가 반투명해질 때쯤 간장을 밥숟가락에 덜어 프라이팬에 또르르 흘려 넣었다. 그러고는 이 양파간장볶음을 밥 위에 얹어 먹었다. 인생 최초의 요리였다.

요즘도 나는 간짜장이다. 짜장면을 먹을 일은 거의 없지만 먹게 될 경우에 말이다. 100퍼센트의 확률로 간짜장을 시킨다. 간짜장을 받고 나면 고민이 시작된다. 어떻게 비비느냐에 따라서 다른 음식이 된다는 것을 나는 알고 있기 때문이다.

잘 덜어내야 맛있다. 욕심껏 내용물을 다 비벼서 먹는 것보다 조금씩 얹어 먹는 게 좋다. 이를테면, 나는 메밀을 먹을 때 면을 살짝 건졌다 빼는 스타일인데 간짜장도 그렇게 먹는다. 간짜장 소스를 면에 다 붓지 않고 조금씩 얹어 먹는다. 물론 열심히 비비지도 않는다. 슬쩍슬쩍 비빈다. 묻어도 그만 안 묻어도 그만이라는 생각으로. 나는 그런 간짜장이 맛있다.

아시시의 살라미

공항에서 입국할 때마다 마약 탐지견에게 끌려갔다는 사람을 알고 있다. 한때 머리도 길고 수염도 길었던 Q다. 보나마나 옷도 국적과 신분을 알 수 없게 입었을 것이다. 안 지얼마 안 되었을 때 정말 기묘한 옷을 입고 나타난 적이 있었는데, 일종의 사제복이라고 했다. '일종의'라고 쓴 것은 정말사제복은 아니라서. 사제복을 모방한 느낌이라 샀다는 그옷을 보고 나는 상당히 어리둥절했다. 왜냐하면, 나의 분류체계를 벗어나는 옷이라 그랬다. '좋다'와 '나쁘다' 혹은 '멋지다'와 '별로다' 같은 카테고리 어디에도 속하지 않았달까.바로 이런 점 때문에 공항 경찰의 표적이 되었을 거라고 생각한다. 경찰에게는 잘못이 없다. 그저 자기의 할 일을 충실히 했을 뿐.

Q는 적발된 적이 없다. 마약을 소지한 적이 없으니 당연한 일이겠지만. 죄가 없는데 억울하다는 식으로 말하는 게 아니라 '내가 그때 그랬었지'라는 아련한 말투로 말하는 Q를 보면서 내가 경찰이라도 마약 탐지견을 붙였을 거라고 생각했다. 왜냐하면, 딱 봐도 반체제적이다. 질서나 규율과 지독하게 어울리지 않는 인간인 것이다. 빨간불일 때 멈추고 초록불일 때 길을 건너는 게 신기하게 여겨지는 부류의 사람이랄까? 말하자면 아나키스트 타입의 인간형인데, 사실 이런 인간은 반체제 운동을 위해 할애할 에너지가 없다. 사람들을 만나고 세를 규합하는 일에 별다른 의미를 느끼지 못하는 것 같다. 자기 자신이랑 노는 게 세상에서 가장 재미있는 인간 유형이라고 하겠다. 음악을 듣고, 책을 보고(상당 부분은 만화책이다), 좋아하는 것들에 대해 탐구하다 보면 하루가 금방 간다고.

나는 Q로부터 공항과 마약 탐지견 이야기를 듣고 나서 공항에 갈 일이 있을 때마다 눈을 크게 뜨게 되었다. 경찰과 마약 탐지견이 어떤 정찰 활동을 벌이고 있는지 보려고. 그 말을 듣기 전까진 보이지 않던 경찰과 마약 탐지견이 너무 잘 보여서 신기할 지경이다. 경찰이나 마약 탐지견에 끌려가는 상상도 한다. 하지만 나는 죄목이 마땅히 없다. 어떤 주목도 없다. 경찰도 마약 탐지견도 나에게 관심이 없다. 나도 꽤나 불온한 사람이지만 겉모습을 봐서는 느껴지지 않는 걸까.

앞으로도 그럴 일이 없을 것 같지만 그래도 혹시 끌려간다면 어떤 죄목으로 끌려가게 될 것인지를…… 상상할 때가 있다. 가장 확률이 높은 것은 과다 소비를 하고, 세금을 신고하지 않은 채로 입국장에 들어오는 것일 텐데…… 이 케이스는 그다지 흥미가 일지 않는다. 경찰을 상대하는 게 아니라 관세 직원을 상대하는 것이기도 하고. 좀 소프트하달까.

어느 날 뉴스를 보다가 내가 끌려갈 만한 가능성이 있는 케이스를 드디어 발굴했다. 아프리카돼지열병으로 한참 시끄러웠던 때였다. 어쩌다 보니 뉴스를 많이도 보게 되었던 것이다. 여전히 왜 돼지열병에 '아프리카'라는 단어가 붙었는지에 대해 누군가에게 똑똑히 설명할 자신은 없지만 많이 보긴 했다. 그러다 그 항목에 대해 들었다. 국내 입국 시 햄이나 소시지 같은 돼지고기 가공육 제품은 반입 금지이고, 적발될 경우 최대 천만 원의 과태료를 부과한다는 뉴스를.

어머, 내가 이 뉴스를 많이 봤던 이유가 있었다. 아마도 나 자신과 관련이 있다는 것을 희미하게 감지했던 것 같다. 그러니까 당사자성이 있는 뉴스였다. 과거 나는 '반입'한 적이 있었던 것이다. 돼지고기 가공육을. 꽤나 오래전의 일이긴 하지만 말이다. 흔히 '소시송'이라고 부르는, 말려서 만든 드라이한 소시지였다. 육포보다는 촉촉한 질감에, 결과 결 사이에 하얀 지방이 점점이 박혀 있고, 소금과 후추, 펜넬 시드 등으로 절여 콤콤 구수한 풍미로 가득한. 게다가 짠맛이 덜하고, 썰어서 바로 먹을 수 있으며, 와인 안주로도 좋고, 그냥 먹어도 좋고, 청포도와 기가 막히게 어울린다. 소시송 말고 살라미도 좋다. 소시송보다는 좀 더 축축하고 얇게 썰린 돼지고기 가공품이 살라미다.

내 나름의 원칙도 있었다. 밀봉이 되지 않은 제품은 아무리 아쉬워도 가져오지 않는다는. 그래서 백화점이나 슈퍼에서 판매하는 비닐에 진공 포장된 것이 아닌 동네의 샤퀴테리에서 파는, 종이에 둘둘 말아주는 살라미는 가방 안에 넣지 않았다. 이를테면 아시시에서 그랬다.

이탈리아 아시시에서 기가 막힌 소시송집을 간 적이 있다. '카치오에페페cacio e pepe'라는 가게다. '소금과 후추'라는 뜻. 카치오에페페라는 건 내게 그저 파스타 이름이었는데 여기에 간 이후로 잊지 못할 고유명사가 되었다. 그 가게에는 온갖 종류의 소금과 후추는 물론, 이탈리아 고추인 페페론치노와 꿀이 가득했고, 직접 만든 잼과 페이스트가 벽을 뒤덮고 있었다. 천장에는 아주아주 거대한 돼지고기 덩어리들이 매달려 있었다. 돼지고기에는 후추로 추정되는 빨간색과 초록색의 작은 알들이 박혀 있어서 크리스마스 시즌의 거대한 오너먼트처럼 보였다. 또 이 돼지고기 오너먼트에는 지금까지 본 리본 중 가장 이쁜 리본이 매여 있었다. 돼지고기에 이렇게 예쁜 리본을 달아주다니…… 진주목걸이보다 더 예쁜 리본이었다. 나는 한숨을 쉬며 '역시 이탈리아!'라고 생각했다.

돼지고기 덩어리에 넋을 잃고 있던 내게 그곳의 남자는 맛을 보겠냐고 물었다. 생각할 새도 없이 "시, 시Si, Si"라고 말했다. 살라미를 입에 넣는 순간, 이곳 아시시에서 살고 싶어졌다. 이렇게 훌륭한 식료품점이 있다면 6개월은 너끈할 것 같았다. 성프란치스코성당이 있는 종교적인 동네인 아시시

가 이렇게 세속의 기쁨을 위해 봉사하고 있다는 게 아이러니하게 느껴졌다.

얇게 썬 살라미 한 점을 씹으며 잠시나마 인생의 향락을 맛보았다. 그건 '향락'이라고밖에는 표현할 수 없는 맛이었다. 나는 아시시에 머물기로 한 날을 헤아려 살라미를 샀다. 이건 내 나라로 가져갈 수 없다는 것을 똑똑히 알고 있었기 때문이다. 아시시에 있는 동안, 살라미와 요거트와 에스프레소로 아침을 먹을 생각에 벌떡 일어났다. 살라미욕이 차오를 때면, 아시시에서의 향락을 복기한다. 혀 위에 펼쳐지던, 그 짜릿한 향락의 아침을 말이다.

코코아를 기리는 노래

검정 장갑 한 켤레를 사고 싶다고 생각한다. 가죽이 아닌 털장갑으로. 그런데 어떤 털로 해야 하지? 앙고라가 아니라는 것만 알겠다. 앙고라의 올이 나른히게 춤추는 걸 보면 참을 수 없이 귀여워서 배꼽이 간지러울 정도지만 나는 앙고라가 참을 수 없이 간지럽기에. 생각만 하고 있다. 꽤나 오래. 제대로 된 걸 사고 싶다고 생각하기 때문이다. '제대로' 된 것이란 어떤 것인가?

일단 길이부터 결정하지 못했다. 손목까지 오는 게 좋은지 아님 팔꿈치를 덮는 길이가 좋은지 모르겠다. 팔꿈치를 덮는 길이가 멋스럽지만 손목까지 오는 게 아무래도 더 실용적이지 않을까 싶어서. 나는 '실용'보다는 '멋'의 쪽이고, 유행을 따르기보다 내가 꽂히는 데 열중하는 쪽이라 긴 장갑을 사고 싶지만, 사지 못하는 이유가 있다. 짧은(그러니까 일반적인) 검정 장갑이 내게 강렬하게 들어온 순간이 있어서다. 넷플릭스가 플레이될 때의 사운드처럼 '두둥' 하는 효과음과 함께.

한참 전에 우연히 보게 된 영화의 오프닝에서였다. 그러니 그 영화에 대해 말해야겠다. 내게 궁극의 검정 장갑 한 켤레를 갖고 싶게 만든 영화를. 검정 장갑 한 켤레로부터 모든 것이 촉발되는 영화기도 하다. 뉴욕의 크리스마스, 블루밍데일백화점의 에르메스 매장이 배경이다. 거의 동시에 검정 털장갑을 집어 든 남녀가 있다. 캐시미어로 된 장갑이다. 장갑이 하나밖에 없어서 누군가가 양보를 해야 하는 상황. 남자가 양보한다. 장갑을 얻은 여자, 마실 거를 사겠다고 한다. 그래서 그들은 코코아를 마신다.

영화의 제목은 〈세렌디피티〉. 나는 이 영화가 나왔을 때 별로 관심이 없었다. 장르를 따지자면 로맨스일 것 같은데, 이런 장르는 나오는 배우들이 보고 싶어야 보지 않나? 참고로 나는 휴 그랜트나 사라 제시카 파커가 나오는 로맨스라면 그게 뭐라도 보고 싶어진다. 최근에는 〈챌린저스〉를 보다가 젠데이아도 나의 리스트에 추가시켰다. 〈세렌디피티〉는 존 쿠색과 케이트 버킨세일이 주인공인데 나는 그들에게 그다지 관심이 없었다. 그들은 너무 의젓하고 멀끔하달까. 난 어딘지 허술한 사람들에게 마음이 기우는 편이다. 게다가 내가 궁금해하는 감독의 신작도 아니었고. 내가 이 영화를 끝까지 보게 된 건 순전히 검정 장갑과 코코아 때문이었다.

그 이후로 나는 코코아를 마실 때면 검정 털장갑을 떠올리고 있다. 코코아를 마시면서 검정 털장갑 생각을 안 한 적이 없다. 그러니까 이런 흐름이다. 겨울이 되면 필히 코코아를 마실 수밖에 없고, 그러다 보면 코코아를 마시던 뉴욕의 남녀가 떠오르고, 아, 검정 장갑 때문에 그들이 만났지 싶다가, 나도 검정 장갑을 사고 싶다고 생각하게 되는 것이다. 몇 년 동안 그러고 있다. 겨울마다 돌아오는 루틴이다.

이쯤 되니 검정색 캐시미어로 된 에르메스 장갑을 사야 한다고 생각하게 되는 것이다. 무리를 해서 말이다. 하지만 결정적 순간이 없었다. 에르메스의 캐시미어 장갑을 내게 셀프로 사줄 만한 순간이 말이다. 갑자기 책이 잘 팔려 예상치 못했던 돈이 생겼다거나, 알 수 없는 이유로 매우 기뻐서 나를 위해 플렉스하고 싶었다거나, 아니면 내가 딱해서 비싼 장갑으로 나를 위로할 만한 순간 모두 없었다. 하다못해 뉴욕 블루밍데일백화점에 갈 일도 없었다. 블루밍데일백화점은커녕 미국에 가본 적도 없다.

어쨌거나 겨울의 나는 코코아를 마신다. 핫초코가 아닌 코코아를 마셔야 겨울 같으니까. 매장에서 부르는 이름은 핫초코였을 수도 있다. 좀 더 고급스럽거나 전문적인 데라면 핫초콜릿이었을 테고. 하지만 핫초콜릿이든 핫초코든 내게는 코코아이기 때문에 어쩔 수 없다. 무슨 말이냐면 이런 말이다. "코코아 주세요." ― "핫초코요?" ― "네, 코코아요." 나는 이런 식의 대화를 수도 없이 해왔다. '스위스 클래식'이니 '다크 인텐스'니 하며 세분화된 메뉴가 있는 코코아 전문점이 아니라면 말이다.

왜 '코코아'를 고집하는지 진지하게 생각해본 적이 있다. 결론은 내지 못했다. 코코아. 핫초코. 코코아. 핫초코. 아무래도 '코코아' 쪽에 끌린다. 나만 그런가? 유아어의 느낌이 있기 때문일까? 아이가 발음하기에는 역시 코코아가 더 그럴듯하다. 누군가에게 공식적으로 칭얼거리고 있다는 느낌이 드는 것이다. 코코아라는 물질은 정감 어린 무엇의 무엇이라고 생각한다. 그러니 그 물질을 지시하는 단어도 정감 어린 게 좋다고 생각하는 것이다.

왜 그런 거 있지 않나? 코코아를 먹을 때는 아이가 된 듯한 느낌이 들지 않나? 우리에게도 아이였던 때가 있었다. 미래라든가 과거 따위는 무시하고 순간의 느낌에만 충실하던. 그 저돌적인 순간들. 코코아를 마시면 '작은 나'를 만나는 느낌을 받는다. 잃어버렸던 대담함과 모험심과의 조우. 그러니, 마법의 물질이 아닐 수 없다.

다시 영화 이야기로 돌아와서, 이 남녀가 마시는 코코아에 대해 이야기하겠다. 기괴한 코코아였다. 무시무시하게 크고, 그래서 참을 수 없이 달아 보였다는 점에서 그랬다. 더 문제적인 것은, 이 남녀가 그 거대한 코코아를 각각 한 사발씩 비웠다는 것. 그걸 어떻게 비울 수가 있지? 기괴한 장면으로 기억하고 있다.

이제는 알 것 같다. 그들은 코코아의 맛을 느끼지 못했을 거라고. 그래서 그 달고도 단 것을 다 먹을 수 있었을 거라고. 어떤 강렬한 감정 앞에서는 식욕이나 입맛은 맥을 못 추고마는 것이다. 맛이란 온몸의 감각을 사용해 느끼는 것. 그런데 나의 시각, 후각, 촉각, 청각이 앞에 있는 사람을 맛보는 데 쓰이고 있으니…… 그럼에도 불구하고 그 사람의 신호를 온전히 읽어낼 수 없는데, 어찌 맛을 느끼겠는가.

상상한다. 코코아 맨 같은 것에 대해. '나, 오늘 힘들었어'라고 말하면, 아무 말 없이 포옥 파묻어주는 사람에 대하여. 그는 나를 코트나 스웨터 안으로 품어준다. 〈코코아를 기리는 노래〉 같은 시가 한 편 있어도 좋겠다. 마시멜로라든가 니삭스, 금붕어, 군고구마, 검정 장갑 같은 게 나오거나 나오지 않거나 하는.

코코아를 마시고 자장가를 들으며 잠들고 싶은 날이다. 이는 꼭 닦아야겠지!

꿀과 술과 시

"온 세상의 햇살이 와락 달려드는 것 같아." 이런 말을 듣고 웃음을 터뜨린 적이 있다. 좋다기보다는 어안이 벙벙해서. 우리는 그저 꿀을 먹고 있었다. 꿀을 머으면서 그렇게 요란을 떨 일이란 말인가? 꿀이 많지도 않았다. 요거트 위에 뿌려진, 많아 봤자 발톱 두 개만큼의 꿀이었다. 그 꿀을 먹으며 별다른 느낌을 갖지 못했던 나는, 할 말이 없어 꿀이 묻어 있는 숟가락을 쪽쪽 빨았다.

그렇게 말한 사람은 Q였는데, 내가 알기에 그가 그토록이나 극렬하게 반응하는 것은 위스키가 유일했다. 위스키 중에서도 아일레이위스키. 토탄이 어쩌구, 이탄이 저쩌구

하며 말을 하는 걸 흘려들은 기억이 있다. 위스키에는 관심이 가지 않았는데 꿀은 달랐다. 아무래도 햇살 운운해서였겠지.

'온 세상의 햇살'이라는 표현이 어쩌면 과장이 아닐 수도 있겠다는 데까지 생각이 이르렀다. 꿀벌들이 꽃과 꽃 사이를 붕붕 날아다니며 모으는 것은 이 세상의 생명인 것이고, 그 생명들을 병에 담은 것이 벌꿀이니 말이다.

꿀 사건이 있던 날, 나는 무려 벌꿀술이 있다는 것을 알게 되었다. 노르웨이가 배경인 드라마를 보다가였다. 매끈한 중년의 남자가 집에 설치된 탭을 열어 벌꿀술을 따르며 말했던 것이다. 고대의 술을 마셔보라고. 바이킹과 거인, 신과 영웅이 마시던 술이라고. 금빛 탭에서 콸콸 쏟아져 나오는 호박색 액체는 위스키와도 맥주와도 달라 보였다.

'미드mead'라고 한단다. 인류 최초의 술이라고도 하고, 인류 최초의 술 중에 하나라고도 하는데, 나는 최초 어쩌구 하는 말에는 별로 감흥이 없다. 엄밀한 근거가 있는 것도 아니고 각자가 최초라고 주장하는 것이어서. 하지만 벌꿀술이 '시인의 술'이라는 데는 마음이 끌렸다. 북유럽 신화에서는 이 벌꿀술을 마시면 시의 재능이 꽃핀다고 믿었다고. 혹은 지혜로워진다거나…… 과연?

술을 마시면 시의 재능이 꽃필지는 모르겠는데 누군가를 지혜롭게 만들 수 있다는 말에는 강하게 의문이 든다. 그리고 시인이라는 사람이 유달리 지혜로워서 시를 쓸 수 있다고도 생각하지 않는다. 내가 생각하기에 시란 장르는 지혜롭길 원하는 사람들의 장르가 아니라 영원히 지혜롭지 않길 원하는 사람들의 장르랄까. 상당수의 시인들은 자기가 여전히 아이라고 주장하는데, '지혜롭다'라는 것은 아이의 것이 아니지 않나 싶고.

벌꿀술을 마신 드라마의 주인공만 해도 지혜로워지기는커녕 누설하지 말아야 할 자신의 비밀을 밝히고 만다. 나도 그런 걸 본 적이 꽤나 많다. 술을 과하게 마신 누군가가 하지 말아야 할 행동을 하거나 하지 말았어야 할 말을 하는 장면을 본 게 몇 번인지도 모르겠기에. 보는 입장에서는 상당히 재밌었지만 술을 깨고 난 당사자들에 따르면 그렇지 못했다고 한다. 그러니 지혜와는 거리가 상당하다.

그런데 벌꿀술이 있는 세계관에서 벌꿀술의 위상은 좀 다른 것 같다. 북유럽 신화의 주신主神인 오딘이 술의 신(酒神)을 겸하고 있는 것만 봐도 그렇다. 그리스 로마 신화에서

제우스가 디오니소스를 겸하기도 하는 것과 마찬가지랄까.

바이킹의 세계에서도 그랬다. 낮에는 거의 실전에 가까운 강도 높은 훈련을 하고, 밤에는 산해진미에 벌꿀술을 마시는 게 바이킹들의 로망이었다. 현실에서는 이루기 힘든 로망. 왜냐하면 벌꿀술은 우리가 지금 맥주를 마시는 것처럼 일상적으로 먹을 수 있는 게 아니었기 때문에. 죽어야 실현할 수 있는 로망이었다고나 할까? 그냥 죽어서도 안 됐다. 전장에서 죽어야 했고, 명예롭게 죽어야 했다. 그래야 발키리가 그들을 발할라로 데려갔다. 그러니까 발키리는 저승사자인 셈이다. 바그너 오페라 〈니벨룽겐의 반지〉에 나오는 발퀴레도 이 발키리에서 딴 것인데 내가 알던 이미지와 너무 달라서 미처 저승사자라고 생각하지 못했다. 그저 은빛 갑옷을 입은 멋지고 잔인한 언니들이라고 여겼을 뿐.

그렇게 발키리에게 선택(?)되어 발할라에 가야만 벌꿀술을 마음껏 먹을 수 있었던 것이다. 낮에는 싸움질, 밤에는 술판, 그리고 다음 날도 똑같이 낮에는 싸움질, 밤에는 술판. 이게 무한 반복되는 게 발할라의 세계라고 한다. 바이킹이란 이런 걸 꿈꾸는 사람들인 것이고. 바이킹이 얼마나 거친 몸과 마음을 가진 사람들인지 알 것 같기도 하면서 또

한편으로는 알쏭달쏭하다. 그렇게나 분주한 싸우고 먹고 마시는 세계에, 시의 자리가 있을 만한 틈이 있었는지 말이다.

피 튀기는 훈련을 하면서 귀하디귀한 벌꿀술을 그리워했을 바이킹들을 생각하면 애잔하면서 한편으로는 감미롭기도 한 것이다. 머릿속으로는 몇 번 먹어보지도 못한 벌꿀술의 맛을 상상하고, 몸으로는 벌꿀술을 짜내기라도 할 것처럼 근육을 혹사하며 자신의 땀에 취했을 그 바이킹들…….

그 바이킹들이 남긴 시를 읽으며 벌꿀술을 마시다 취하고 싶은 밤이다.

늑대를 다스리는 법

기분이 그저 그럴 때 몽테뉴를 읽으라고 했던 사람은 플로베르였던가. 플로베르는 좋아하지 않지만 저 말에는 몹시 공감한다. 나 역시 몽테뉴를 삶의 자양강장제로서 적극 활용하고 있기 때문에. '맞아, 나도 그런데'라는 생각을 했었다는 걸 은근히 일깨운다는 점에서 나는 몽테뉴가 좋다. 사는 게 지겹다는 생각이 들 때 몽테뉴를 읽다 보면 살아 있는 게 지겹다고 생각했던 방금 전의 나 자신은 사라지고 없다.

젊은 시절부터 몽테뉴가 가끔 끼니를 건너뛰곤 했다는 부분을 읽다가도 '어머, 이건 정말 나 같군'이라고 생각했었다. 끼니를 건너뛰는 그 이유가 말이다. 귀찮다거나 음식이 싫어서 굶은 게 아니라 쾌락을 위해 굶는 사람이 몽테뉴라서. 쾌감을 간직하기 위해 일부러 단식하거나 소박한 식사를 했던 에피쿠로스 이야기를 하며 단식의 즐거움에 대해 말하는 사람을 나는 좋아하지 않을 수 없다. 나는 좋은 걸 배불리 먹는 것보다 단순한 걸 적당히 먹는 편이 더 호사롭다고 느끼기 때문이다.

한번 떠올려보시길. 두부 한 조각, 두릅 한 줄기, 전복 한 점, 약간의 마즙이 올려진 커다랗고 하얀 접시를. 이런 게 내가 생각하는 호사로운 음식이다. 두 조각이 아닌 한 조각이기에 더 몰입하게 된다. 좋은 식당이나 좋은 식당을 따라 하며 내가 차린 식탁에서 이렇게 먹을 때 나는 생각한다. 인생이 한 번뿐에 없디는 것을 잊지 말자고. 사는 게 지겹다고 생각하기에는 살날이 그리 길지 않다고. '100만 번 산 고양이'가 아니라면 말이다. 100만 번 죽고 100만 번의 삶을 산다면 모를까, 나는 유한한 삶을 사는 약한 인간.

내가 대단히 지혜로워서 처음부터 덜 먹는 것을 추구했던 것은 아니다. 나는 아주 미련했다. 매일 지나치게 많이 먹고서 매일 체하고, 더부룩함에 제대로 잠들지도 못했던 사람이 나였다. 그렇게 많이 먹는 나 스스로를 '대식가'로 자칭했던 때도 있었다. 나의 미련한 과거를 아는 가까운 이는 "한때 대식가셨지? 매일 소화제까지 드셔가면서?"라고 말하기도 하는데, 반박할 수가 없다.

왜 그토록 미련했는지 변명하자면, 환경이 그랬다. 우리 집은 지나치게 많이 먹는 집. 식탁에 뭐가 너무 많아서 지겹다라는 생각을 한 적도 많다. 하지만 그건 나만 그렇고, 나를 제외한 온 가족은 그렇지 않았다. 음식을 좋아하는 데 걸맞은 위장까지 타고나서 그들은 체하지도 않는다. 어디에서도 본 적이 없는 특대형 도마와 특대형 솥 같은 게 있는 게 우리 집이고, 얼굴이 동그랗던 남동생은 고기를 하도 많이 씹어서 하악골이 발달한 누가 봐도 육식주의자의 얼굴이 됐다든가…… 그렇게 많이 먹는 와중에 하는 이야기란 결국 먹는 이야기고……. 그들 못지않게 음식을 좋아하는 나는 그런 분위기에 젖어 살다가 결국 소화제를 먹고 손을 따고, 그래도 안 되어 음식이 역류할까 봐 눕지도 못한 채 앉아서 자기도 하는 나날을 보냈던 것이다. 상당히 오랜 시간을.

먹는 게 인생을 바꾸기도 한다는 것을 알게 된 시간이기도 했다. 달라지지 않고 이전처럼 살았다면 나는 필히 단명

했을 것이다. 심하게 체하면 호흡곤란이 오고, 온몸이 싸늘하게 식고, 숨도 쉬어지지 않는 걸 여러 번 경험했다. 어느 날 제대로 체한다면 정말 죽을 수도 있겠다고 생각했다. 아무리 좋은 것도 몸에 맞지 않으면 독이고, 아무리 좋은 것도 과하게 먹으면 좋지 않다는 걸 내 몸을 축내며 체감했던 시절이었달까. 그래서 남보쿠의 이야기가 남 이야기 같지 않았다.

내게는 시간이 나면 음식 관련된 책을 샅샅이 훑는 버릇이 있는데, 그러다 미즈노 남보쿠란 분에 대해 알게 되었다. "자기가 먹는 음식이 자기의 운명을 좌우한다"라는 말을 남겼다길래 찾아보니 정말 음식으로 운명을 바꾼 분이었다. 고아였던 이분은 열 살에 술을 먹기 시작, 열여덟 살에 옥살이를 한다. 감옥에서 나와 만난 관상가가 말하길 칼을 맞고 죽을 운명이라고 했다. 운명을 피하려면 스님이 되는 수밖에 없다는 말에 절에 간 남보쿠. 1년 동안 보리와 콩만 먹고 살 수 있다면 받아들여주겠다고 주지 스님은 말하고, 남보쿠는 그렇게 한다. 1년 후 주지 스님을 찾아가기 전에 그의 운명을 예견한 관상가를 찾아가는데 그가 이렇게 말하는 게 아닌가. "무슨 큰 공덕을 세웠길래 얼굴이?" 술에 내내 절어 있다가 콩과 보리를 먹어서 관상이 변했던 것이다!

나는 이어지는 남보쿠의 일대기가 좋았다. 온순하게 절에 들어갔다면 관심을 잃고 말았을 텐데, 이분은 절에 가지 않고 관상학에 투신(?)하기로 한다. 음식으로 자신의 관상이 변했으니 관상에 대해 파보기로 한 이 지적 호기심에 동질감을 느낀달까? 관상을 넘어서 전신의 상相을 탐구하고자 이발소에서 3년, 목욕탕에서 3년, 화장터에서 3년을 일한다. 두상과 골상, 면상을 연구한 후 몸의 상을 공부하고, 죽은 사람의 상까지 탐구하는 시간을 보낸 것이다. 그 결과 사람의 운명은 '식食'에 있다는 결론을 얻는다. 남보쿠 정도의 혹독한 수련을 쌓지는 않았지만 매우 동감한다.

먹는 것만큼이나 중요한 게 먹지 않는 것이라고 생각한다. 그러니까 잘 먹기 위한 공백의 시간이랄지 비움의 시간이랄지요. 잘 자야 다음 날 쾌적한 하루를 보낼 수 있듯이 깨끗한 비움의 시간을 가져야 또 새로운 걸로 채울 수 있다. 먹는 기쁨만큼이나 먹지 않는 기쁨도 크다. 어쩌면 더 클지도 모르겠다. 먹지 않으면서 먹게 될 것을 상상하는 시간의 쾌락이라는 것은 상당하니까요.

나는 이 진리를 일찍이(?) 깨달은 사람이지만 나의 늑대를 다스리는 것은 여전히 쉽지 않다. 서구권에서 '배고픔'을 상징하는 게 바로 이 늑대. 늑대란 짐승은 워낙 포악하고도 야성이 있는 존재인지라 잘 다뤄야 한다. 배고픔을 다스리는 방법에 대한 책이라고도 할 수 있는《늑대를 요리하는 법》을 읽으며 미온수 한 잔을 마신다든가 하는 것도 좋겠지. 아쌈이나 기문 홍차를 마실 때도 있지만 물 한 잔이 주는 쾌감은 대단하다. 미온수 한 잔이 세상에서 가장 맛있는 것처럼 느껴질 때 나는 슬며시 미소 짓는다.

이것이 내가 나의 늑대를 다스리는 법이다.

음식의 기쁨과 슬픔

늦은 점심으로 샐러드를 먹고 있었다. 시든 루콜라와 토마토를 엉성하게 버무려 만든 샐러드. 올리브유와 레몬즙, 약간의 소금과 후추를 넣은. 겨울이라서 그런 건지 아님 너무 엉성하게 만들어서 그런 건지 채소의 생기 같은 게 잘 느껴지지 않았다. 겨울의 샐러드란 이렇게 시시한 것인가? 겨울날 작정하고 푸성귀를 먹어야겠다고 생각한 사람의 마음에는 풋풋함에 대한 기대가 있는 것인데…… 아, 시시하고 따분해. 젓가락을 놓아버렸다.

만드는 사람의 자부가 있으며, 즐겁게 먹는 사람들이 있는 영화가 보고 싶어졌다. 그런 영화를 대자면 한도 끝도 없겠지만(어찌나 다행스러운 일인지!), 그날 고른 것은 〈음식남녀〉였다. 가장 좋아하는 음식 영화라고 하겠다. 내가 세상의 모든 음식 영화를 다 본 것은 아니지만 이만한 오프닝은 어디에도 없을 거라고 확신한다. 정말 화끈하기 때문이다. 볶고, 지지고, 끓이고, 찌고 하는 소리들로 일단 붐비는데, 그건 시작에 불과하다. 수십 년 요리를 해온 듯한 남자의 두터운 손이 기민하게 움직일 때마다 형형색색의 식재료들이 휘몰아친다. 색色에 열熱이 더해지면서 화면은 점점 뜨거워지고…….

식욕을 자극하는 소리가 증폭되는 와중 결이 다른 감각들이 서로 충돌한다. 탄탄한 갑오징어의 몸집에 새겨지는 칼집이나 어찌나 탄성이 넘치는지 도마 밖으로 튕겨 나갈 것만 같은 닭똥집을 볼 때 느껴지는 생생한 촉감이란. 여전히 살아 있는 것들도 있다. 홰를 치는 닭이 있고, 개굴거리는 개구리가 한가득이다. 곧 도마 위로 갈 운명이지만 당장은 살아 있다. 이 생의 디테일들! 끓어넘치는 만유萬有. 이런 걸 보고 있자니 한숨이 나온다. 아아, 이 사람은 진짜다…… 예술가다……. 그리고 먹는 것의 기쁨을 제대로 이해하는 사람이 틀림없다고 생각하는 것이다.

이 팔딱거림과 끓어 넘침이, 나의 시시한 점심과 또 시시한 기분을 구원해버렸다. 나는 갑자기 기분이 좋아져서 이런저런 궁리를 하기 시작한다. 발뒤꿈치를 들고 청소를 하다가, 괜히 식탁도 한 번 닦아보고, 침대보를 벗겨내고, 좋아하는 것들에 대해 생각한다. 세상에 이쁜 것들은 어찌나 많은지, 또 세상에 맛있는 것들은 어찌나 많은지. 그러므로 내가 좋아하는 것들의 목록은 한도 끝도 없을 수밖에 없다고 생각하면서, 갑자기 종알거리는 참새 같은 게 되는 것이다. 몇 분 전까지 이 방에 있던 허무주의자는 어디로 갔지?

아, 나는 역시 변덕스럽다. 그리고…… 먹기 위해 사는 타입이다. 가볍고, 얄팍하도다……도다……. 인정하고 싶지 않지만 어쩔 수가 없다. 이것은 요네하라 마리의 분류법에 따른 것인데, 그는 인간을 두 유형으로 나눌 수 있다고 했다. 살기 위해 먹는 타입과 먹기 위해 사는 타입. 요네하라 마리는 《미식견문록》이라는 책을 쓴 사람인데, 제대로 먹을 줄 아는 사람이고 꽤 웃긴다. 그는 말했다. 살기 위해 먹는 타입이 어쩐지 고상하지 않느냐고. 뭐, 그런 사람들일 것이다. 과학 기술이 발달해 캡슐 몇 개로 음식을 대체할 수 있으면 얼마나 좋겠느냐고 생각하는 사람들. 정말 이런 사람들이 있을 수 있나 의아했는데 종종 보게 된다. 딱히 어떤 특정한 음식이 먹고 싶었던 적이 없다는 이야기를 들으며, 나는 인간이 그럴 수도 있다는 게 정말이지 신기했다.

나는 특정한 음식은 물론, 특정한 음식을 특정한 방식으로 조리한 음식을 먹고 싶어 하는 사람이라 사는 게 상당히 피곤하다. 그러니까 순두부가 먹고 싶다고 치자. 어느 날은 좀 더 씹는 맛이 있는 몽글몽글한 순두부가 먹고 싶은데 또 어느 날은 푸딩처럼 주르륵 흘러버리는 순두부가 먹고 싶다. 그리고 나는 먹고 싶은 음식의 구체성을 구현하기 위해 상당히 애쓰는 타입. 그래서 먹는 데 시간을 많이 쓰고, 상당히 피곤하다. 만족스럽게 먹고 나서 또 대단한 일을 하는 것도 아니어서 스스로를 '상당히 연비가 안 좋은 차 같군'이라고 생각한다. 영원히 나는 효율 좋은 전기차나 하이브리드 차는 될 수 없을 것이라며, 다시 비관적이 된다.

살기 위해 먹는 그런 고상한 사람이 되고 싶다. 그러면 얼마나 삶의 효율이 높을 것인가? 하지만 나는 영원히 고상한 사람 같은 것은 될 수 없을 것이다. 그렇게 태어나지 못했다. 사는 게 시시하고 지루하다며 투덜거리고, 그러다 갑자기 웃음을 터뜨리고, 다시 팩 토라졌다가, 맛있는 것을 먹으면 반색하고, 그렇게 일희일비하며 변덕을 부리고, 이쁘거나 좋은 것을 보면 어쩔 줄 몰라 할 것이다.

이 〈음식남녀〉를 보다가도 오천련이 어찌나 아름다운지 숨이 멎는 줄 알았다. 이 영화를 처음 보았을 때의 나는 그녀에 대해 상당히 무덤덤했다. 아니, 배우를 하기에 너무 밋밋한 얼굴이라고 생각했다. 그런데 다시 만난 그녀는 아름다웠다. 단순히 '미녀'라고 할 만한 그런 아름다움이 아니다. 이목구비의 비례가 맞는 데서 오는 시각적 편안함처럼 단순한 아름다움도 아니다. 세상의 아름다움에 대해 깊이 이해하는 자의 얼굴에만 보이는 그런 심오한 아름다움이 있었다. 나는 아름다운 남자가 좋고, 아름다운 여자도 좋아하는데, 아무래도 아름다운 여자가 더 좋다. 남자도 아름다울 수 있지만, 나를 감탄하게까지 만들지는 않아서.

그녀는 복합적으로 아름다웠다. 교교하면서도 관능적이었고, 청신하면서 단단했다. 어릴 때의 나는 오천련을 청순하게만 봐서 아름답다고 느끼지 못했던 것 같다. 무엇보다 〈음식남녀〉의 그녀는 먹는 것의 기쁨과 슬픔을 아는 사람 같았다. 나는 정말이지 이런 사람에게 약하다.

그리고 이 글을 여기까지 쓰고는 생각하는 것이다. 오늘은 무엇을 먹어서 또 스스로를 기쁘게 할 것인지. 무엇이 되었든, 기쁘게 할 무언가를 드셨으면 좋겠습니다. 슬픔은 잠시 잊고요.

인생의 쾌미를 느끼고 싶다면, 이 책을 읽어보시라. 솔직히 나는 먹거리를 고민하는 일을 인생의 난제라고 생각하는 쪽이었다. 무얼 먹지? 대충 먹지. 이렇게 생각하며 끼니를 '때우던' 내가 이 책을 통해 달라졌다. '아무거나'가 아닌 '무엇'이 먹고 싶어진 것! 책을 쥔 채 인터넷 검색 창을 들락거리며 호기심과 군침을 주체하지 못했다. 호박고지가 쏙쏙 박힌 시루떡이, 씀바귀를 넣은 김밥이 당장 먹고 싶어졌다. '슬로쿠커'로 묵은지를 지져 먹고, "복사꽃이 채 지기 전에 복을 먹는" 사람이 되고 싶어졌다.

작가의 문체에서 '귀여운 기개'와 잔잔한 유머를 발견하는 것도 이 책의 묘미다. 페이지를 넘길 때마다 톡톡, 떨어지는 별사탕을 먹는 기분이랄까. 먹는 데 진심인 사람은 살아가는 데 진심인 사람일 테다. 그런 사람이 무엇을 어떻게 먹는지 알고 나니 꼭 친해진 기분이 든다. 그러니 작가님을 한 달만 따라다녀도 되겠냐고 물어보면, 기겁하시려나.

박연준(시인)

소설가는 삶이라는 재료 본연의 맛을 누구보다 잘 살리는 셰프다. 그래서일까. 소설가의 주방을, 단골집을, 추억 속을 걷는 동안 내내 허기가 졌다. 섬세한 문장으로 요리된 음식을 향한 허기라 여겼는데 점차 알게 됐다. 달큰하고 시고 맵싸하게, 뜨겁고 차갑게, 그러니까 가능한 한 생생하게— 이 삶을 맛보고 싶은 허기라는 걸. 잘 살고 싶어 허기가 진다. 사는 일에도 감칠맛이 돌게 하다니, 소설가란 역시 최고의 셰프다. 먹는 일은 결국 삶에 대한 의지이자, 삶이 주는 기쁨. 오늘을 살아낼 기운이 없는 이에게 미음을 떠먹이듯 이 책을 읽어주고 싶다.

김신지(작가)

인용한 책

· 마이클 온다치, 《잉글리시 페이션트》, 박현주 옮김, 그책, 2018.
· 윤성희, 〈다정한 핀잔〉, 《베개를 베다》, 문학동네, 2016.
· 야마다 에이미, 《돈 없어도 난 우아한 게 좋아》, 김난주 옮김, 민음사, 2010.
· 나탈리아 긴츠부르그, 《가족어 사전》, 이현경 옮김, 돌베개, 2016.

먹는 기쁨에 대하여

초판 1쇄　2026년 4월 1일
초판 2쇄　2026년 4월 20일

지은이　한은형

발행인　문태진
본부장　서금선
책임편집　허문선　　　　　**편집 3팀** 이준환　　　　　**일러스트** Meg(김지은)

기획편집팀　한성수 임은선 임선아 강유정 최지인 송은하 김광연 송현경 이은지 김수현 이예림 원지연
마케팅팀　김동준 이재성 박병국 문무현 김은지 이지현 전지혜 조용환 김화정 천윤정
저작권팀　정선주 김하림
디자인팀　김현철 강재준 황주미
경영지원팀　노강희 윤현성 정헌준 조샘 이지연 조희연 김기현
강연팀　장진항 조은빛 신유리 김수연 송해인

펴낸곳　㈜인플루엔셜
출판신고　2012년 5월 18일 제300-2012-1043호
주소　(06619) 서울특별시 서초구 서초대로 398 그레이츠 강남 11층
전화　02)720-1034(기획편집)　02)720-1024(마케팅)　02)720-1042(강연섭외)
팩스　02)720-1043
전자우편　books@influential.co.kr
홈페이지　www.influential.co.kr

ⓒ 한은형, 2026

ISBN　979-11-6834-374-0 (03810)